REGRESO A PARÍS

LOS | IMPERDIBLES

JACINTA CREMADES

REGRESO A PARÍS

DUOMO EDICIONES
Barcelona, 2021

© 2021, Jacinta Cremades
© 2021, de esta edición: Antonio Vallardi Editore S.u.r.l., Milán

Todos los derechos reservados

Primera edición: mayo de 2021

Duomo ediciones es un sello de Antonio Vallardi Editore S.u.r.l.
Av. de la Riera de Cassoles, 20, 3.º B, Barcelona, 08012 (España)
www.duomoediciones.com

Gruppo Editoriale Mauri Spagnol S.p.A.
www.maurispagnol.it

ISBN: 978-84-18128-30-1
Código IBIC: FA
DL B 3.895-2021

Diseño de interiores:
Agustí Estruga

Composición:
Grafime

Impresión:
Grafica Veneta S.p.A. di Trebaseleghe (PD)

Impreso en Italia

A mi madre
Y a Roger

La Maga lo miró perpleja, Gregorovius suspiró.

–El velo de Maya –repitió–. Pero no mezclemos las cosas. Usted ha visto muy bien que la desgracia es, digamos, más tangible, quizá porque de ella nace el desdoblamiento en objetos y sujetos. Por eso se fija tanto en el recuerdo, por eso se pueden contar tan bien las catástrofes.

–Lo que pasa –dijo la Maga, revolviendo la leche sobre el calentador– es que la felicidad es solamente de uno y en cambio la desgracia parecería de todos.

JULIO CORTÁZAR, *Rayuela*.

Después agregó animales que inventaba, pegando medio elefante con la mitad de un cocodrilo, sin saber que estaba haciendo con barro lo mismo que su tía Rosa, a quien no conoció, hacía con hilos de bordar en su gigantesco mantel, mientras Clara especulaba que si las locuras se repiten en la familia, debe de ser que existe una memoria genética que impide que se pierdan en el olvido.

ISABEL ALLENDE, *La casa de los espíritus*.

–¿Quieres saber si un secreto es alegre o triste ? –preguntó el alcalde Fino Filipino a Lavarito–. Muy fácil: si es un secreto alegre enseguida todos se lo irán contando unos a otros y en muy pocos segundos lo sabrá el pueblo entero, si es un secreto triste la gente se lo guardará y no lo compartirá con nadie, como si les diera vergüenza.

ANDRÉS BARBA, *Arriba el cielo, abajo el suelo*.

Al nacer, pretendemos iniciar una vida nueva, pensamos que venimos como de la nada, pizarra vacía, con todo por escribir. A lo sumo, algunos creen que elegimos a nuestros padres. Otros, que es puro producto del azar. Lo cierto es que venimos con el cerebro lleno. Una vez aquí, nos damos cuenta de que jugamos con unas cartas que ya han sido barajadas. Que nuestra vida se inició hace mucho y que, en realidad, lo que hacemos es continuar. Continuar un camino ya iniciado. Una línea de escritura con palabras de nuestros padres, de nuestros familiares, de aquellos que ni siquiera sabíamos que formaban parte de nuestra familia.

La conducta de nuestros antepasados, sus aciertos y desaciertos, llega a nosotros por neurotransmisores de los cuales no somos plenamente conscientes. Hoy en día a esta rama del psicoanálisis, aunque carezca de base objetiva, se la llama «constelaciones familiares».

Es preciso haber vivido para darse cuenta de que, lo queramos o no, estamos en comunión permanente con los demás miembros de nuestra familia, que repetimos patrones que han llegado hasta nosotros a través de la sangre, de la mente y de la genética. Es difícil desmarcarse de esta suerte de pautas heredadas e, incluso cuando uno cree que lo ha conseguido, resulta que vuelve a estar en otro programa familiar.

Tomar conciencia es lo primero que permite superar aquello que algunos denominan traumas. Aun así, la labor de superación se inicia desde la memoria. Ese trabajo se basa en dejar que los recuerdos afloren a la superficie y se integren en el universo. Con suerte, en el transcurso de la vida, uno consigue romper el ciclo de ese algo, de lo que sea que vaya repitiéndose, generación tras generación, a pesar de estar, quizás, iniciando un ciclo nuevo. Y conseguir que la línea invisible de la vida siga otro curso.

De hecho, la única salvación que tiene el ser humano es lograr que esa línea invisible junte las historias, les dé continuidad y, si hay suerte, las deje volar por sí mismas. Sin depender de nadie. Diferenciándose de los demás. Alejándose de la historia familiar. Para existir, uno y plenamente uno.

Cuando, al cabo de mucho tiempo, a veces una eternidad, estas historias colmen el vacío, hagan que toda existencia cobre sentido, como piezas de un puzle vital, entonces en ellas estará lo que fuimos, lo que somos y lo que seremos.

Mis recuerdos se remontan a mi infancia, más o menos a la edad que tiene ahora Lucía. Antes, no hay más que vacío. Por eso, las circunstancias que hicieron que mi vida fuera tal y como la recordaba, las tuve que ir descubriendo poco a poco. Era española, pero vivía en Francia. Tenía una madre, pero ningún padre. Hablaba español en mi casa, francés con el resto de la gente. Mi apellido era el mismo que el de mi madre. No iba los sábados a casa de mis abuelos. En realidad, no teníamos en París más familia que nosotras dos. Mi madre era maga y la llamaban La Maga.

«Un día te trajo el pico de una cigüeña por la ventana», solía contarme. Menuda gracia tenía.

En mi memoria se entremezclan las historias que me contaba mi madre siendo yo una niña. Se trataba de historias que le habían ocurrido a ella antes de tenerme a mí. Yo me las creía a pie juntillas, qué más daba si se las estuviera inventando o no, yo con ellas volaba hasta el cielo. Las que más me gustaban eran las historias de miedo. Nos metíamos debajo de las sábanas, en la cama, y allí mi madre daba rienda suelta a su imaginación a pesar de que –me aseguraba– lo que contaba era cierto. Cuentos que no leía en ningún libro sino que procedían de esos años anteriores a la llegada de la cigüeña, anteriores a mi nacimiento, en los que yo aún estaba por «existir».

En su caso, no existía la ficción. O esta se confundía con la realidad y gracias a ella se explicaba. ¿Quién sabe qué es la verdad y quién puede contarla? ¡Qué sé yo! La Maga veía cosas que los demás no veían. Vivía historias que los demás no recordaban. Y las que me contaba, las que me gustaba a mí escuchar, esas historias fascinantes que descubría bajo las sábanas, eran recuerdos en los que yo no existía.

Ahora sé que volví a París para dar sentido a esas historias.

Las decisiones precipitadas dejan cicatrices que nunca se cierran. Hace nueve años, cuando Lucía estaba a punto de nacer, también yo hui de mi casa. Dejé a La Maga, dejé París, mi vida y la de Juan. ¿Qué abandoné ese día? «La realidad es lo que tú crees que es la realidad», me explicaba La Maga. Ahora reconozco los pasos de los demás y pienso que me dejé guiar por los mismos patrones que te guiaron a ti.

Desaparecí. Hui. Cambié de espacio y empecé de nuevo. Como tú, madre. Como tú. Ahora lo veo. Ahora lo entiendo. Y, sin embargo, esa no era mi realidad.

LUCÍA

Martes, 5 de octubre de 2009. Una llamada al móvil me dice que mi madre ha muerto. A lo lejos escucho perpleja la voz de un desconocido que no sabe cómo anunciármelo delicadamente. «¿Es usted la hija de Maite O'Pazo Montis?». Que alguien pronuncie su nombre, después de tantos años y en francés, me deja helada. «¿Quién le ha dado mi teléfono?». Antes, mi madre y yo teníamos la misma voz. «Buscar a gente es mi trabajo —me contesta—. El entierro tendrá lugar en dos días. En París. A su madre le hubiera gustado despedirse».

Ante mi falta de reacción, la llamada se diluye. Las palabras de ese hombre vuelven a mi mente como si fueran incomprensibles, como si hubiera utilizado un idioma que no conozco. No puede ser cierto. Mis pies están pegados al suelo y tardo en poder avanzar. ¿Avanzar hacia dónde? Ni siquiera sé si estoy llorando o muriéndome con ella. Cuando por fin logro reaccionar, me dirijo hacia el baño y me miro en el espejo. ¿Quién soy? No veo el reflejo de mi rostro, sino el de mi madre. Veo su cara demacrada, su piel arrugada, después de tantos años. El pelo normalmente moreno y lacio, lo veo ahora blanco, sus ojos miran a los míos con dolor. ¿Qué me quieres decir? ¿Por qué me siento responsable?

Me froto los ojos pero ella sigue allí, devolviéndome la mirada. Tengo su misma piel seca, sus pómulos salientes, sus labios apretados. A pesar de que no haya en mí, contrariamente a ella, un ápice de coquetería, desnuda de cualquier adorno, me parezco tanto a ella. Me miro a mí pero estoy siempre viéndola a ella. Dos destinos, dos vidas, dos imágenes superpuestas. El pelo se me pega a las mejillas mojadas. ¿Acaso he sido yo alguna vez?, me pregunto. Y ahora estoy llorando su muerte cuando no quise volverla a ver. Tan solo el color de los ojos nos distingue y recuerdo sus palabras. «Esos ojos azules, esa mirada objetiva hacia el mundo, es la suya».

¿De quién me hablaba entonces?

Me doy cuenta de que parezco un ser ancestral, y deseo, con todas mis fuerzas, que este espejo me traslade por fin al otro mundo, donde no exista más el tiempo.

Si me quedo ahora es por Lucía.

El silencio del apartamento es el mismo que el de cada mañana y, sin embargo, ya nada es lo mismo. Las palabras del desconocido llenan la sala. Me gustaría abrir la ventana y que se marcharan, olvidarlas, pero se repiten como un eco en el espacio vacío. El teléfono suena de nuevo. Ya no soy capaz de descolgar.

Anulo mis citas del día, de mi trabajo como guía de turismo, sin dar explicaciones. Le pido a una compañera que me remplace. Es tan fácil desaparecer. Ahora más que nunca.

Las horas pasan a la espera de que Lucía salga del colegio. Intento poner en orden mis ideas. Saber qué debo hacer. A quién llamar. A quién localizar si no tenemos a nadie. No hay consuelo para el que no habla de su pasado, para el que no cuenta y se lo guarda adentro. A lo largo del día, en mi cabeza, todo se va fraguando. La vuelta a París, la casa de La Maga, mi barrio, mi pasado, el momento en que lo dejé. Y estos nueve años en Madrid se borran en un instante desde que ha vuelto a mi vida La Maga. Aunque ya no esté; ¿acaso dejó algún día de estar presente?

Cuando salgo de mi apartamento, sigo tan desconcertada que me ciega la luminosidad de Madrid. Voy caminando hasta el colegio. Al llegar, Lucía me espera en el portal. Cuando por fin me localiza, se precipita, escaleras abajo, con desbordante alegría. Se me tira al cuello y su abrazo me ancla al presente. La miro a los ojos y me pregunto cómo he podido mantenerla tanto tiempo en la ignorancia.

–¿Por qué has llegado tarde?

–¿Te gustaría que nos fuéramos a París?

Lucía me mira, interrogante.

–No me has dicho qué te pasa.

La abrazo con más fuerza y le confieso:

–Nos vamos a casa de la abuela.

–¿A casa de mi abuela? Pero si yo no tengo abuela, mamá.

Y Lucía ríe y ríe, con la misma risa abandonada con la que se reía mi madre.

Por la mañana me levanto al alba. Es el momento del día que más me gusta. La ciudad dormita y yo estoy al fin en mi verdadero mundo, único ser vivo en ese espacio. Pero esta mañana, la pregunta es si sigo viva. De repente, acude a mi memoria la imagen de mi madre y pienso que hoy debo partir, el entierro es inminente y no me lo quiero perder. Preparativos, maletas, cierre de la casa. Le digo a Lucía que no va a ir al colegio en unos días. Llamo a la monja directora y se lo explico en francés. Lucía va a un colegio francés. Llamo a los hoteles con los que tenía acuerdos estos próximos días como guía y lo anulo. Lo anulo todo. Cuento historias. Miento.

Solo a Julia le digo la verdad. Me nota tan inquieta que se acerca a despedirnos. Hay seres que nos ayudan y Julia es uno de ellos.

–¡A saber cuándo nos volveremos a ver! –exclama–. Pero no regreses sin calmar las aguas de ese pasado que te atormenta.

Julia lo sabe todo mejor que yo y su comentario me sorprende.

–¿Solucionar el qué? –le pregunto.

–Piensa en Lucía –me contesta–. Como tú, también tiene derecho a saber.

Es cierto que la vuelta me llena de inquietud. Sin mi madre, ya nada es lo mismo y me pregunto si me queda algo de París, la ciudad donde nací y viví toda mi infancia, mi juventud, adonde no he querido, ni podido, regresar. ¿Dejé algo más que simples recuerdos? Y mi pasado vuelve a ráfagas, mi niñez, Juan, La Maga, y esa vida que traté en vano de borrar.

Las escenas del pasado acuden a mi mente como borrascas y me hacen retroceder en el tiempo. Me doy cuenta de que me iré de nuevo sin despedirme, sin saber lo que me espera, sin billete de regreso. Como un *leitmotiv* que se repite en mi familia, en la que nos gusta desaparecer. Por lo menos esta vez voy acompañada de Lucía. Hasta que pienso que en realidad la arrastro a su destino familiar…

Oigo a la niña moverse desde su cama. Al fin se levanta y viene a mi cuarto. «¿Te apetece el viaje?». «¿Y mi colegio?». «Ya he llamado a *Madame* Nil y le he explicado que nos vamos unos días». «¿Y Carlotta?». «Nos llevamos todos tus muñecos». «Todos no, solo a Carlotta. ¿Puedo hacer yo mi maleta?». «Por supuesto».

Lucía se llevará su caja de «piedras preciosas», su colección de libros clásicos versión infantil de Alexandre Dumas, su muñeca Monster High a la que llama Carlotta, de pelo verde chillón. Dirá que ella es como una Monster, sin pelo verde pero con poderes… y yo le diré que no lo es, que parece más bien un hada madrina.

–Las hadas no ven niños que no existen, mamá.

–Pero son seres diferentes, mágicos, como tú.

–Yo no soy mágica, mamá.

–Para mí lo eres.

Lucía está inquieta y llena de preguntas.

–¿Cuánto tiempo estaremos allí?

–¿Quién sabe?

–¿Tanto tiempo como el libro de *Los tres mosqueteros*?

–Quizá más.

–¿Como *El conde de Montecristo*? –Y los ojos de Lucía se abren como platos.

–Depende de cuánto tardemos en leerlo.

El día pasa rápidamente con tanto por hacer. Saco los billetes de avión. Digo que nos vamos. Volveremos, aunque no sepa cuándo. ¿Por qué? Asuntos familiares. Por el momento, la verdad sigue siendo impronunciable. ¿Las llaves? Abro una caja de recuerdos de París y allí me estaban esperando, con un papelito en el que escribí el código de la puerta. Cuento con que mi madre no haya cambiado la cerradura. Me paseo por casa mientras Lucía habla sola en su cuarto. Cuenta a sus amigos imaginarios que se va, a París, que ella ya conoce París, perfectamente, lo ha leído en los libros de Dumas. Entonces se pone a describir París como si lo conociese realmente y les explica que se va a vivir al palacio de

Milady. Sus palabras con voz de niña, su melodía al hablar, tira de mi memoria en sentido contrario. La cabeza me da vueltas y vueltas y siento que me mareo. Me sube la tristeza. Mañana empieza mi regreso. Entre hoy y mañana, tendrá lugar la metamorfosis. La Teresa actual se diluirá en la Teresa, hija de Maite, de La Maga, la Teresa del pasado que vuelve y se reafirma. ¿Quién soy, madre, quién soy? Te has llevado con tu muerte mi identidad.

Aterrizamos en París a las once de la noche. Siento desasosiego, pero no quiero que se me note. Lucía lleva dormida desde que despegamos, para ella todo esto tiene que ser una aventura, pienso para mis adentros. En cuanto tomamos tierra, mi pasado resucita en un instante.

Autobús, cola de taxis, trayecto interminable del aeropuerto a casa. Sonrío. Nada cambia en esta Francia inamovible. «Mamá, ¿cuándo llegamos?», me pregunta Lucía, antes de volver a caer en su sueño. El taxista es silencioso e indiferente. Gracias a Dios. Ni música, ni conversación, ni simpatía. Reconozco en mí esa misma necesidad de silencio, que pesa y lucha contra la sociedad frenética que me rodea, como los edificios grises de esta bella ciudad fantasma que ahora recorremos, también yo pertenezco a otro siglo, como ellos altos y viejos, descoloridos, sigo incapaz de adaptarme.

Cuarenta minutos más tarde salimos por la Puerta de la Muette, pasamos por la Rue de Passy, alcanzamos la Avenue Paul Doumer. La farmacia. El restaurante de pescado. La floristería. Todo sigue como lo dejé. Hoy ya no sé dónde está mi vida ni en qué año vivimos.

Cuando llegamos, cojo a la niña en brazos e intento que no se despierte. El taxista me ayuda con las maletas, son las doce de la noche y la calle está desértica. Siento la humedad del Sena a poca distancia. Voy despacio. Allí estoy de nuevo, delante del edificio en el que nací. Y entro. Cruzo el umbral de la puerta. Me adentro en el pasado mientras Lucía duerme recostada sobre mi hombro. Voy y vengo, trayendo las maletas por esa alfombra roja desgastada de la entrada. Voy y vengo, rodeada por las paredes envejecidas de otra época, sucias y agrietadas por el tiempo. Hasta el olor del falso calor de los radiadores me es familiar, me transporta y me conmueve. Consigo al fin meter todos los bártulos en el ascensor mientras Lucía sigue en mis brazos. A sus nueve años, es un peso pluma, diminuta niña etérea. La portera mira por la mirilla. ¿La conozco? No se atreve a salir a estas horas de la noche pero es evidente que ella sabía que yo llegaría. Que soy la hija de la española del séptimo. Esa extraña mujer, rodeada de collares, flaca hasta el extremo, alta, de pelo cano y que no recibía a nadie más que a clientes. ¡Una bruja! ¿Y esa bruja tenía una hija? ¡Vaya por Dios! ¡Hasta una nieta! Tan sola y tan acompañada, ¡hay que ver estos españoles! Las porteras, y en especial las porteras de París, lo saben todo.

Una vez delante de la puerta de tu apartamento, busco la llave en mi bolsillo. Cómo me gustaría llamar y que me abrieses, madre. Pero mi madre ya no puede hacerlo y yo, con Lucía en brazos, ni siquiera encuentro la maldita llave. Sé que la llevo encima. Se me cae el bolso, me pongo nerviosa, las manos me tiemblan e intento calmarme. Sí, aquí están, por alguna razón que ahora entiendo, las guardé; entran perfectamente en la cerradura. Eso es lo que ocurre con los objetos, me explicaba La Maga, «aparecen cuando uno los necesita. No hace falta buscarlos a destiempo. Ellos conocen el momento en el que acercarse de nuevo a ti». Una década en una cajita y ahí seguían, como por arte de magia. Reconozco tus poderes, madre...

Abro la puerta como quien abre su pasado.

¿Es aire o tiempo lo que veo? Aprieto a Lucía, la abrazo con todas mis fuerzas, y me doy cuenta de que la que se apoya en la niña soy yo. Echo un vistazo al interior y contengo la respiración. Lo cierto es que me falta el aire. Todo parece congelado en el tiempo. Las persianas cerradas protegen el apartamento. Delante de mí, el espacioso salón inalterable. ¿Quién diría que han pasado tantos años? Cuando entro, el suelo de madera cruje y los muebles nos saludan al entrar. El sofá, los sillones, tu escritorio. Me reconocen. En cuanto camino por la moqueta se levanta el polvo del recuerdo. ¿Dónde pongo a mi niña? Estoy temblando, se me puede caer. Seguro que es el cansancio. Deposito su cuerpo en el sofá mientras meto en casa las maletas.

Los muebles, los objetos..., todo está donde lo dejé. Paso la mano por ellos y me adentro en el estrecho pasillo esperando verte a cada instante. ¿Dónde estás? A la derecha, mi cuartito, a la izquierda, el de mi madre, entre los dos, el baño diminuto, al fondo, la cocina. Y a lo largo del pasillo, tu librería infinita, abarrotada de tus libros, de tus cajitas, de tus fotos, de tus recuerdos. Las cosas no cambian, somos nosotros los que cambiamos.

Madre.

Mis pasos avanzan por el piso guiados por alguien que no soy yo. «¡Ya he llegado, madre!». Grito para mis adentros «¿Dónde estás?», pero las palabras se me atragantan. El silencio de la casa, la inmovilidad de lo que veo, me oprime. «Ánimo, Teresa», me repito a mí misma, y me pregunto si hice bien en volver, si todo esto tiene algún sentido. Su imagen me persigue como si me quisiera decir algo. Debe ser porque ya son altas horas de la noche. Sus palabras, o mejor dicho sus respuestas, están en esta casa y tengo que descubrirlas. Me acuesto al lado de mi hija, le cojo la mano para intentar conciliar el sueño. Acurrucadas en el sofá, no me atrevo a ir hacia tu cama.

Estoy con Lucía, siento su aliento de niña dormida y junto a ella nada temo. Quizá La Maga pensó lo mismo cuando se vio sola conmigo. Quizá fui alguien para ella como lo es Lucía para mí, alguien vivo, el calor de un corazón que late. ¿Quién sabe? Pero ahora soy otra persona. Otra Teresa. «¡Madre, no soy la misma!». Vengo en calidad de heredera. Lo repito varias veces en mi mente para que no se me olvide. Para que se me grabe y me convenza.

Lo importante ahora para mí es entender. Entender al fin de dónde vengo. Entender al fin quién soy.

Al día siguiente despertamos con el primer rayo de luz. En el ambiente del piso hay polvo y sobrevuela una nube de partículas blancas que no llegan a posarse sobre las superficies. ¡Menuda limpieza me espera! Por fin, Lucía abre los ojos.

–¿Ya hemos llegado a París?

Mira a su alrededor con los ojitos aún medio cerrados. Ayer estaba tan cansada que no se fijó en nada. La observo descubriéndolo todo hasta que exclama, con voz de admiración:

–Mamá, pero si estamos en un teatro.

Se emociona al ver las cortinas rojas de terciopelo, el escritorio de Napoleón III, el armario rococó. Es tan diferente a los muebles de Ikea de su casa madrileña que sonrío. Sí, el piso de mi madre parece el decorado de un teatro.

–Pues no sé. Abre el telón y lo sabremos.

Lucía da un brinco hacia las cortinas. Al abrirlas, se queda boquiabierta. Altos edificios. Tejados de pizarra. Cielo blanco encapotado. ¡Bienvenida a París!

–Qué bonito.

–Sí que lo es. Yo vine en avión pero a ti te trajo una cigüeña.

Y en el mismo lugar donde lo decía mi madre, las palabras me salen de la boca sin haberlas ni siquiera pensado. «Un día te trajo el pico de una cigüeña por la ventana», oigo que susurran las paredes.

Lucía sonríe. Esta vez nos metemos en la cama, nos escondemos bajo las sábanas. Le hago cosquillas. Qué placer es oír su risa.

–¿Qué hacemos aquí, mamá?

No digo nada y Lucía repite:

–¿Qué hacemos aquí, mamá?

–Hemos venido a despedirnos.

Hoy es sábado y antes de instalarnos y deshacer las maletas, tenemos que ir al cementerio de Saint-Ouen.

–¿Y la abuela? ¿No está en casa?

Se lo explico a Lucía. Lo hago rápido, como queriendo sortear el vacío de tantos años de silencio: mi madre, su abuela, el entierro, el cementerio de Saint-Ouen. Lucía me mira con unos grandes ojos de sorpresa, como cuando le leo las novelas de Dumas, versión infantil. Entonces la visto con el único trajecito que tiene mientras me pongo unos pantalones negros, una camisa oscura, y un abrigo también negro. Al salir de casa nos paramos en una pastelería y ofrezco a mi hija algo de desayuno, mientras yo me pido un café con leche. Lucía ya no parece tan alegre y mira asustada a la gente. Hace frío. Comemos lo que hemos comprado y enseguida nos metemos en el metro. Lucía sigue sin hablar. Mira a su alrededor, me veo a través de sus ojos y la nostalgia me produce escalofríos. Si te descuidas, la tristeza parisina puede apoderarse de ti… No pienso dejar que eso nos ocurra.

–¿Estás bien?

Una vez en el metro, apoya su cabecita sobre mi hombro mientras escuchamos los ruidos ensordecedores del RER. A medida que nos alejamos de la estación de Boulainvilliers, entra más y más gente. Niños, adultos, negros, asiáticos, blancos, altos, bajos, ancianos. País multicultural en el que te sientes un granito de arena. Lucía me abraza. Reconozco ese sentimiento de no sentirse nadie, de ser casi transparente…

–Mamá, ¿dónde está Saint-Ouen?

Llegamos al cementerio a las once. Y en cuanto aparecemos, un hombre viene directo hacia nosotras. Se acerca como si nos conociéramos de toda la vida, cuando yo no quiero ni saludarlo.

«Me extraña que se haya elegido un cementerio en París cuando ella, o su familia, tiene un mausoleo, cerca de Barcelona», le explico a ese hombre de forma inquisitiva. Es el mismo que me llamó a Madrid. «Un día lo hablé con su madre y me dijo que así lo deseaba». «¿Un día, pero qué día?», este hombre me pone de los nervios. Y añade: «Nada de volver a España y menos a Barcelona, me hizo prometerle su madre». «¡Ah, sí! Pues ya que sabía mi teléfono, no hubiera estado de más consultármelo». «No se enfade conmigo. Como ya sabe, La Maga no mantuvo contacto con su familia catalana».

–¿Quién es La Maga? –me pregunta Lucía.

Me habla como si no supiera nada.

–¿Y quién es usted?

El personaje del teléfono se presenta. Dice que se llama François y hace también de maestro de ceremonias. Acto seguido, al ver el estado en el que me encuentro, me ofrece el brazo, intenta reconfortarme con la mirada, pero solo con su presencia, ya me pongo tensa. ¿Quién se ha creído que es? Ante mi desconcierto se aleja. Debo de tener muy mala cara y ningunas ganas de sonreír. En cambio, aprieto fuerte la manita de Lucía para que no se me escape y no desaparezca.

Al cementerio van llegando algunas personas. Las saludo desde lejos con un gesto. Por su semblante de sorpresa, entiendo que no me esperaban. Yo tampoco esperaba acudir al entierro de La Maga, pero así son las cosas. Para todos ellos, la abandoné. Para mí, me salvé. Sé que nadie me tiene especial simpatía. Quizás ahora, viendo a Lucía a mi lado, entiendan la razón de mi partida.

–Mamá, me estás haciendo daño.

Me doy cuenta de que llevo un rato apretándole la manita.

–Lo siento, mi niña. Mamá está un poco alterada.

Llega el féretro y se instaura un silencio sepulcral. «Hola, madre, te presento a Lucía», pienso para mis adentros.

–Lucía, te presento a tu abuela.

–¿Mi abuela?

Observo a François. Es un hombre mayor, ciertamente apuesto pero sin la menor elegancia. Va vestido con un pantalón negro, una camisa blanca, una corbata negra y una cazadora de cuero. Su rostro es afable pero aburrido, y hoy se muestra el hombre más triste sobre la faz de la tierra. Parece incómodamente alto, ya que se sostiene con una ligera curvatura hacia delante, alguien de procedencia muy humilde –pienso–, acostumbrado a servir a los demás más que a sí mismo. Alrededor de los ojos hundidos tiene la pigmentación de la piel más oscura que en el resto de la cara, como de alguien que ha sufrido, o que ha llorado, ¿quién sabe? De hecho, su sonrisa cae y tiene abiertas dos pequeñas grietas debajo del pómulo. Le veo contener las lágrimas, cosa que en un hombre tan alto y desgarbado resulta patético. ¿Qué relación tendría con La Maga?

A lo lejos se aproxima Pierrette. ¡Me alegro tanto de que haya venido! Pierrette, siempre tan mayor y tan joven al mismo tiempo. Me acerco corriendo hacia ella y me deshago en un abrazo largo y sentido, como si abrazase a mi propia madre... Va vestida con un traje gris elegantísimo y un sombrero de otra época que demuestran su eterna coquetería. Me da un gran beso con los labios pintados de rojo y me mira con ojos sonrientes.

Durante mis primeros años en Madrid, mantuve contacto con ella. Hija del escultor Pablo Gargallo, fue la gran amiga y el apoyo incondicional de mi madre. Era mi familia en París y, por teléfono, me hablaba de La Maga, tranquilizaba mi conciencia, me proporcionaba la seguridad de que mi decisión había sido la acertada...

–Teresa, qué inmensa pena. Se nos ha ido tan pronto. –Y añade–: Me tienes para lo que quieras.

Le quiero presentar a Lucía pero esta se esconde entre mis piernas. Pierrette se la queda mirando, le toca la carita y le dice: «Hola, Lucía, eres tan guapa como tu abuela». La voz musical de Pierrette sigue insistiendo en las consonantes cuando habla español. Esa forma de hablar tan suya, entre español y francés, me devuelve a mi pasado, a mi madre, a esas tardes juntas, las tres, y ahora soy yo la que contiene la emoción. Lucía la mira como a una extraña y sigue sin decir nada.

–Tenemos que vernos. Tengo algo para ti. ¿Te estás quedando en Paul Doumer? Llámame, tenemos tanto de que hablar.

Saludo a los demás, todos se acercan para darme el pésame. Pierrette se ocupó de llamar a los amigos. Se lo agradezco. Aun así, no hay mucha gente. Unos ocho, cuento con la mirada. Dudé en llamar yo misma a conocidos de mi madre antes del viaje, pero no sabía lo que me iba a encontrar, ni si tendría sentido. La Maga y yo, siempre solas, la una con la otra, hasta que nos asfixiamos.

La ceremonia dura lo justo. Un cura que no conozco dice unas palabras sobre Maite. Él sí que parece conocerla. Otra sorpresa más de su pasado. «La señora O'Pazo que fue tan generosa con nosotros que se arrepintió, alma caritativa y dulce, que Dios la tenga y la guarde en su seno». Lucía escucha sin entender; es su primera vez en un cementerio. François me escruta con sus ojos azules, no es muy discreto. ¿Qué querrá? Pierrette se acerca y me coge de la mano.

—Cómo haces para estar siempre tan alegre, Pierrette...

—A lo largo de mi vida, he despedido a tanta gente, Teresa —me contesta.

Y percibo que, aun así, su brazo tiembla de emoción.

El dolor cala en ella, en mí. Adiós, madre. Adiós, La Maga. Me agacho hacia el agujero y rozo su ataúd.

Una última caricia...

Al irnos, François se acerca hasta nosotras.

—Os puedo acompañar, he venido en coche.

Yo dudo, pero Lucía me aprieta la mano y contesta directamente que sí. No ha debido de gustarle el viaje en metro y desea salir pitando de este siniestro lugar.

En el coche nadie habla, como si todos estuviéramos ensimismados pensando en lo nuestro. La verdad es que ha sido tan rápido, yo contengo las ganas de llorar. François lo nota y me hace un gesto de consuelo.

—Me hubiera gustado despedirme de verdad —le digo.

—Era la ilusión de su madre. Volver a verla. Pero creo que, para ella, hoy lo ha hecho.

—Sí, claro, dentro de un ataúd... no me venga con tonterías —le contesto.

Lucía me toca el hombro, apoya la cabeza en el respaldo del asiento, entiende mi tristeza.

—Mamá, la abuela no se ha ido.

—Mi niña... qué cosas dices.

—La verdad —contesta François—. Abra su corazón y la verá. Su madre me enseñó a hacerlo...

—Qué coincidencia que fuéramos justamente ocho

para despedirla. El ocho era el número favorito de mi madre.

—Las coincidencias no existen.

Al llegar al portal de casa, François me mira con ojos de alguien que quiere decirme algo, pero luego se contiene. Saca un papel y escribe.

—Este es mi móvil. Por favor, llámeme para lo que necesite. Además, tenemos que hablar. Yo le puedo ayudar con los papeles, los abogados y el jaleo de la herencia. Hace tiempo que usted se fue de París y yo me conozco los entresijos de la administración francesa mejor que nadie.

François se despide de nosotras y subimos a casa. Ahora nos toca asentarnos. Por la tarde, mientras Lucía juega en el salón, pienso que es buen momento para ir a comprar algo.

—Me quedo un poco inquieta, ¿estás segura de que puedo dejarte sola? —le digo.

—No estoy sola, mamá, están Carlotta y la abuela.

Respuesta típica de Lucía. Sonrío y consiento, sin estar del todo convencida.

—Vuelvo enseguida.

Las tiendas de comestibles siguen en el mismo sitio que hace diez años, incluso han proliferado. Lleno una cesta para aguantar unos días. Lo que han subido son los precios, pienso. Si nuestra vida en París es así de cara, más vale que me busque un trabajo.

En casa coloco lo que acabo de comprar. La nevera está apagada. Tardará unos minutos en enfriar. Lucía me ayuda a preparar una cena rápida. Y me vuelve a preguntar:

—¿Por qué nunca me dijiste que tenía una abuela?

—No lo sé. Lo siento, Lucía.

Sin contestarme, añade, un poco más tarde: «Antes, mamá, no éramos ocho sino nueve».

—¿De qué me hablas?

—Que en el cementerio, le dijiste a François que éramos ocho, pero no era cierto. Como dijo François, la abuela se ha quedado con nosotras.

Descansando al fin en el silencio de la noche, Lucía duerme en la que era mi cama, yo en el cuarto de mi madre. ¿Quién sabe el tiempo que nos quedaremos? ¿Tú lo sabes? No quiero hablar con nadie más que contigo, madre, estés donde estés. Se me encoge el corazón pensando en ella. «Ojalá pudiera volver a verte, como parece poder hacerlo Lucía», pienso. Y explicarte que me marché porque a tu lado no me dejabas existir.

No sé el tiempo que ha pasado, cuando abro los ojos, Lucía está de pie, al borde de la cama, y me mira queriendo que despierte.

–Buenos días.

–¿Puedo abrir las cortinas de tu cuarto, mamá? No se ve nada.

–¿Por qué no te metes un rato en la cama conmigo y me dejas descansar un poco más? Debe de ser prontísimo.

–Tengo hambre.

Al fin consigo despejarme y le propongo salir a desayunar.

–Vale, mamá, vamos.

–Entonces, ponte algo de abrigo.

Y en cinco minutos, aún despeinadas, estamos en la calle.

–¡Pero si todavía es de noche! –exclama en cuanto salimos del portal. En octubre, en París, los días empiezan a acortarse. Es como si la ciudad extendiese sobre sus habitantes un inmenso manto oscuro y permaneciéramos allí debajo los meses siguientes.

–¿No te he contado que en Francia la gente hiberna?

–¿Qué cosas dices, mamá? ¡Eso no es verdad!

–¡Cómo qué no!, mira esa ventana de arriba, la vas a ver cerrada hasta marzo, ya verás.

Y Lucía se ríe como una princesa de cuento.

–¿Por eso no ves a la abuela? ¿Porque *invierna*?

Y ahora la que se ríe soy yo.

–¡Claro! ¡Se ha ido a *inviernar*, la muy fresca!

Caminamos unos metros y entramos en la *boulangerie*. Huele a pan recién horneado, a chocolate derritiéndose en el hojaldre, a cruasanes de mantequilla. Lucía se relame y mira los pasteles, sin saber cuál escoger. Leo en su mirada que los quiere todos y no va a saber elegir. No mide su hambre de pajarito. Subiremos a casa con una bolsa llena de dulces, y se olvidará del desayuno. De repente se fija en un grupo de niños. Piden todos lo mismo. Un *pain au chocolat*. Llevan unas mochilas enormes colgadas a la espalda y van vestidos con un uniforme azul marino, igual que el de Lucía, en Madrid. Se vuelve hacia mí y es su mirada interrogante la que formula la pregunta.

—Van al colegio, sí. ¿Qué te apetece desayunar?

—Lo mismo que esos niños.

Pero al mirar el bizcocho de al lado también lo quiere y el de atrás, y el que tiene una isla encima llena de chocolate. ¡Lucía los quiere todos!

Después de desayunar uno de esos mil pasteles que me ha hecho comprar, me siento llena de energía. No sé por dónde empezar. Entre tanta maleta y mueble antiguo, debo ordenar, colocar y buscar. ¿Buscar el qué? Hasta que la voz de Lucía me saca de mis ensoñaciones:

—¿Tú crees que la abuela ha dejado este peluche para mí?

Lucía ha encontrado a Tigre, mi tigre, el muñeco que apareció en el rellano de la puerta, un día de Navidad cuando era pequeña y del que no me separaba.

—Se llama Tigre y era mío. Me alegro de que la abuela lo haya guardado, para ti.

Lucía lo coge y lo abraza.

—Lo sé. Me lo ha contado. De cuando eras pequeña como yo y de cuando vivías aquí con ella...

—¿Y sabes por qué le puse ese nombre?

—Porque es un tigre.

—Sí, claro, pero también porque se escribe igual en español que en francés. Y eso era muy importante para mí cuando tenía tu edad, ¿sabes? Una palabra que no había que aprender a escribir dos veces.

—Yo ya sé hablar francés.

Lucía me mira con sus inmensos ojos mediterráneos. A veces me pregunto si entiende del todo las explicaciones que le doy o si por el contrario ella es aquí el alma vieja que todo lo sabe. Un sueño de niña, tan hija única como yo, como lo fue también mi madre. ¿Quién dijo que, hagas lo que hagas, estás condenado a vivir la vida de tus padres? ¿Cómo se hace para romper el hechizo?

—Mamá, ¿cuándo vamos a volver?

Ahora es ella la que me deja sin palabras. Esta es una de las mil preguntas que se debe de estar planteando y yo no sé qué decir. Hasta que veo una de las cajas de mi madre y decido hacer como ella.

—Mira esa caja en la mesilla de noche. Ábrela y deja volar la historia como si fuera una mariposa. A ver qué nos cuenta…

Lucía se sienta para escuchar. El juego le gusta.

Me concentro, inspiro muy profundo y recuerdo:

—Érase una vez una niña que vivía con su madre en un piso más o menos como este. Ella era feliz pero, a veces, se preguntaba por qué su madre le hablaba en un idioma diferente al de los demás habitantes de esa ciudad, por qué esa madre tenía un acento tan extraño cuando se expresaba en francés y por qué no tenía padre ni ningún familiar en esa grandísima ciudad. Esa madre, además de hablar una lengua distinta, también iba vestida de forma peculiar, siempre con faldas de terciopelo que le ceñían el cuerpo esbelto y que se hacía a medida, camisas anchas sujetas a la cintura, largos collares de perlas y plata, y un pelo lacio, moreno y brillante que colocaba en forma de moño con una peineta.

»Esa madre no paraba de contar historias de su vida

pasada. La vida que había llevado antes de que esa niñita hubiera nacido. Hablaba sin parar de su familia aristocrática, de sus amores, de sus deseos de convertirse en una gran cantante, truncados por unas extrañas dotes de adivina. Hasta que un día la niña se dio cuenta de que ella no era la protagonista de ninguna de esas historias. Ni siquiera aparecía como personaje y, entonces, en esa chica, que ya era mayor, arraigó el sentimiento de que en realidad no existía.

–¿Era invisible? –pregunta Lucía.

–Pues de algún modo, sí. En realidad, esa chica no tenía vida. Vida propia, quiero decir. Vida, más allá de las historias que le contaba su madre y que habían ocurrido en otro tiempo, mucho antes de que ella hubiese sido ni siquiera concebida. Sin embargo, todas las decisiones importantes sobre su vida las habían tomado antes de su nacimiento. ¿Me entiendes?

Lucía se queda en silencio como si viese a través de mí.

–Pues a mí me hubiera gustado que me contases historias de tu pasado, mamá.

Sus palabras interrumpen las mías y hace que pierda el hilo... ¿Qué hago desvelando mis pensamientos a esta niña como si fuera mi conciencia la que habla cuando lo que debería hacer es callarme? Ante mi silencio, Lucía pregunta:

–¿Vamos a quedarnos mucho tiempo en París?

–No creo.

–Carlotta me pregunta que por qué no has deshecho tu maleta.

La miro y es cierto, sigue cerrada sin que me haya

molestado en sacar nada. Mi historia vuela y se disuelve por la habitación. Ya no la encuentro...

–No lo sé.

–¿Dónde está el armario, mamá? Yo también quiero ordenar mi ropa.

Se lo enseño. Es esa puerta en la pared, que parece la entrada de otra casa. Lucía se levanta de un brinco y va directa a abrir esa pesada puerta de madera maciza, intentando dar vueltas a una inmensa llave dentro de la cerradura. Al abrirla, aparecen trajes, faldas de terciopelo, pañuelos y un sinfín de collares que cuelgan de todas partes. Al ver su ropa se me hiela el corazón.

–¡Es de ella, mamá, la del cuento!

Soy capaz de verla, vestida con sus vestimentas brillantes, exquisitas, impregnadas de un tiempo remoto. Lucía pasa los dedos por las telas colgadas, toca los trajes antiguos como si fueran tesoros, hunde la cara en la suavidad de las prendas y se mete en el armario traspasando el umbral como quien se adentra en el mundo de la fantasía.

–¡Ven, mamá! –exclama.

El color rojo domina sobre los demás, era su color preferido, pero también hay azul, verde esmeralda, amarillo, naranja y granate. Ahora soy yo la que me acerco a tocar. Recorro con las manos la ropa de Maite. Tocar su ropa es como tocarla a ella. Estoy tan triste y tan alegre a la vez que me río con Lucía. Huele a ella, y su aroma enseguida invade la habitación. Lo descuelgo todo y lo dejo en la cama formando una montaña. Lucía se tira encima y se revuelca en la ropa.

–¡Cuidado, que lo arrugas todo!

Nos probamos sus cosas: camisas de seda, pantalones de pana, zapatos pasados de moda, cinturones, jerséis. Collares que le llegan hasta el suelo. Ahora lo recuerdo: mi madre era alérgica a la lana.

–¿Por qué no la llamas «mamá»? –me pregunta de repente Lucía.

–Si la hubieras conocido... Tu abuela era todo menos una mamá.

Lucía no lo entiende. Frunce el ceño.

Su intenso olor a perfume se incrusta en las paredes, me atraviesa la nariz, se mete en mi interior, me embriaga. No quiero abandonarme a la tristeza. Lo vivo como una fiesta. Ese perfume que algún admirador le habría regalado. Lucía baila, vestida con camisas que le quedan inmensas, como si estuviera en una obra de teatro, cierra los ojos mientras da vueltas, ¡está feliz! ¡Oh! «¡Adoro a la abuela!», grita. Pero, de repente, Lucía se detiene. Ha visto algo muy valioso: lo leo en sus ojos.

–Mira, mamá, debe de ser el traje de su boda.

Descuelga un traje largo y blanco, lleno de pedrería. Parece una obra de arte.

–¿De su boda? Pero si tu abuela nunca se casó.

Nos reímos juntas, hechizadas ante tal desconcierto, como sí La Maga nos estuviera abrazando, como si estuviera riéndose con nosotras.

Por qué he dicho eso si no es verdad. Maite sí que se casó. A los veintiún años, en Barcelona. Ahora ya da igual, quizá sea tarde para rectificar.

–Venga, pequeña. ¡Vamos a hacer sitio en el armario de la abuela! Ahora es como si ya la conocieras.

Y descubro el propósito de mi regreso. Ordenar mi

pasado. Dar sentido a las historias que mi madre me contaba. Descubrir los fantasmas de una vida, la mía, que La Maga se empeñó en dominar, dirigir y manipular hasta el punto de hacerme desaparecer.

He llamado a Pierrette esta mañana para ver si quería recuperar algo de la ropa de La Maga. Vendrá a merendar la semana que viene y a conocer mejor a Lucía.

–Tu madre me hablaba mucho de ella.

–¿Mi madre? Pero si no sabía ni que existía.

–¡Qué cosas dices! Claro que lo sabía. De hecho, lo sabía todo de ti, querida. No porque te hubieses ido dejó de estar pendiente de tu vida. ¡Ya la conocías!

Quedamos para la próxima semana. Antes, no puede. Pierrette siempre tuvo una gran vida social. Conoció a mi madre al poco tiempo de su llegada a Francia y, desde ese momento, nunca dejaron de verse. Pierrette aparecía con frecuencia en sus historias del pasado, aquellas anteriores a mi nacimiento. Mi madre me había contado que cuando se quedó sola conmigo, ella la ayudó a encontrar este piso, a instalarnos en él. Pierrette la invitaba a sus cenas para presentarle a gente, a pesar de que mi madre declinase. «A mí me divertía ella, no su círculo de exilados españoles, que eran los que sobre todo frecuentaba. Yo, al irme de Barcelona, una de las cosas de las que hui fue justamente de esa multitud de gente y todas esas conversaciones vacías». Sus palabras vuelven a mi mente entre las paredes de su piso.

En el apartamento de La Maga, también he cambiado el orden de los muebles, he tirado objetos viejos y he guardado papeles que reposaban por todos los rincones de sus estanterías, acumulados por el tiempo. Busco algo de espacio para Lucía y para mí. He pensado que, si vamos a quedarnos unas semanas, más vale que nos instalemos.

Por lo que veo, en mi ausencia, mi cuarto se convirtió en el lugar de trabajo de Maite. Mi cama tiene almohadones como si fuera un sofá y encuentro los libros y los objetos que dejé, metidos en cajas de cartón debajo de la cama. Voy a instalar a Lucía aquí, y le compraré una mesita, algún objeto de decoración que le guste.

Traslado al cuarto en el que me he instalado el escritorio de mi madre, que pesa como un cristo. Allí es donde yo la recuerdo y lo quiero cerca de mí. Lucía me ayuda a moverlo. También hay marcos con fotos por toda la casa. La mayoría son de ella, en diferentes momentos de su vida. Algunas las recuerdo. Hay fotos amarillentas, humedecidas en esos marcos de plata ennegrecida que han estado siempre aquí. Hay varias tomadas en España, son de ese único viaje que hicimos juntas. Se nos ve felices y me entra una añoranza infinita. Quizá, si no me hubiese ido, nuestra relación se hubiera podido arreglar, y ese pensamiento me fustiga como un latigazo. Lo irreparable produce tristeza e intento apartarlo de mi mente.

En una de las fotos, descubro a mi madre y a ese tal François. Sujeta a La Maga por el hombro. Es mucho más alto que ella. Quizá fuera su último amor. Y entonces recuerdo que me dio su teléfono. Tendré que llamarle. A día de hoy, es el único, junto con Pierrette, que podría ayudarme a dar sentido a mi pasado. Hasta que descubro, algo escondida, una pequeña foto de un bebé. ¿Soy yo? Imposible. Parece reciente. Fue tomada de lejos, en Madrid, ¡madre mía, pero si es Lucía!

–¿Ves cómo la abuela ya me conocía?

Lucía me ha estado observando todo este tiempo.

–Ya veo, pero no lo recordaba.

–Ella me ha dicho que sí.

–¿Qué pasa, sigues hablando con la abuela?

Muy pronto me di cuenta de que Lucía había heredado unas habilidades parecidas a las de su abuela. Todo empezó en el colegio, hace dos años, cuando Lucía tenía seis. Aquella tarde fui a recogerla a la salida de clase. La noté nerviosa, algo extraño había sucedido. Cuando le pregunté qué le pasaba, me explicó con voz entrecortada que los había visto. Que había visto a otros niños en la escalera. Pero no eran niños del colegio, claro, en ese caso no se hubiera sorprendido. Algo en ellos parecía diferente.

–¡Era todo sin color, mamá! ¡Los colores se habían ido del colegio! ¡Y entonces aparecieron unos niños en la escalera!

–Quizá fueran otros alumnos del colegio que no habías visto antes…

–No, mamá. No eran del colegio, si no, los hubiera reconocido. Iban vestidos con un uniforme…

–Sí, Lucía, como todos vosotros.

–¡Que no! ¡Era otro uniforme! Y además tenían un pelo raro. Así y mal cortado.

—Pero ¿qué hacían niños de otro colegio en el tuyo?

—No lo sé. Estaban de pie en la escalera y me miraban.

—Ah, vaya… ¿A ti?

—Sí, me miraban a mí. Pero nadie más que yo era capaz de verlos.

Esas visiones me recordaron a mi madre de inmediato.

—Mejor que no cuentes a nadie lo que has visto.

—Una de las niñas en blanco y negro estaba llorando. Parecía asustada y triste al mismo tiempo. A mí me daba un poco de miedo.

—Tranquila, no pasa nada. Se llaman visiones y pueden venir de otro momento, de otra persona de tu familia —le expliqué, refiriéndome a lo que me contaba La Maga. Y quise cambiar de tema—. Pero ahora, ¿qué te parece si nos vamos a tomar una buena ración de esas tortitas que tanto te gustan?

—No tengo hambre, mamá.

¿Hereditario? Esas escenas se repitieron alguna que otra vez a lo largo del curso. Lentamente, Lucía se fue quedando sin amigos. La empezaron a llamar «niña fantasma» a pesar de que ella explicase abiertamente que no eran fantasmas, que eran niños como los demás que necesitaban ayuda. «Me miran siempre a mí, mamá, como si yo tuviera que hacer algo, pero ¿el qué? No lo entiendo».

Meses más tarde, mi hija volvió a salir ofuscada del colegio. Esa mañana había vuelto a ver una escena a las que ya llamaba «de otro tiempo». Como siempre, el acontecimiento había tenido lugar justo después del recreo y en las mismas escaleras. Mientras subían todos en fila, Lucía había presenciado como unos militares cogían a esa niña que se había quedado mirando a Lucía las veces anteriores y, de forma agresiva, se la habían querido llevar con ellos. La niña se negaba, gritaba y miraba a Lucía como si solo ella pudiese salvarla, se sujetaba a la barandilla mientras los militares tiraban de ella sin éxito. Hasta que ya, hartos ante la desobediencia de la joven, le pegaron un tiro en la cabeza.

Lucía se quedó petrificada.

Por supuesto, a pesar de que esto había ocurrido delante del colegio entero, nadie había visto nada.

Mi hija se desmayó y cayó encima de sus compañeros. Se hizo un silencio de inmediato. Llegaron profesores, se la llevaron en brazos a la enfermería y me llamaron. Llegué al colegio lo más rápido que pude, y me encontré con que su profesora estaba intentando hablar con ella, aunque sin éxito. Lucía se había despertado y desde entonces no había pronunciado ni una sola palabra.

El susto le duró varios días durante los cuales se quedó en casa, en su cama, mirando al infinito, sin hablar. Me recordó al personaje de Clara en *La casa de los espíritus* y pensé en ese silencio que nos invade cuando no sabemos ni quiénes somos ni en qué momento estamos. Menos mal que Lucía, contrariamente a ese personaje, fue recobrando la voz días más tarde y me contó lo ocurrido.

A sus seis años, la niña era incapaz de entender lo que había visto, la escena de un crimen, en blanco y negro. Tampoco entendía por qué todos los personajes que venían, como ella decía, «de otro tiempo» se dirigían a ella como si su ser fuese capaz de encontrarse en dos tiempos paralelos. Por alguna misteriosa razón, los pensamientos también viajan a través de las generaciones. La Maga se enfrentó a escenas semejantes cuando llegó a París. Pero si mi madre podía ver el futuro, Lucía rememoraba escenas del pasado. «Solo el ser humano tiene un concepto temporal –me explicaba en numerosas ocasiones mi madre– cuando, para el resto del universo, el tiempo no existe».

–¿Qué podía hacer para salvar a esa niña que mataron? –me preguntaba Lucía, una y otra vez.

Yo trataba de tranquilizarla rememorando las enseñanzas de La Maga, diciéndole que no podía hacer nada, que no podía cambiar el curso de los acontecimientos. Que aunque lo hubiera visto en el presente, era imposible volver al pasado, cambiar los hechos; que ella, en el tiempo que le tocó vivir a esa niña de la escalera, no existía. Mi hija no lo entendía y le costó recuperarse.

–Si lo he visto, es por algo, mamá.

Y probablemente tuviera razón, pero, cómo saberlo. Durante semanas, no quiso volver al colegio. El director, al ver que Lucía no volvía a clase, me convocó en su despacho. Era un hombre corpulento, de andares lentos y pesados. Me escrutó en silencio con ojos vacíos de pez muerto. Y me pregunté al observarlo dónde contrataban a ciertos directores de colegio.

–Su hija –empezó a decir–. Su hija... presenta un comportamiento «anormal».

—¿A qué se refiere con «anormal»?

—Pierde la cabeza.

—Pero no la pierde, ella...

—Eso causa miedo entre sus compañeros. Y fomenta una mala reputación para el colegio.

—Pero no hace daño a nadie, Lucía...

—Aún no. Pero ¿quién sabe?

—Si me deja explicarle, le diría que...

—Es que tengo poco tiempo. Otra visita después, ya sabe cómo son estas citas escolares. En realidad, la llamé para recomendarle otros centros que creo que serían más apropiados para ella.

Lucía no volvió a ese colegio. Visité unos cuantos centros hasta que di con uno francés al que solo asistían niñas, vestidas con uniforme azul marino, no muy lejos de casa. El colegio era lo suficientemente pequeño y familiar como para que Lucía se sintiese arropada. Por otro lado, ese centro tenía también algo de atemporal y las monjas me hablaban con una mezcla de francés y español tan peculiar que me pareció perfecto.

Aun así, Lucía no entendía por qué nadie en su colegio la había creído y a menudo me preguntaba por los motivos.

—Mucha gente cree solo en lo que ve —le explicaba yo a modo de consuelo.

Sus preguntas se alargaron en el tiempo hasta que llegó el momento en que su mente de niña logró olvidar la escena y no volvimos a hablar del tema. En el nuevo colegio que estaba por la zona de El Viso, un barrio de casitas que me encantaba recorrer caminando de vuelta a casa cuando la dejaba en la entrada, hizo algunas amigas.

Más tarde, me enteré por las madres del antiguo colegio de que ese lugar había sido el escenario de escenas atroces, a principios de la Guerra Civil.

En el nuevo centro, Lucía no volvió a tener más visiones. Entendió, sin embargo, que no debía compartir aquel don que poseía. Que ese poder tenía la capacidad de volverla tan invisible ante el corazón de sus compañeros, como esas niñas procedentes del pasado.

Quizás hubiera sido un buen momento para hablarle de su abuela por primera vez.

Como si fuera un habitante más del apartamento, el piano de mi madre sigue impertérrito en el salón. Había pertenecido a la madre de Pierrette, que se lo regaló a La Maga ya que en su casa nadie lo tocaba. Los primeros días, Lucía lo ha mirado, sin atreverse a abrir la tapa. Pero ahora la veo sentada en el taburete recorriendo el teclado con sus dedos. Rompe el silencio cuando al fin aprieta una de las teclas y sale un sonido algo gruñón que se extiende por todo el piso. En esos momentos, siento la presencia de mi madre.

–Toca, no tengas miedo.

–No lo tengo, mamá, lo que pasa es que no sé tocar.

–¿Quieres aprender?

Pero Lucía no contesta. La escucho susurrar una música que intenta sacar con las teclas. Se pasa las tardes ahí sentada, hasta que consigue afinar unas notas, un acierto de melodía. Me suenan a algo conocido que yo escuchaba hace mucho tiempo. Será mi imaginación…

–Lucía, ¿quieres aprender a tocar? –le repito–. Te busco un profesor para los días que nos vamos a quedar en París. Igual te podría divertir. Se lo puedo pedir a François, que seguro que conoce a alguien. A tu abuela le encantaba la música, ¿sabes? Lo que mejor hacía era cantar, pero el piano se le daba también muy bien. En algunas reuniones que tenía en casa, sobre todo al principio, yo la escuchaba cantar desde mi cuarto. A mí no me dejaban salir. No llegó a cantar en ningún concierto, pero yo creo que le hubiera fascinado. Vino a Francia para eso…

–Mamá, no necesito un profesor, ya me enseña la abuela.

Me quedo sentada en el suelo, sin saber qué contestar, tan acostumbrada a estar rodeada de seres que ven más allá de mis propios ojos.

Suena el teléfono. Es François.

–Tengo una llamada perdida suya. ¿Cuándo le viene bien que me pase a verla?

–Cuando quiera.

Lucía, que es capaz de sentir a la abuela dando vueltas por la casa, también siente mi tristeza. Se levanta del piano, viene a mí, me roza la espalda y se me abraza.

–La abuela me ha contado que a ti no te gustaba el piano.

–No es cierto. A mí no me gustaba tocarlo, que no es lo mismo. Porque yo no lo tocaba bien. Se me da fatal la música, no tengo oído. Ves, esto que acabas de hacer tú, sentarte y al cabo de un rato sacar una melodía, yo soy incapaz incluso después de años de clases particulares. A la abuela le encantaba Alicia de Larrocha.

Esbozo una sonrisa evocando el recuerdo. Mi madre buscando en su desorden discos de vinilo de Alicia…

–¿Quién era Alicia de Larrocha?

–Una gran pianista. En ese armario, si te fijas, están todos sus discos, de los que se usaban antes. Y la abuela me puso clase de piano desde que era pequeña con la esperanza de que algún día tocase como esa señora. Pero yo era negada para la música y sentarme al piano era un suplicio. ¡Ni era gorda como esa pianista ni conocía de nada a esa señora! Durante una época, para tu abuela, aquello se convirtió en una obsesión. A veces pienso que nunca fui la hija que a ella le hubiera gustado que fuera.

Y ya estoy yo contándole a Lucía recuerdos que no debo. Que no son para alguien de su edad… Pero, como también hacía yo misma a su edad, ella debe seleccionar en su cabecita lo que entiende y lo que deja de lado, para más tarde.

–Mamá, cuéntame otro de tus cuentos de antes.

–Ve a buscar el libro de *Los tres mosqueteros* que trajimos de Madrid.

–No. Yo quiero un cuento de los de las cajitas.

Y da un brinco hacia la biblioteca del pasillo donde ha debido de localizar una de ellas. La trae. Esta es de porcelana. Muy delicada. «Cuidado, Lucía». «No la he abierto». Y me la da. Entonces se sienta a mi lado, para escuchar.

–Esta cajita tiene muchos más años que tú e incluso que yo. Viene de la casa de los padres de tu abuela.

–¿Y quiénes eran sus padres?

–Tus bisabuelos.

Y Lucía me mira interrogándome con sus ojos curiosos, pensando lo mismo que yo pensé aquella noche: no sabía que tuviera familia.

–¿Y tú los conociste?

–Pues no.

–¿Y yo?

–Tampoco.

–¿Por?

–Porque viven lejos…

–¿Viven en el cielo?

–Exactamente. Con la abuela.

Pero Lucía se queda pensativa.

–La abuela vive con nosotras, mamá.

–Pasemos a la historia.

—Había una vez una joven catalana de dieciocho años recién cumplidos. Era una joven de gran belleza y mucho temperamento a la que le fascinaba cantar. Vivía en una casa tan grande que parecía un palacio.

—¿Como Blancanieves?

—Igualita a ella.

Esa joven quería ser cantante, pero no cantante de ópera, que era la pasión de su padre. No. Ella deseaba cantar en teatros, cantar comedias musicales como las que veía en ciertos teatros de Barcelona y en las películas que proyectaban, de contrabando, en el salón de su casa. También le gustaban…

—¿Qué significa contrabando?

—Pues significa que esas películas estaban prohibidas, Lucía. Ahora puedes ver de todo, pero en esa época el Gobierno español te censuraba lo que podías ver, leer e incluso hacer.

—¿Qué significa censurar? Mamá, ¡no entiendo nada! ¡No me gusta ese cuento! Mejor abrimos otra cajita.

–Espera y ten paciencia. Le gustaban las canciones que se oían por la radio en emisoras escondidas. Su profesora de canto se llamaba Jacinta y era una joven adelantada a su tiempo. Era mayor que ella, morena, de pelo corto, como un chico, una de las únicas mujeres que, en esos años en Barcelona, se atrevía a ir con pantalón. A Jacinta se le perdonaban esos atuendos masculinos porque tenía una voz extraordinaria. Actuaba en el Liceo, un teatro muy famoso que hay en Barcelona, donde el padre de la joven tenía un palco para no perderse ni una representación. ¡Jacinta era una artista!

–¿Su padre era rico?

–Riquísimo. Resulta que esa joven aprendiz y Jacinta se hicieron muy amigas. Jacinta le enseñaba todas las canciones del momento, aquellas que hacían furor en los demás países de Europa y América, unos países que gozaban de libertad, no como en España, donde se vivían los tiempos de una dictadura. En el extranjero, en cambio, aquellos fueron años de mucho movimiento, Lucía. La gente salía a la calle, quería libertad, modernidad, acabar con el poder del dinero. En la calle, la mayoría de la sociedad reivindicaba paz, libertad y amor libre. En París, a finales de los años sesenta, los estudiantes de las universidades salieron a la calle a protestar e incendiaron muchas ciudades francesas, sabes...

–Mamá, ¿y qué les pasó a la abuela y a Jacinta?

–Sí, claro... Jacinta iba a su casa por las tardes y le enseñaba a cantar las comedias musicales que se escuchaban en Broadway, pero la que más le gustaba a esa joven era una en francés que se llamaba *Les Parapluies de Cherbourg*, y que había visto en los cines... Mi madre cantaba sus melodías en un piano de cola que presidía el salón de sus padres, un poco diferente al que estás sentada tú, pero un piano de todos modos. Y le decía a su amiga Jacinta: «Quiero vivir en Francia. ¡Y cantar en los teatros de París!». «Piénsatelo bien –le contestaba su profesora–. Marcharse al extranjero es fácil. Volver es lo que cuesta. Además, dicen que allí las mujeres...

–¿Qué pasaba con las mujeres?

–... hacen lo que les da la gana. Que van en pantalones como yo. Que conducen... –Y Jacinta la miraba entusiasmada–. ¡Me voy contigo!». En esa época, La Maga era una soñadora que se sentía poco menos que prisionera en Barcelona. Debía de ser un lugar demasiado pequeño para quien tiene aspiraciones de triunfo y grandeza. Cuando vienes de una familia conocida, como seguro que era la nuestra, pues quizá la abuela no podía salir a la calle o actuar libremente sin que se lo fueran a contar todo a sus padres, digo yo. El caso es que esa joven siempre tuvo la capacidad de soñar despierta y deseaba tener éxito con su voz. Se veía en los teatros de París, aclamada por un público internacional. Viajando, como los grandes artistas, por el mundo entero. A esa chica, Barcelona le parecía un pueblo. Y decidió venirse a París a cantar.

–¿Mi abuela fue cantante?

–Pues no. No llegó a serlo al final, el destino... Pero cuando tenía tu edad, quizás un poco más mayor, ese era su mayor deseo. Hasta que un día, mucho antes de que se hubiera organizado su huida a París, le pasó algo extraordinario.

–¿Y qué le pasó?

—Después de cenar con sus padres en el comedor principal, una cena suculenta que les servía cada noche la cocinera, que se llamaba Magdalena, tu abuela se acostó temprano tras haber leído algunas páginas de una novela de las que tenía en la mesilla, siempre tenía varias novelas junto a la cama y pasaba de una a otra sin haber terminado la anterior. Apagó la luz, cerró los ojos y se durmió. Estaba tan tranquila que hasta en el mundo de los sueños se le colaron extrañas escenas de la realidad. O eso pensó. Vio como un hombre se introducía en la cocina sin ser visto por uno de los ventanales que daban a la calle. La sala estaba oscura, pero debía de conocer la casa ya que pudo acercarse, sigilosamente, a Magdalena, mientras esta recogía la cena. Entonces, por detrás, el ladrón la agarró por el pelo, le dio un tirón que casi la desnuca y la amenazó con un cuchillo, para que le diera todo el oro de sus dueños. El intruso llevó a la cocinera al salón y allí vio, con sus inmensos ojos de depredador, los dos famosos candelabros de oro. Encima de la gran mesa, lucían dos enormes *chandeliers* del siglo XVIII que un antepasado había traído de un viaje a Venezuela donde vivían unos orfebres importantísimos que esculpían oro y tallaban piezas de gran valor. El ladrón dejó caer al suelo a la cocinera, propinándole un fuerte golpe, metió los candelabros en una bolsa y se marchó por la misma ventana que había entrado.

—¿Qué le pasó a la cocinera?

—En realidad nada, Lucía, ¿recuerdas que era un sueño? Una visión que había tenido tu abuela. Cuando se lo contó a sus padres, estos no la creyeron. «Ha sido solo una terrible pesadilla, querida. Desayuna con nosotros y el susto se te pasará». Su madre trató de consolarla, mientras su padre se quedó pensativo.

—A mí tampoco me creían, mamá.

—¿Y sabes lo más extraño? Al día siguiente, ese sueño se hizo realidad.

A pesar de la tímida apertura que debió de iniciarse en la España franquista a partir de los años sesenta, cuando yo era pequeña mi madre me contaba que se fue de Barcelona porque se sentía «ahogada». La palabra me fascinaba y tardé unos años en entenderla e incluso en apropiármela yo misma, con mi experiencia. Me imaginaba que «ahogada» significaba que mi madre no podía respirar, que Barcelona era poco menos que una ciudad como la Antártida en la que sus personajes vivían bajo el agua. Y lo que más me chocaba es que lo que para mí era un cuento de hadas, de palacios, de cocineras y candelabros, para ella era un sentimiento de desesperación.

Esa desesperación debió de fluir por las venas hasta alcanzarme porque cuando me contaba sus recuerdos, mi corazón latía tan fuerte que, al final, yo también me ofuscaba.

Después de esa noche, La Maga empezó a sufrir de angustia. A menudo se despertaba temblando en la cama como si le hubiera dado un ataque de epilepsia. Su madre llamaba al médico de la familia, quien le ponía unas inyecciones tranquilizantes que la dejaban fuera de juego, mientras su padre, a quien no escuchaba nadie, insistía en que esos sueños premonitorios eran una herencia familiar. ¡Nada preocupante!

–¡Que nadie oiga tus palabras, Manolo!

Hay que entender que Lucía Montis, la madre de La Maga, procedía de una familia burguesa, catalana y adinerada, para la cual el qué dirán era de suma importancia. La sangre aristocrática y las dotes adivinatorias le venían a mi madre de su padre, Manolo O'Pazo Allendesalazar. Es posible que por esa parte hubiera heredado una personalidad indomable, cierto sentido del honor y un acusado gusto por hacer lo que le daba la real gana, sin preocuparse de lo que pensasen los demás. Además, por si eso fuera poco, era hija única.

«Mi madre –me explicaba– solo hablaba del que dirán. Estaba mal visto que una mujer de una familia como la mía trabajase. Igual de mal visto estaba que dijera lo que pensaba, que se quedara soltera, que saliera a partir de tal hora, que escuchara música, que bebiera *whisky*, que saliera con otras mujeres que llevaban pantalones. ¡No podíamos ponernos pantalones! España llevaba cincuenta años de retraso. La esencia de nuestro país, Teresa, era así: una parte era ultraliberal y la otra, de un conservadurismo agobiante. En mi época, bajo el gobierno de Franco, esa vida sin libertades se aplicó exclusivamente a las mujeres y yo no aguantaba más».

En 1961, se publicó la Ley sobre Derechos Políticos, Profesionales y de Trabajo de la Mujer, en la cual se reconocían a las mujeres casi los mismos derechos que a los hombres para el ejercicio de toda clase de profesiones. Planteada como una proposición de ley encaminada a regular los derechos políticos, profesionales y de trabajo de la mujer, había sido escrita por Pilar Primo de Rivera, firmada por más de doscientos procuradores y remitida a la presidencia de las Cortes.

«¡Todo mentiras! –me contaba La Maga con ira–. Todo era una sarta de mentiras. A la mujer le quedaban décadas de lucha para que eso fuera cierto». Mi madre así lo percibía. Por eso, unos años más tarde, cogió sus pertenencias y dejó España para siempre.

El problema en la infancia de Maite no habían sido los hombres, ni su padre, al que adoraba, sino todas aquellas mujeres que, como su madre, habían sido educadas bajo las ideas de la tal Pilar Primo de Rivera. Yo, que había nacido en Francia y en los ochenta, escuchaba atentamente esos cuentos que parecían provenir de otro mundo, un país de monstruos y princesas, de dictadores y oprimidas, donde las mujeres iban con trajes largos y eran encerradas bajo llave en sus palacios de cristal. España era, para mí, el país de la fantasía.

«Para trabajar o para ser una mujer independiente, primero tenías que hacer el Servicio Social Femenino –me contaba mi madre–. Era una especie de mili para las mujeres, en la que estas debían trabajar para el Estado entre cuatro meses y un año. Allí aprendían a ser esposas devotas y buenas madres, a convertirse en verdaderas amas de casa. A los hombres se los obligaba a hacer el servicio militar, pero no para que aprendieran exactamente los mismos preceptos.

»Yo quería ser cantante, Teresa, y ¡que me dejaran en paz con Jacinta!».

Como ya he dicho, la profesora se llamaba Jacinta y cantaba en el Liceo. Venía a casa de mi madre, en el barrio de la Bonanova, a darle clases por las tardes. Parece ser que Manolo O'Pazo Allendesalazar financiaba constantemente las restauraciones del teatro del Liceo y la conocía personalmente ya que, según me contaba mi madre, Jacinta era una personalidad en el mundo. Manolo adoraba la música y en especial la ópera, parecía encantado con los gustos de su hija, a quien consideraba, por otra parte, inútil para todo lo demás. Contrató a Jacinta, para que su hija tuviera la mejor profesora de canto de Cataluña, sin ni siquiera pensar en que Jacinta iba a ser, para La Maga, mucho más que eso...

–Lo que nos faltaba, Manolo. Tu hija no solo tiene visiones, como una vulgar zahorí, sino que además le gustan...

–Lucía, estás exagerando...

–Ya te dije que no debías traer a esa cantante de cabaret a casa.

Al principio, Jacinta venía dos veces por semana. Su cometido era que la niña aprendiese a cantar, si eso era lo que le gustaba, pero mejor ópera que otras canciones populares. Sus padres se arriesgaban dejando entrar a esa mujer en casa. Jacinta, que fue una excelente profesora, también era una mujer de ideas progresistas y anticonformistas, que enseñó a mi madre a ser luchadora y persistente en sus deseos. En el repertorio de canciones que le mostró, se encontraban las óperas de Haydn, de Vivaldi, de Mozart, pero también comedias musicales, como *West Side Story* o *Les Parapluies de Cherbourg*, que mi madre cantó en casa a lo largo de toda su vida.

Al cabo de poco tiempo, Jacinta empezó a venir, cada vez más a menudo. La Maga se entusiasmó con el canto. «Será una espléndida soprano», pronosticaba Jacinta, que estaba ciega ante las verdaderas dotes de mi madre. Su padre era un poco más reservado sobre el futuro de su hija.

Pronto, fue imposible ver a Maite sin Jacinta. Se hicieron tan inseparables que, años más tarde, cuando yo le preguntaba por su juventud en Barcelona, ella solo me hablaba de esa espléndida mujer.

Un día, encontré en el escritorio de mi madre una foto en blanco y negro de una mujer. Iba vestida con un esmoquin masculino y estaba sentada en el suelo con las piernas hacia un costado. En la foto, la figura femenina sujetaba un cigarrillo entre los dedos, llevaba el pelo corto, peinado con gomina, y un pasador plateado con perlas sujetaba un mechón negro que le caía por el lado izquierdo de la cara. La mujer era morena, con unos bellos ojos negros remarcados con un lápiz también de color negro. Los labios carnosos, vivos y enérgicos, sonreían a la cámara como si se fueran a comer el mundo. Detrás de la foto había unas palabras escritas: «Tuya siempre, Jacinta, 1965».

Mi madre me veía de vez en cuando hurgando en su escritorio como quien desea descubrir un pasado lleno de secretos. Ella dejaba que mi imaginación se sumergiera en ellos para completar los retales de historias que me contaba y que ahora yo le cuento a Lucía.

–Jacinta fue mi primer amor.

–Pero era una mujer.

–Oh, vamos, Teresa. Todo depende de aquello a lo que te refieras por amor. Lo malo es cuando los demás lo juzgan con mentalidades diferentes. Entonces te destruyen.

–¿Eso fue lo que te pasó? –le pregunté.

–En Barcelona, Jacinta se quedaba a dormir en casa varias noches por semana. Dormíamos en la misma cama, desnudas y abrazadas. Una noche mi madre entró en mi habitación y nos encontró así a las dos. Su imaginación obró el resto. Éramos muy jóvenes, Teresa, y cuando te lo prohíben todo, acabas experimentando a escondidas.

Mi corazón volvió a latir fuertemente. Entonces La Maga, al descubrir mi desconcierto, insistió:

–¿Qué te pasa, Teresa? ¿No estabas hurgando entre mis cosas? Pues eso es lo que ocurre cuando uno busca en los recuerdos de los demás. Espero que algún día entiendas que a veces más vale no saber…

Me temblaban los labios, fui incapaz de responder.

laman a la puerta y al abrir me encuentro con François.

–¿Siempre aparece usted sin avisar?

–Por lo menos he llamado. Podría haber entrado con mi llave.

Me quedo sorprendida por su contestación. No me acostumbro a tanta familiaridad con un hombre que apenas conozco.

–Traigo los papeles que tiene que firmar para la herencia de su madre. Ya sabe, hay que hacerlo con tiempo, que luego en Francia todo es lento y requiere mucha burocracia. Hay que amortizar la cantidad de dinero que se nos va con tanto funcionario.

François se ríe de su gracia y yo sigo perpleja. Lucía sale de su cuarto. También mira a François con sorpresa. Este se calla. De repente, parece cohibido y pienso que no se lo merece. Hasta ahora, este hombre no ha hecho otra cosa que ayudar…

–Saluda a François, Lucía.

Como apenas son las diez de la mañana, le ofrezco

un café con leche y nos sentamos los dos en el salón para leer esos papeles.

–No me ha dicho si piensa quedarse mucho tiempo.

No sé qué contestar. Tampoco le confieso que, por el momento, soy incapaz de pensar en nada que no sean historias de mi pasado. Desde que he llegado a Francia, es como si mi vida se hubiera detenido. Me pregunto si la herencia de La Maga no es una excusa y en realidad he venido a otra cosa. Aunque no lo haya previsto, algo me dice que nos quedaremos un tiempo...

–Lo que haga falta.

–Si puedo darle mi opinión, creo que la herencia, el piso y algunos asuntos administrativos necesitan que se quede varios meses. Como estamos en octubre, ¿no piensa usted que sería buena idea que su hija no perdiera el curso escolar? Tiene varios colegios cerca de su casa y, estando a principio de curso, seguro que la cogen en alguno de ellos.

–¿Y si no la admiten? Los franceses son muy quisquillosos cuando se trata de su sistema escolar.

–¿No iba en España a un colegio francés?

–Pues sí, ¿cómo lo sabe?

–No sé, me lo habrá dicho usted en algún momento o la habré oído hablar francés.

Me lo quedo mirando pero no digo nada. Quizá tenga razón. Ha llegado el momento de decidir qué hacemos las dos en París. Pienso en Julia y en que debo llamarla también para decirle que se haga cargo de mi piso en Madrid durante estos meses. Luz. Gas. Agua. Que cierre y apague todo. Mientras hago mis llamadas, François mira los papeles de la herencia para decirme luego dónde debo firmar. Lucía se vuelve a sentar al piano, pero por timidez o respeto no toca nada, se limita a pasar los dedos por las teclas, acariciándolas en silencio.

Al final de la mañana, François nos propone ir a almorzar, invita él. A Lucía se le ilumina la cara. Yo creo que está emocionada, no ha salido en varios días de casa y quiere que Tigre nos acompañe también.

El restaurante que ha elegido es una *brasserie* cerca de su casa, por la zona de Clichy, a la que, nos cuenta, venía con mi madre. Lucía observa, se fija en la gente, lee la carta muy concentrada como si lo entendiese todo y pide muy seria «un *croque-monsieur*», que es lo único que reconoce en un menú lleno de platos de los que no ha oído hablar en su vida.

–Un día me tendrá que explicar cuál era su relación con mi madre –le digo a François después de una copa de vino.

–¿Le parece extraño que Maite y yo pudiésemos llevarnos bien?

–Un poco, sí. Pero no se ofenda. Mi madre tenía pocos amigos, y los que tenía hablaban español, eran artistas y se creían todas esas cosas sobre el futuro que ella les contaba. No sé si lo sabe, pero mi madre era echadora de cartas. Un ser bastante especial. La verdad es que usted me parece más bien lo contrario.

Lo miro con dulzura.

Lo cierto es que François es un hombre con un físico anodino. Es alto, mayor, delgado y fuerte. Debe rondar los setenta años y su pelo se le ha vuelto completamente blanco. No se puede decir que a primera vista parezca atractivo, pero luego tiene una sonrisa contagiosa y es capaz de mirar de frente, sin bajar la mirada en ningún momento con dos ojos azules que atraviesan, como si quisiera entender al otro, mirar en el fondo de su alma, sin preocuparse de sí mismo.

–Tiene razón. Éramos opuestos, como el sol y la luna. Pero sin el sol, no se puede ver la luna, eso es lo que decía su madre sobre mí. Digamos que, gracias a ella, mi vida se volvió mejor. Fue puro egoísmo por mi parte.

–¿Cuándo se conocieron?

–Maite acababa de llegar a Francia.

Me quedo boquiabierta con la respuesta.

–Y entonces, ¿cómo es que no nos conocíamos? –Pero, de repente, le miro con otros ojos y pienso que no me resulta ya tan desconocido…

–Sí nos conocíamos, nos vimos una vez por la calle, cerca de su casa, pero usted era bastante pequeña y probablemente no se acuerde. Más adelante, otro día, estuve a punto de ir a recogerla al colegio, pero al final…

–Déjeme adivinar, al final mi madre no le dejó. No consentía que viera a nadie, excepto a ella misma, claro, y menos que me fueran a buscar al colegio. Cuando venía gente a casa, le molestaba que los conociese, que ellos me vieran y me decía que me quedase en mi cuarto. Llegué a pensar que se avergonzaba de mí. Quizá sus amigos no sabían ni que tenía una hija…

–Noto en su voz algo de rencor.

–Es posible… Fue una de las razones por las cuales me fui a España. Llegué a un punto en el que ya no sabía si existía… En fin, no sé por qué le estoy contando todo esto.

–Digamos que su madre la tenía a usted protegida.

71

–¿Protegida o aislada? También me fui porque quería otra vida para Lucía.

–A mí no me tiene que rendir cuentas de nada ni dar la menor explicación.

Al terminar el almuerzo, François me propone pasarme a recoger mañana mismo para ir juntos al abogado. Al dejarnos en casa, me pide que busque entre los papeles de mi madre su testamento.

–Debe de estar en alguno de sus cajones.

–¿Un testamento?

–Sí. Todavía no sabemos si es usted la única heredera –me contesta François, con cierta ironía.

En toda la tarde, no para de llover. A través de la ventana, Lucía observa unas palomas que se han refugiado del agua en nuestra barandilla. Con los nudillos, toca el cristal para llamarlas, pero estas no responden. De repente la observo con más detenimiento y veo que está llorando.

–Lucía, ¿te pasa algo?

Sus lágrimas se funden con la melancolía de la tarde. Debe de estar haciéndose tantas preguntas. Soy consciente de que tengo que hablar con ella para saber lo que opina y evitar que se sienta desubicada como yo me sentí, como hicieron conmigo. De pronto se aburre de las palomas y se va en busca de su muñeca Carlotta. «Le quiero enseñar a tocar el piano», me dice sentándose en el taburete mientras habla con la Monster y le suelta un largo discurso.

—Voy a ir a un colegio y ¿sabes cuál he elegido? Pues ese donde iban los niños de la panadería a la que fuimos con mamá el primer día. Ese me gusta porque tiene el mismo uniforme azul que el de mi colegio de Madrid. Pues sí, quiero tener algún amigo y llevar una de esas mochilas. ¡Claro que me gusta la casa! Y estar con la abuela, aunque echo de menos mis otros juguetes, es que no me los pude traer todos, no me cabían.

François tenía razón. Es necesario que la niña se sienta en su lugar... Mañana mismo me pongo a buscar un colegio.

En el piano, Lucía, atravesando el silencio, resuelve ciertas melodías, sigue hablando con Tigre y Carlotta, a su lado. Me acerco al escritorio, yo también lo acaricio con los dedos, lo abro y me adentro en su mundo... La Maga se pasaba horas delante de él. Aquí pensaba, escribía, se echaba las cartas y hablaba consigo misma. Lo abro y es como si la escuchase.

El escritorio es del siglo XVIII, de madera de caoba, comprado una tarde, después de almorzar en un restaurante delante de L'École Militaire, donde íbamos a pasear los domingos de sol. En esa época, soy mayor que Lucía, quizá trece o catorce años, recuerdo que fue después de nuestro viaje a España. La galería, al pie del restaurante, se llamaba Le Village Suisse. A mi madre le encantaba *flâner*, como decía ella con acento español, por las tiendas de muebles antiguos a las que íbamos andando desde la Avenue Paul Doumer, cruzando el Campo de Marte. Normalmente, solíamos ver con calma los muebles o los objetos antiguos, me contaba alguna historia que le evocaban y los comparaba con los que tenía en su famosa mansión de Barcelona. Esa tarde, en cuanto llegamos a la galería de anticuarios, vio el escritorio justo antes de bajar las escaleras y se quedó parada como si hubiera tenido una visión.

–Mira, Teresa, ¡ese escritorio! ¿A que es una preciosidad?

No me dio tiempo ni a contestar, Maite bajó corriendo para verlo más de cerca. Yo me quedé arriba y la observé. Mi madre se precipitó puertas adentro. Como las tiendas de esa galería tenían las paredes de cristal, pude observar con detalle los gestos de La Maga. Vi como pensaba que el mueble estaba en perfecto estado. Pasó la mano para acariciarlo y sentir en sus propios dedos la suavidad de la madera pulida. Maite lo miraba con ojos inequívocos de experta, hasta que se le acercó el vendedor. Mientras tanto, yo, aburrida, me había sentado en la escalera de la galería, sabiendo que me esperaba su particular escena de seducción, a la que había asistido tantas veces, para adquirir el mueble lo más barato posible. La Maga actuaba siempre de la misma manera, pero lo cierto es que al final compraba la pieza que se había propuesto. Lo extraño es que esta vez, la veía comportarse de forma ligeramente distinta. Tenía la impresión de que mi madre estaba como hechizada por aquel mueble. Lo miraba como si no hubiese visto un escritorio en su vida y no pudiera desprenderse de él. Al cabo de unos minutos que me parecieron eternos, La Maga pidió al vendedor si podía verlo por dentro, abrirlo con la llave, bajar la tapa del escritorio y analizar su interior. El vendedor la miró con recelo, pero estaba acostumbrado a ver a personas de lo más extravagantes adquirir piezas de grandísimo valor y sacó la llave para abrirlo. Cuando lo vio por dentro, sus ojos se quedaron petrificados. El mueble tenía seis cajoncitos diminutos, tres a cada lado y en el medio una puertecita con otra llave. Recuerdo que empecé a pasar vergüenza al verla meter la mano en todos ellos hasta el fondo como si estos ocultaran algo que ella conocía. Reconocía. El vendedor, ahora ligeramente preocupado porque esta señora tocase con tanto empeño una pieza tan valiosa, empezó a describir nerviosamente el mueble como si La Maga no supiese nada sobre él. Entonces mi madre le interrumpió dignamente con un gesto de la mano y me imagino que le soltó: «Lo sé. Lo sé todo sobre este escritorio, muchas gracias». Y, dándole la espalda al vendedor, volvió a posar sus manos sobre el mueble. De repente, se puso en cuclillas y fui yo la que se quedó petrificada cuando la vi cerrar los ojos como si estuviera rezando. Sintiendo que algo iba a suceder, bajé corriendo. Le toqué primero en el hombro, para no asustarla, y le pregunté si se encontraba bien. Hasta que se dio la vuelta y la vi con los ojos humedecidos por el llanto. La Maga estaba llorando, no podía parar, tocaba el mueble, completamente emocionada y lloraba como una niña pequeña.

Cuando se calmó, me cogió de la mano para que la ayudase a levantarse y le dijo al vendedor, sorprendido ante la escena, que se lo quedaba.

Antes de que cambiara de opinión, el vendedor le preparó la factura. Temblando, mi madre sacó el dinero en efectivo de su bolso, y se lo entregó, junto con su dirección. Yo no entendía lo que había pasado. Ni la razón de que llevara tanto dinero con ella ni su extraña emoción. Mi madre temblaba y nos pusimos a caminar de vuelta a casa.

Algo de la escena se me quedó clavado y no supe expresarlo en ese momento. Quizá lo que más me había sorprendido, o dolido, de todo lo que había pasado, fue que, a pesar de que había permanecido a su lado, que la había ayudado y consolado, mi madre no había sido capaz de mirarme ni una sola vez. Como si, en todo este tiempo, no hubiese sido más que un bastón en quien apoyaba su frágil figura. Un objeto del decorado sin existencia propia.

Mientras caminábamos de vuelta por el Campo de Marte, al cabo de un rato de silencio, le pregunté qué era lo que le había emocionado tanto. Pensó un momento su respuesta, hasta que me contestó.

«Este mueble, Teresa, viene de casa de mis padres, de Barcelona. Por eso me he emocionado. El escritorio ha venido hasta mí. Me traía un mensaje. En él he visto que mi padre acaba de morir. Ya sé que hace años que me fui, que tú ni lo has conocido, pero al ver la escena, su enorme sufrimiento, se me ha partido el corazón, Teresa. Si pudiese… si pudiese…». La Maga se puso de nuevo a llorar.

Mi madre me lo fue contando todo. En efecto, el escritorio era el de su padre. No solo reconoció el mueble, sino que al tocarlo sintió los recuerdos que habitaban en él. «Le vi tantas veces trabajando delante de él. Pero ahora ya no están ninguno de los dos y lo que antes era mi casa, ya no existe. Lo están vendiendo todo, Teresa, ¿te das cuenta?».

«¿Quieres que lo averigüemos? –le pregunté entonces–. ¿Quieres que volvamos a Barcelona? ¡Me encantaría ir contigo!». La verdad es que me había quedado con ganas de saber más. Pero mi madre siguió llorando sin contestar, hasta que me dijo: «No, Teresa, cuando uno se va, se va para siempre. Ya no hay vuelta atrás».

Por alguna razón, no quería regresar.

Y así es como me fui tejiendo una imagen de España hecha de recuerdos que no eran los míos. Me costó acostumbrarme a la presencia de aquel enorme mueble dentro de nuestro diminuto apartamento. La figura de La Maga se adaptaba perfectamente a los brazos de madera brillante de ese nuevo habitante de la casa. Lo colocamos contra la pared izquierda del salón, cerca de la ventana, y allí, sin hacerme el menor caso, como si mi presencia fuera la de un fantasma, se sentaba a escribir, a echar las cartas, le susurraba palabras incomprensibles, mientras su mirada se perdía a través de la ventana. Mi madre le contaba todos sus secretos.

Con el escritorio y el piano hablaba un lenguaje al que yo no podía acceder y, de hecho, cuando la interrumpía, me mandaba de vuelta a tocar ese piano que aprendí a aborrecer, casi tanto como al escritorio.

Ahora tengo el escritorio en mi cuarto y Lucía toca el piano. Yo he perdido a mi madre y el mueble ha perdido a su reina. Entre nosotros hay una unión y espero que colabore.

Ahora soy yo la que se sienta entre los brazos de este escritorio-individuo como hacía La Maga. ¿Por dónde empezar? François me ha pedido que busque el testamento y no se me ocurre mejor sitio que en las tripas de este viejo mueble. Por alguna razón, me aferro al escritorio de mi madre, cuyos cajones abro sin cesar, esperando encontrar historias, personajes, momentos que me descubran quién soy. Allí, en una de las líneas debo encontrar las respuestas. ¿Las respuestas a qué?

En cuanto abro los compartimentos, me doy cuenta de que todo está ordenado en cajas que contienen a su vez otras cajas. Realidades dentro de otras realidades, que es lo que parece ser la vida de mi madre. Siempre empeñada en ocultar su vida y, de paso, la mía. Disimular. Velar. Esconder. Pero ¿por qué? Abro el cajón de arriba y me encuentro con una de las múltiples cajas, que guarda papelitos, pegatinas infantiles, pequeños dibujos recortados que yo le hacía y que iba guardando sin orden ni concierto. Leo palabras, veo dibujos antiguos, fragmentos de un tiempo agotado... Pero no debo entretenerme demasiado. En el cajón siguiente, otra caja, esta con sobres de diferentes tamaños. ¿La Maga no tiraba nada? Le encantaba esconderlo todo, pero salvaguardando la posibilidad de poder regresar a ese tiempo perdido.

Los abro uno por uno, sin la esperanza de encontrar nada hasta que de repente, en uno de ellos que pasaba desapercibido, aparece, en un finísimo papel azul, tan fino que se rompe, una carta manuscrita:

Paseo de la Bonanova, 35. 28 de enero de 1976

Queridísima hija:

Después de estos años sin saber de ti más que por Doro, que nos llamó cuando llegaste a Francia para asegurarnos de que estabas bien, he querido mandarte unas palabras a casa de tu tía que ella te remitirá. Lo haremos así, aunque no quieras volver, que sepas que tu padre siempre te esperará.

Doro nos ha dicho que has tenido una niña. Sabemos que la situación debe de ser difícil, por lo del padre, menudo sinvergüenza, pero no te preocupes, sé que tiene que ser duro educarla sola. Si necesitas ayuda, no dudes en pedírmela. Cuando quieras volver, esta casa es la tuya. A mí, como te imaginas, nada me haría más feliz que conocer a mi nieta. Venga de donde venga.

Tu madre es otra cosa. Desde que te fuiste, su estado de salud ha empeorado y ya casi no puede salir de casa. Se arrepintió tanto de vuestra discusión aquella noche, la repitió tantas y tantas veces mientras trataba de localizarte en Francia, que un día hasta me hizo ir a ver a Jacinta para que le preguntase dónde podía localizarte. Jacinta me recibió algo distante, yo creo que nos culpa de tu marcha. Pero, tranquila, ella supo guardar tu secreto. Vi en sus ojos que me pedía que aceptase tu decisión y así lo haré, Maite, no sin mucho dolor. Siempre te pareciste más a mi lado gallego, con tus intuiciones sobre el porvenir, pero tu temperamento radical lo heredaste de tu madre. Hoy estoy seguro de que las cosas entre tú y ella mejorarían.

Te adjunto con esta carta un sobre con dinero. No quiero que con la niña te falte de nada, Maite. El vino del conde se sigue vendiendo bien en Sudamérica y ahora en Australia. He tenido que viajar a menudo y cuando voy a París me quedo en el Georges V por si quieres que nos veamos. Nada me haría más ilusión.

Una última cosa, Maite, no te olvides de la familia de la que vienes, de la que procede también tu hija. Entre tus antepasados hay dos papas, un virrey y el resto son condes y duques. La educación es lo primero.

Danos noticias. Un abrazo afectuoso de tu padre.

—Mamá, ¿qué estás leyendo?

Estoy en estado de *shock* y no sé bien qué contestar. Y me veo a mí misma, siendo aún una niña, cuando le hago las preguntas: «Mi abuelo, el del escritorio, ¿sabe que existo?». «No, Teresa. Para mi familia, tú no existes. Jamás volví. Jamás trataron de ponerse en contacto con nosotras. Solo existes para mí». ¿Por qué? ¿Por qué me mentiste? ¿Qué había allí que no quisiste que conociese? «No tenías padre, ¿cómo iba a regresar?». Y, más adelante: «Me fui de Barcelona para empezar una nueva vida, para descubrir quién era yo realmente. No podía seguir manteniendo los lazos con España. Y luego viniste tú y el regreso se convirtió en imposible».

¿Y Doro? ¿Quién es esa Doro, tía de mi madre, que estaba en París cuando mi madre llegó? Trato de serenarme y de que Lucía no se dé cuenta de mi estado de desesperación. Pero la niña se acerca, me toca la espalda y siento un escalofrío. La cojo y la abrazo para que no se dé cuenta de las lágrimas.

–¡Mamá, me haces daño! ¿Qué te pasa?

–Mañana, nos despertamos temprano y seguiremos los pasos de esos niños de la panadería. Va siendo hora de que vayas al colegio. ¿Te has fijado en que aquí van al colegio en patinete? Pues ahora mismo vamos a salir y te voy a comprar uno.

Y a Lucía se le ilumina la cara de felicidad. Para mí, simplemente huimos de esa casa llena de recuerdos, de palabras que me persiguen.

En la calle el aire es diferente, fresco, ligero; reina cierta alegría ante la oscuridad de nuestra casa y pienso en descolgar, a la vuelta del paseo, las cortinas rojas de las ventanas que claramente no dejan que entre la luz.

En la Rue de Passy hay una tienda de juguetes en la que seguro que venden patinetes. Al ver a mi hija, el vendedor nos saca uno rosa de su tamaño, pero a Lucía no la convence y ve otro, más grande y azul, que le parece mejor.

–Me gusta este, mamá.

Sale de la tienda montada en su nuevo juguete y le propongo dar una vuelta por el barrio, por París, tan veloz como se lo permita el patinete. Seguimos hasta el final de Passy y tomamos la Rue Vineuse hasta Trocadero, yo tengo casi que correr para seguirla. Llegamos a la explanada, donde hay otras personas patinando. Con la melena al viento, Lucía evita a los turistas, a los marchantes de llaveros y gorros para el invierno, pero se la ve feliz. Da vueltas sin parar con la Torre Eiffel al fondo, tan bella, tan libre, tan pura. Parece un cuadro impresionista en este paisaje tan francés, hasta me entran ganas de dibujarla.

Nos pasamos los días ordenando, dando vueltas a nuestro alrededor y hurgando en el pasado. El testamento no aparece, ya va siendo hora de que me instale y Lucía me hizo saber que quería ir al colegio. A la mañana siguiente la despierto temprano. Dirección: la panadería.

Llegamos al establecimiento con mucho tiempo. Desayunamos en una mesita de afuera, mientras esperamos un rato hasta que, por fin, vemos acercarse a un grupo de niños.

—¡Son ellos! —me susurra Lucía, emocionada.

Los niños que vio el primer día. Fingimos que miramos hacia otro lado y toda la escena nos hace mucha gracia. Observamos de reojo cómo escogen sus pasteles y echan a andar hacia el colegio. Los seguimos desde lejos, con nuestro patinete, como dos perfectas espías. El camino es más largo de lo previsto. Subimos por la Avenue Paul Doumer hasta la plaza de Trocadero, cruzamos hacia Klébert con las miradas clavadas en la Torre Eiffel que luce espléndida al final de la explanada. Bajamos la Avenue du Président Wilson hasta la Rue de Lübeck junto a un sinfín de coches desenfrenados que no se detienen ni en los pasos de peatones. ¡Madre mía!, me digo, si esto va a ser así cada mañana, tendré que pensar en otra manera de venir a este colegio. Pero Lucía no parece inquietarse, ni por el ruido, ni por el frío, ni porque sea aún de noche.

El colegio está al final de la Rue de Lübeck, justo antes de la plaza de los Estados Unidos. Es un edificio del siglo XIX que ocupa una manzana entera. Desde el interior, se asoman las copas de los árboles centenarios de la zona de recreo, que ya han adoptado colores otoñales. No puede ser más bonito. Y esta vez soy yo la que reconoce su propio colegio… No se lo digo a Lucía, esta vez es ella la que lo ha escogido.

Las campanas indican el comienzo de las clases. Lucía y yo esperamos hasta que todos los niños hayan entrado en el edificio. Tras quedarnos solas y en silencio, llamamos a la puerta. Unos segundos más tarde, una mujer seria y demasiado bien peinada nos abre el portón con cara de pocos amigos.

–¿Puedo ayudarla en algo?

–Sí. Acabo de llegar a Francia y me gustaría inscribir a mi hija en su colegio.

–El curso ya ha empezado –me dice como si yo no lo supiera.

–Lo sé. Urgencia familiar.

La mujer me mira, sopesando mis palabras.

–Esperen aquí. *Madame la Directrice* vendrá a recibirlas.

Al poco rato aparece la directora. Es una mujer alta

y rubia, de unos cincuenta años, bastante más afable y sonriente que la de la entrada. Me estrecha la mano con determinación y eso me gusta.

—Entren, por favor. Y tú, ¿cómo te llamas? —pregunta al instante a mi hija.

—Lucía —le contesto, visto que mi hija se ha vuelto tímida y no abre la boca.

La niña se sienta en una silla mientras nos escucha. Balancea las piernecitas, que no le llegan al suelo y mira con curiosidad los dibujos de las paredes.

—El curso ya ha empezado, no solemos aceptar estudiantes a mitad de curso.

—Me imagino… Y si le dijera que soy antigua alumna, ¿ayudaría?

—En ese caso, es para nosotros un honor tener a los hijos de nuestros antiguos alumnos. Lo que sí le pediría es que se incorpore cuanto antes. Quizá tenga que quedarse algunos viernes por la tarde, después de las clases, con su profesora, para repasar lo que los demás han hecho desde el comienzo de curso, pero no serán muchos días…

—Dile que sí, mamá —contesta esta vez Lucía, sin dudarlo.

—Así me gusta. Pues te esperamos mañana, ¿te parece bien? Y si ahora nos deja tu madre, te voy a llevar a que conozcas a tu profesora, *Madame* Musi. Ella te dará la lista del material escolar y de los libros que necesitas para el curso. Entras en CE2 *Bleu*.

Cuando ya llega el momento de marcharnos, la directora nos despide con un apretón de manos.

—Mañana estaré en la puerta a las ocho y veinte para recibir a su hija y llevarla hasta su clase.

De regreso a casa, Lucía me cuenta:

—¿Sabes que en la clase de esa profesora estaba una de las niñas de la panadería? Eso significa que hemos hecho lo correcto.

Su explicación me deja perpleja porque escucho las palabras de mi madre. ¿Cómo que hemos hecho lo correcto?

—Lucía, explícate.

Pero mi hija no contesta. De camino a casa nos paramos en una papelería y compramos el material escolar. Quiere la misma mochila que los niños de la panadería, su nuevo estuche, sus cuadernos de rayas diferentes a las españolas, su pluma.

—En Francia vas a escribir con pluma.

—¿Y si no sé?

—Pues te enseñarán.

Por la noche, ya lo tiene todo organizado. Está tan nerviosa que no sé si va a ser capaz de dormir. De hecho, cuando la meto en su camita, me pregunta:

—Mamá, ¿por qué no me dijiste que ese había sido tu colegio?

—Quizá porque quería que lo eligieras tú…

Y, un poco más tarde, Lucía añade:

—No tengo sueño, ¿me cuentas una historia?

Le aparto el pelo de la cara con gesto cariñoso.

—¿Qué historia quieres que te cuente?

—Una de las de las cajitas. Una historia de la abuela.

Las miro y hago memoria. Paso la mano de cajita en cajita buscando inspiración.

—Te contaré la historia de esta roja esmaltada. Aquí va.

Érase una vez una joven que no quería casarse, contrariamente al deseo de sus padres. Como no había manera de que les obedeciera, se les ocurrió una estrategia.

–¿Qué significa «estrategia»? –me pregunta Lucía.

–Significa crear un plan. El plan era que sus padres escogieran ellos mismos un pretendiente, que le invitasen a su casa y, si no era de Barcelona, que se quedara unas semanas con ellos para que así tuvieran tiempo de conocerse. El elegido se llamaba Roberto y era un señorito de Ciudad Real. Venía a pasar tres meses a Barcelona por cuestión de negocios.

Roberto apareció en el salón de la joven a la hora de comer y volvió a estar presente durante la cena. El hombre, que hablaba sin parar, apenas miraba a tu abuela. En esa época, España era un país muy machista.

–¿Cómo era Roberto?

–Pues creo que tenía el pelo moreno y engominado,

era muy delgado y andaba algo encorvado, debido a su altura. Con una nariz larga y una mirada altiva, la verdad es que no debía de ser un hombre muy apuesto. Seguro que se parecía a un pájaro.

–¿A un cuervo?

–¡Eso! Hablaba con demasiada naturalidad, con un deje en el acento, mientras movía las manos crispadas, pero en casa de Maite enseguida se sintió tan a gusto que ya parecía pertenecer a ese núcleo familiar desde siempre.

–¿Le conociste, mamá?

–En absoluto, pero así es como me lo imaginaba y algunas cosas me las contó tu abuela.

Por las mañanas le preparaban el desayuno que más le gustaba: una mezcla rara de zumo de zanahoria, limón y remolacha con un toque de vinagre que decía ser esencial para mantenerse joven.

–¡Qué asco!

–No probaba ni el dulce ni el pan y el día que reveló su edad, era algo más joven que sus padres, la chica pensó que esas mezclas de zumos raros sin duda habían conseguido rejuvenecerle. Tu abuela no le hacía el menor caso y, por las tardes, seguía cantando en su habitación. ¿Recuerdas que adoraba la música? Entonaba con verdadera dedicación las melodías que estaban de moda en aquella época. A veces se incorporaba Jacinta y cuando hacía buen tiempo salían juntas a dar un paseo. Sin Roberto. Hasta que un día, su madre le dijo que, mientras Roberto estuviera en su casa, era mejor que Jacinta no apareciese por allí. Tu abuela se disgustó mucho pero estaba acostumbrada a las órdenes absurdas de su madre y decidió seguir viendo a su amiga en otros lugares. Al principio se veían por las calles de Barcelona. La Maga iba a buscarla a la salida del Liceo e iban juntas hasta un pequeño piso en el que Jacinta vivía con su hermana. Pero eso duró muy poco tiempo, porque su madre se enteró y, entonces, también le prohibió que lo hiciera.

–¿Por qué no querían que fuera su amiga?

–Pensaban que por culpa de la influencia de Jacinta, su hija no se querría casar. Y era cierto, tu abuela, aun siendo joven y con toda la vida por delante, rechazaba el matrimonio.

–Yo tampoco me pienso casar –comentó Lucía.

–Hoy en día no es obligatorio… «Si no te casas, no podrás seguir en casa, querida hija –le explicó su padre–. O te avienes a las normas o la convivencia será imposible. Tu madre no lo soportaría y con todo lo que ha hecho por ti, deberías considerar que tu vida, junto a Jacinta, no tiene el menor sentido. Roberto es mayor que tú, es verdad, pero a su lado puedes llegar a ser feliz. Él te deja libre». Tienes que entender, Lucía, que en esa época –continué–, y de eso no hace tanto, una mujer necesitaba la aprobación de un hombre para trabajar, para tener una cuenta en el banco o para viajar. «En España –me contaba mi madre–, todo el mundo te controlaba y aún más si venías de una familia aristocrática y con dinero. Te controlaban tus padres. Te controlaba Franco. Incluso te controlaba el sereno».

–¿El sereno? –soltó Lucía.

–El sereno te vigilaba de noche. Cuidaba las calles y encendía las farolas. Tenía las llaves de las casas. De todas las casas. También controlaba los horarios de las jovencitas y no permitía que ningún hombre se demorase más de la cuenta ante los portales.

–Un especie de farolero… como en *El Principito*.

–Sí. El farolero de esa casa de Barcelona de la que venía tu abuela se llamaba Fermín. Era casi de la familia, ¡imagínate! Llevaba años en el barrio, vigilando. Lo sabía todo, y Manolo, el padre de tu abuela, le ofrecía cada domingo una pequeña propina y un vaso de Anís del Mono. «Fermín… Fermín…». Y entonces mi madre arrancaba con un largo monólogo sobre la vida de Fermín.

»Al cabo de unas semanas de convivencia, un día Roberto llamó a la puerta de la habitación de La Maga. Quería escucharla cantar. La joven se sintió un poco cohibida, pero lo dejó entrar. Se sentó en una butaca y estuvo escuchando su voz durante más de una hora. Al día siguiente, volvió a aparecer y así lo hizo los demás días. Le decía que tenía una voz espléndida y que animaría las fiestas de su casa de Ciudad Real, en donde también había un piano de cola. Roberto le contaba que tenía una finca, que había heredado de sus padres hacía una eternidad, y que en ella pasaba seis meses al año. Era lo que él llamaba el periodo de caza.

»Poco a poco, fue consiguiendo algunos momentos para estar a solas con tu abuela. Daban paseos por las Ramblas y así empezaron a conversar. Roberto había viajado por el mundo entero. Le encantaba Asia, donde, según decía, vivían las mujeres más bellas de la tierra. A la joven le parecía muy poco delicado que Roberto tuviera la confianza de hablarle sobre la belleza de otras mujeres. También le contó que estaba interesado en comprar algo en Barcelona. Entonces se dedicaron a visitar pisos, casas, lugares en venta y, de esta manera fueron pasando los meses. Hasta que una tarde de primavera en la que el sol lucía más que cualquier otro día, la joven entró en un apartamento de la calle Balmes, muy espacioso y soleado, que la dejó maravillada. El piso estaba rodeado por una terraza inmensa. Era silencioso, luminoso y de techos altos. Al ver su cara de asombro, Roberto le preguntó si le gustaría vivir en él. La joven se quedó sin palabras y sintió que la recorría un escalofrío de felicidad. Roberto, al darse cuenta, abrió una cajita pequeña y, sin mayores preámbulos, en ese salón vacío por el que entraba una luz cegadora, le propuso matrimonio. «Sé cómo eres, Maite, y viviremos juntos, como viejos amigos».

»La joven no entendió bien esa extraña declaración de amor y, de nuevo, le pareció que todo aquello estaba en las antípodas de lo que ella hubiera soñado para sí misma. Pero, como había dicho su padre, quizá con Roberto llegaría a ser feliz. Pensó en su madre, en que, como la habían advertido, podría morir de tristeza si ella rechazaba una proposición de matrimonio.

»Pero ¿qué iba a hacer con su amor por Jacinta? Necesitaba unos días de reflexión, le respondió. Por la noche, en su cama, se dio cuenta de que no había echado ni un vistazo a la sortija que le había regalado Roberto. ¡Qué desastre! Abrió la cajita. Era un anillo de oro con una piedra más grande que su propio dedo. Parecía de aquellas que usaba su tía. Maite tenía veintiún años, ¿qué era el matrimonio para ella? Algo parecido a la vida que llevaban sus padres. Pero sus padres se amaban, se apoyaban, iban siempre juntos a todas partes y no habían tenido jamás cuartos separados. Su respuesta iba a ser no. Un no rotundo. Además, ella no amaba a ese hombre.

Me doy cuenta de que Lucía se ha quedado dormida, con esa dulce parsimonia con la que descansan los niños. ¿Cuánto tiempo llevo hablando sola, con la luz apagada? Recordando las palabras de La Maga, transmitiéndoselas a Lucía que me ha ido escuchando, un poco perdida entre tantos personajes. Así funciona la memoria, un recuerdo te lleva a otro, y después a otro. Como esas cajitas de mi madre, todas interconectadas.

Le doy un beso en la frente y cierro despacio la puerta de su cuarto.

Sola y rodeada del silencio, pienso en mi madre. Doy vueltas por la casa sin rumbo, como si me diera miedo acostarme, hurgando en la infinidad de tesoros olvidados que esconde. Mientras pongo orden entre sus cosas, quizá logre ordenar mi propio caos. «Si estás aquí conmigo –me escucho preguntarle a mi madre–, deja que te vea. En esta casa, te siento más cerca que nunca. Si estás conmigo, madre, ¿puedes decirme dónde pusiste el testamento?».

Mis palabras resuenan en el vacío. Nadie me contesta. Pienso en las dos mujeres que son mi única familia, La Maga y Lucía, entre las que existen extrañas similitudes, conexiones que yo no tengo –como esas capacidades familiares, por llamarlas de alguna manera–, que se saltaron indebidamente una generación, la mía. Yo no sé de visiones, ni de futuros, ni de seres inexistentes. Una vez escuché que ese don visionario, ese parecido que descubro entre mi madre y mi hija, se aloja en la parte de atrás del cerebro, donde tenemos el hueco de la coronilla, y que se transmite.

El cansancio también me pesa y me meto en la cama, con la imagen de mi madre... Era... ¿cómo decirlo? Han pasado tantos años y sigo sin encontrar la palabra exacta. Se me resiste. Y me dejo invadir por el sueño...

Teresa, ¿estás aquí? ¿Me has llamado?

¿Mamá?

¡Mi niña! ¡Cuánto tiempo hacía que no me llamabas mamá! ¡Ven a abrazarme! Pero ¿qué te pasa? No te veo. ¿Cómo es posible? Es muy raro. Si es que no tienes cara... Tienes un globo rojo. Quítate ese globo y déjame verte los ojos.

No tengo ningún globo, mamá.

¿Cómo qué no? ¿Me estás mintiendo otra vez?

No te miento. Eres tú, que no me ves.

Claro que te veo. Tu pelo negro. Tus brazos. El resto de tu cuerpo, pero a ti, lo que se dice a ti, no. No te veo... Quítate el globo de delante de la cara.

De repente me doy cuenta de que, en efecto, tengo un globo rojo en lugar de mi cara. Oh, Dios mío. ¿Qué me pasa?

No dejas que los demás te vean.

¡Si la que nunca ha querido verme has sido tú!

No te mostrabas, Teresa. Y al final, desapareciste.

¡Eras tú la que no me veía! ¡Eras tú la que no querías que existiera!

Cojo a mi madre y empiezo a sacudirla, a sacudirla tan fuerte que se esfuma como una nube y me doy cuenta de que lo que sostengo entre mis manos es una almohada.

Me despierto sobresaltada con el sonido del despertador. Me duele la cabeza, recuerdo el sueño, sí, mi madre, me encuentro fatal y tengo la boca seca. Con mucha dificultad y combatiendo el cansancio, consigo levantarme. Tengo que ir a despertar a Lucía, hoy es su primer día de colegio.

–Mamá, ¿estás bien? –me pregunta mientras desayunamos.

Me miro al espejo y, en efecto, tengo mala cara, como si no hubiera dormido bien. Mientras tanto Lucía ya se ha vestido de color azul marino, con su polo blanco. Parece bastante decidida a enfrentarse a su nuevo colegio. Al llegar ante el portón, vemos a la directora que está esperándola, según lo previsto, delante de la puerta. La coge de la manita y se la lleva a clase. Lucía me dice adiós. ¡Qué decidida y valiente!

Vuelvo a casa despacio, disfrutando del paseo, recorriendo por las calles que conozco a la perfección, hasta que me sorprende la llamada de François.

–Buenos días, Teresa. Te llamo porque ya lo tenemos.

–¿El qué?

–¡El testamento! Me acaba de llamar Pierrette y parece ser que es ella quien lo tiene. La Maga se lo dejó unas semanas antes de fallecer. Ahora las cosas van a ir muy rápidas, sobre todo si aceptas.

–¿Si yo acepto el qué?

–El que haya más de un heredero.

–¿Cómo? ¿Mi madre tuvo más hijos?

A François le entra un ataque de risa.

–¿Qué te pasa? Te noto un poco cansada

–He tenido un sueño extraño, con mi madre justamente. En cuanto me tome un café, me encontraré mejor.

–Seguro que sí, Teresa. Los nombres que aparecen en el testamento son Pierrette, un servidor y una tal Dorothea. ¿La conoces?

Y de repente recuerdo la carta del padre de La Maga. Nombraba a una tal Doro. ¿Será la misma? «Tengo que asegurarme», pienso.

–No he oído hablar de ella en mi vida.

Aún no tengo por qué fiarme de este hombre que no me ha dicho nada sobre La Maga. Que actúa como si la conociese de toda la vida, que dice encontrar a gente. «Pues que la encuentre él –me digo–, y que a mí me deje en paz».

¿Me quiero proteger o son celos lo que siento? Celos de que al final mi madre pudiera ser feliz sin mí. ¿Qué papel tiene François en todo esto? ¿Qué sabe de mi madre? ¿Le contaría a él todas las historias que me relataba a mí de pequeña, en las que ella era la única protagonista pero que a mí me fascinaban?

Me dejo llevar por mis pensamientos mientras sigo caminando hacia mi casa. Las tiendas aún están cerradas y decido pararme en una cafetería para tomarme ese segundo café de la mañana. Me instalo en la terraza y de pronto veo a François, que pasa por delante de mí. Grito su nombre.

–¿Qué haces aquí? ¿Me estabas siguiendo? ¡Si acabamos de hablar!

–Creo que nos hemos quedado con la conversación a medias y he pensado que era mejor que me viniese a tomar ese café contigo.

–Pues siéntate y me cuentas.

Y advierto que, sin pensárnoslo demasiado, hoy hemos empezado a tutearnos.

François habla poco y no sabe contar historias... En eso es muy diferente a La Maga. Fue su pareja, los últimos años de vida de mi madre. Antes, François estaba casado. Le pregunto por su vida y, como se trata de hechos concretos, consigue darme alguna respuesta algo más larga. Era funcionario, trabajaba en el Ministerio de Defensa y ha servido a la patria francesa bajo varios gobiernos. En su matrimonio no tuvo hijos, me confiesa, bajando la mirada. Me cuenta que me conocía de pequeña, aunque yo no lo recuerde. Es posible. Mi madre organizaba cenas que solían acabar tardísimo, siempre envueltas en música y sesiones de tarot. La gente que se reunía en ellas fumaba mucho y hablaba muy alto y en español. Lo observo detenidamente mientras me suelta un discurso aburrido. Pero lo cierto es que su físico me resulta cada vez más familiar, me recuerda a algunos momentos de mi vida, como cuando salgo de la universidad y me voy con los compañeros a una cafetería, o a uno de los clientes de la librería en la que trabajé. Las imágenes se superponen en mi mente y ni siquiera sé si son reales. Pero su nombre, François, no me dice nada...

–No sabía que tenías tanta relación con mi madre.

–Le prometí que os protegería.

–Ya, pues no lo necesitamos. Si hay algo seguro es que me fui de su lado para evitar esa sobreprotección que me ahogaba, ¿entiendes?

François se calla y descubro que su silencio esconde otros silencios. Intuyo que su relación con mi madre, fuera del tipo que fuera, representó algo más fuerte de lo que él dice. E insisto.

—No hace falta. De hecho, no hace falta que hagas todo esto que estás haciendo por mí, por Lucía.

Estoy triste y enfadada a la vez. ¿Por qué tengo la sensación de que nadie es claro conmigo? ¿Por qué no me atrevo a preguntarles lo que necesitaría saber? Pero lo que me da más rabia es mi propia incapacidad, que acabo pagando injustamente con François.

—¡Yo no sabía que conocías tanto a mi madre! —repito esta vez con rencor.

—¿Y eso es lo que te enfada, Teresa? ¿Hubieras preferido que tu madre se hubiera quedado sola? ¿Que se hubiera muerto de tristeza cuando te marchaste sin decir nada, sin ni dar ni siquiera una explicación? Si pude contribuir un poco a su felicidad, con eso me basta...

—¿Y tú qué sabes sobre lo que pasó realmente? Ahora crees que es por mi culpa. ¿Piensas que una hija puede desaparecer como si nada sin tener razones para ello? También podría haber venido a buscarme ella, ¿no te parece? Pero yo no era importante. Para ella, yo era como un espejo que le reflejaba su propia vida.

—Teresa, entiendo que lo estés pasando mal. En realidad, todos lo estamos pasando mal, pero al menos tú tienes a Lucía. A lo mejor podemos avanzar con este tema de la herencia y puedes disfrutar de cierta seguridad antes de lo previsto. Además, le prometí a La Maga que me ocuparía siempre de ti y de Lucía, y así lo haré. Te guste o no. Al fin y al cabo, siempre he hecho lo que me ha dado la gana.

Reconozco esa frase de mi madre y, por alguna razón, sonrío.

—Me parece un poco excesivo.

En vez de contestarme, François se enciende un cigarrillo.

—No sabía que fumases.

—Solo cuando no sé qué contestarle a una joven aturdida. —Y después de un silencio en el que lo veo rodeada de humo, me dice—: Déjame que te ayude. Conozco la administración francesa como la palma de mi mano y sé que es un laberinto inagotable de papeleo que puede llevar meses, por no decir todo un año.

—Entonces, vamos a casa —le contesto—. Encontré una carpeta repleta de facturas, por si te resulta de ayuda.

Pagamos los cafés y nos vamos en su coche. Cuando llegamos a casa, busco la carpeta mientras François se instala en el sofá sacando las gafas de su bolsillo.

Coge la carpeta y empieza a descifrar el desorden de mi madre. En la distancia del pasillo, observo a François. Hace años que lo hago todo sola y tengo que admitir que me siento algo incómoda con la presencia de un hombre en mi casa. Mientras se pasa los papeles de una mano a otra, con un rictus de concentración, asiente como si fuera entendiéndolo todo. Cada vez que termina con un documento, lo deja en un montoncito sobre la mesa, ya de por sí atiborrada de revistas, ceniceros de plata y velas medio gastadas. Orden y desorden. ¡Me pregunto qué hacía con La Maga! Separa los papeles. Los ordena. Aquí los del banco. Allá los del agua. Más lejos los recibos de la electricidad. ¡Para mi madre, seguro que todo era lo mismo!

—¿Encontraste esta carpeta así, con todos los documentos mezclados?

—Sí.

François levanta las cejas. Al cabo de unos veinte minutos, parece tener la situación bajo control.

—Lo mejor es que vayamos directamente a las entidades. Empezaremos por el banco. Todo lo que pone aquí, te corresponde. En cambio, esta parte corresponde al resto de beneficiarios del testamento. ¿Y nunca te habló de la tal Dorothea? —me pregunta de nuevo.

—¡Jamás!

—Lo importante es que la mayor parte del dinero te corresponde. Mira, tiene un fondo bastante cuantioso aquí. Necesitamos también los papeles de la defunción. ¿Los tienes?

—Y ese fondo, ¿de dónde sale?

—Pues de sus ahorros. Tu madre supo ganarse la vida bastante bien. A su manera, pero lo consiguió. ¿Y tú? —me pregunta de repente, quitándose las gafas—, ¿qué planes tienes? ¿Vas a quedarte a vivir en París? Aquí te tocará pagar impuestos, pero eso podrás hacerlo con los ahorros de tu madre. Igual te lo dejó todo atado porque, si te das cuenta, la cantidad corresponde exactamente a la suma que te ha dejado en el banco. ¡Era una verdadera bruja!

—A ella no le gustaba esa palabra...

Tengo que reconocer que, aunque a veces me inquiete, el talante claro y decisivo de este hombre me produce una tremenda seguridad. Por primera vez, intuyo qué fue lo que mi madre vio en él.

Lucía sale del colegio sin decirme nada. «¿Qué tal has pasado el día?», intento averiguar. Pero no me contesta. La respuesta la obtengo al llegar a casa. «Me aburre el colegio».

Cuando entramos por la puerta de casa, se va directa a la biblioteca del pasillo donde ha debido de localizar un libro que le gusta. Lo coge y se tumba en la cama para leerlo. La miro de reojo algo sorprendida de que no me pregunte nada.

–¿Entiendes lo que lees?

–Claro. Los libros de la abuela los entiendo. Lo que no entiendo es la geografía, no sirve para nada. ¡Detesto la geografía!

Observo cómo sus dedos pasan las páginas y se detienen en los dibujos, en las fotos. Toca las imágenes buscando relieves, como si acariciase a un animal. Se ha puesto boca abajo y balancea las piernas en alto. Es como si nada existiera a su alrededor. De repente se da la vuelta, me busca en la habitación y, sin venir al caso, me pregunta:

—Si nacieras mariposa, ¿querrías vivir de día o de noche?

Me quedo mirándola, incapaz de contestar: la verdad es que no lo sé, nunca lo he pensado. Pero Lucía, silenciosa, espera mi respuesta y se me viene a la cabeza algo que quizás hubiera respondido mi madre. De hecho, a La Maga esa pregunta no le hubiera sorprendido en absoluto; en realidad, le hubiera parecido una pregunta fundamental.

—Yo creo que sería diurna. Pero uno no nace mariposa. Se vuelve mariposa.

—Yo sería nocturna, mamá. Las diurnas tienen muchas más probabilidades de morir que las nocturnas. Son menos numerosas, claro, porque nadie quiere convertirse en una mariposa nocturna, con esos pelos tan feos. Pero es mejor opción, créeme.

—Yo pensaba que las nocturnas no se llamaban mariposas, sino polillas.

—En este libro de la abuela nombran a todas las mariposas del mundo, pero lo que pasa es que las nocturnas tienen menos colores, son más numerosas y se esconden durante el día. Tienen ese pelo para protegerse del frío. Pero siguen siendo mariposas. En el trópico, por ejemplo, no es necesario abrigarse y la Gitana, que es una mariposa superbonita, mira la foto, tiene colores, es nocturna y no tiene ese pelo que pica. Este libro me lo ha dado la abuela.

—¿La abuela te ha dado un libro de mariposas?

Lucía resopla, aburrida de mis preguntas absurdas y me muestra la tapa del libro que está leyendo, cuyo título es *1001 mariposas desconocidas*.

La Maga me habló una sola vez sobre esas mariposas,

esos seres diminutos que siguen despiertos mientras los demás duermen. «Son como tú –le dije–, sueñan durante el día». «Es cierto, yo veo escenas fuertes y violentas antes de que ocurran en la vida real. Es un don que heredé de algún antepasado por parte de tu abuelo gallego, pero no son "sueños"». «¿Y yo tendré también ese don?». Pero mi madre continuó con su pensamiento. «Es como si me adelantase a los hechos. Una tía de tu abuelo a quien llamaban La Brígida hasta se hizo famosa por revelar el futuro que aún no había ocurrido. Ya sabes, Teresa, el tiempo cronológico es un concepto extraño… Einstein explicaba que, si uno pudiera alejarse lo suficiente de la tierra, sería capaz de ver toda su vida en un instante. Dependiendo de la distancia a la que uno se encuentre puede ver una parte mayor o menor de su vida. Como si todo hubiera ocurrido ya…». «No lo entiendo», le contesté. «Es como si vivieses tu vida y la de otros. Como si experimentases las historias de los demás, de los que te preceden, Teresa. Como esas mariposas que hacen lo que hacían sus antepasadas mariposas. Nuestros actos están condicionados por los de nuestros antepasados. Por eso es tan importante…». «¿Saber?», le contesté. «Pues no. Todo lo contrario. Es importante ignorar para no repetir. Cuanto más lejos estés, más difícil se hace repetir un patrón. El tiempo es un concepto que hemos inventado los humanos. Lo que existe es el infinito».

—La Gitana es mi preferida –me dice Lucía apartándome de mis pensamientos.

Después es el timbre de la puerta el que interrumpe

mis recuerdos sobre las mariposas y el tiempo. François pasa a recogerme para ir juntos al abogado. Al abrir la puerta, Lucía se echa en los brazos de François. El cariño tan auténtico que demuestra por este hombre, al que apenas conoce, me conmueve. Si creyera en esas otras realidades que dominaron la vida de mi madre y es posible que la de mi hija también, diría que se conocen de otra vida, de otro momento.

—¿Quieres que te enseñe el libro de mariposas de la abuela?

—¡Claro! A tu abuela le fascinaban las mariposas. Un fin de semana de mediados de mayo me la llevé a una casa que tengo en Normandia, y el campo estaba plagado. La Maga se entusiasmó. Nunca la había visto así. Se emocionó tanto que en un primer momento creí que se iba a poner a llorar, pero de la emoción, ¿sabes?

—¿Estás hablando de mi madre?

—Me contó entonces que una hermana de su madre, Mariana, había sido una loca de las mariposas. ¿Tú lo sabías? Que las cazaba cerca de Barcelona, en una casa familiar.

—Ni siquiera sé quién era Mariana...

—También recuerdo que me dijo que acabó siendo una gran científica, que se fue a estudiar a los Estados Unidos, y que la colección de mariposas del museo botánico de Nueva York proviene en parte de la suya.

—¿Y cuándo te contó eso mi madre?

—¡Hace mucho! —exclama François, dándose cuenta de que no me tenía que haber dicho todo eso—. Enséñame ese libro, Lucía, mientras se termina de arreglar tu madre. No podemos entretenernos mucho.

La cara de la niña se ilumina de felicidad. Se sienta en las piernas largas de François, en las que cabrían dos como ella, y se dispone a escuchar. Le encanta que le hagan caso. François se ha puesto a mirar los dibujos de esos animalitos de alas coloridas, pasa las páginas, le pregunta por su preferida, Lucía se la señala. Escucho su animada conversación, y cuando por fin estoy lista, salimos hacia el despacho del abogado. Al parecer, tengo que firmar todos los papeles para empezar con los trámites. Mañana Pierrette me traerá el testamento y podremos avanzar otro paso más.

Por fin llegamos al abogado, quien nos informa, después de hacernos esperar unos minutos, de que todos los nombrados en el testamento tienen que estar presentes ante el notario. Al salir me quedo mirando a François.

—Entonces… ¿qué hacemos con la tal Dorothea?

—Ya descubriremos quién es. Al fin y al cabo, ese es mi trabajo.

Me quedo mirando a François, sin entender nada.

¿Cuál es su trabajo? A veces, estando en su presencia, me embarga una sensación extraña: ¿por qué parece saber tantas cosas? Y, sin embargo, no logro vencer el miedo a preguntárselo.

Sueños premonitorios. Visiones. Revelaciones. Aquella era la realidad de Maite y, sin embargo, nadie, absolutamente nadie, debía estar al corriente de su chocante comportamiento. En Cataluña aquel tipo de prácticas eran impensables. No así en Galicia, donde ya desde el siglo XVII, circulaban leyendas de ritos misteriosos en las bodegas de la familia de los O'Pazo.

—Lo mismo ocurría en tu casa, Manolo —advirtió la madre.

—¿Estás hablando de la tía Brígida?

—Exactamente.

—Pura leyenda, querida.

A la tía gallega se la conocía por el nombre de La Brígida, nombre en clave que escondía las sonoridades de la bruja, incluso entre la familia. Tenía, como ella decía, «sueños premonitorios». Hasta aquí, nada excepcional en la familia de los O'Pazo.

—Los tiempos están cambiando. Además, lo que pasó en Galicia con la tía Brígida fue diferente.

–No tanto. Nuestra hija, por muy guapa que sea, ha heredado esa locura de la sangre gallega de tu familia.

–¿Hubieses preferido que Maite heredase el espíritu burgués de su lado catalán? ¡Qué cosas dices, querida! –resolvió Manolo, poniendo fin a la conversación.

En realidad, Manolo adoraba a su tía. La Brígida era la hermana menor de su abuela materna. Se peinaba de forma imposible, con una trenza larguísima que se enrollaba alrededor de la cabeza. Sin duda, era la más inteligente y la menos agraciada de todas las hermanas, las cuales habían heredado la belleza de la familia, pero ningún otro talento.

En Galicia, Manolo fue a verla varias veces cuando era pequeño. La visitaba en la casa a la que La Brígida se había retirado y ahí le contaba chismes, lo instruía sobre música, le mostraba las diferentes colecciones que en ella guardaba. Manolo adoraba su compañía y se pasaba ahí las horas muertas. Fue ella la que lo llevó a la ópera por primera vez, le enseñó a escuchar y a «ver el rastro que la música dejaba en su corazón», como ella decía, pero eso era otra historia. La que Manolo recordaba. Además de bruja, La Brígida tenía fama de amar a las mujeres. Se le conocía una amiga alemana con la que a veces se reunía en La Coruña, pero al chico jamás se lo aclaró. «Habladurías, querida», replicaba siempre Manolo.

La Brígida «veía» en su mente escenas en casas de vecinos. Vivía en un pueblo y en ese pueblo todo se sabía. De noche, en su mente vaticinaba sucesos que habían de ocurrir, muchos dramas, varias catástrofes que se acercaban inexorablemente a las personas más cercanas. Al principio, esos consejos fueron bien recibidos. Consiguió adelantarse a riñas familiares, desavenencias conyugales, accidentes de pescadores en el mar e incluso a desapariciones de niños. Gracias a La Brígida se descubrió algún que otro robo, y se pudieron prevenir desgracias que amenazaban a algunas mujeres que andaban solas a horas indebidas. Por eso, cuando al principio empezó a desvelar esos acontecimientos que no tardarían en ocurrir, la gente se lo agradeció.

Los sueños de La Brígida, esas escenas que decía «ver» en su mente, las sentía dentro de su cabeza horas antes de que ocurriesen en la realidad. Pero como lo que no se entiende del todo acaba por asustar, esa ayuda, esos avisos, sus advertencias, empezaron a despertar sospechas. La acusaron de brujería. Circulaban rumores en los que se la culpaba de ser ella la causante de los malos agüeros, de las peleas entre vecinos y de los accidentes. Hasta que La Brígida fue, poco a poco, excluida, rechazada y, finalmente, despreciada. Como si fuera una bruja, una bruja de verdad.

–Quizá lo fuera, Manolo.

–¡Pero qué cosas se te ocurren!

Estaba claro que, para el pueblo, era la propia Brígida la que provocaba las desgracias. Las habladurías se extendieron por Galicia, sobre todo porque procedían de casa de los O'Pazo, una familia envidiada por su buena suerte en las cosechas de los campos que poseían, el buen vino de sus viñedos y la desahogada situación económica que los envolvía.

Cuando una noche de invierno, allá por los años cuarenta, violaron a una muchacha en Santiago, Manolo tendría unos quince años y se fue corriendo a casa de La Brígida para contárselo. Esta le confesó que ya lo sabía. «¿Y cómo es que no lo dijiste?». «No podía, Manolo. Hubiera firmado mi sentencia de muerte».

De lo que no tenía constancia Manolo es que ese «don» o esa «carga», según como se mirase, pudiera trasmitirse a través de la genética. Ni siquiera estaba seguro de que su hija lo hubiera heredado, saltándose todo tipo de continuidad generacional. ¿Cómo era posible que aquel insólito don de su tía abuela hubiera pasado a su hija? De niña, Maite no había sido una criatura diferente a las demás. Por lo que le habían contado, La Brígida sí que lo había sido: intrépida, arriesgada, valiente. Pero ¿su hija? A Maite le gustaba la soledad, eso, quizás, era debido más a su condición de hija única que a sus habilidades de adivina… Mimada sí, por supuesto, una niña que tardó tanto tiempo en llegar, que había sido más que deseada; después de pensar que Lucía y él no podrían tener hijos, vino al cabo de diez años de matrimonio.

—Quizá fue porque te empeñaste en hacer ese rito en la playa de Troncones, ¿recuerdas? —le dijo de repente su mujer.

Claro que se acordaba. Él ya había asumido que no tendrían hijos, pero su mujer no lo aceptaba. Estos catalanes, se decía él, estaban de lo más preocupados por lo que pensasen los demás. Por eso, su mujer, a la que amaba tanto, se sentía desesperada por no ser madre.

Había días en los que su mujer no quería ni levantarse de la cama, y decía que su vida era inútil y que no servía ni para traer un niño al mundo. ¡Ni que fuera eso tan fácil! Los diez primeros años de matrimonio los pasaron esperando al bebé. Acudieron a todo tipo de médicos. A Madrid. Luego a Francia y a Alemania. Las pruebas eran desagradables, pero la verdad es que nadie encontraba el menor problema. «Ya vendrán», les decían… Lo cierto era que no venían, ni la menor señal de embarazo. «No le des tantas vueltas. Cuando quiera Dios, los mandará».

—¿Y si Dios no me quiere como madre? —contestaba ella llorando—. Iré a misa cada día. Rezaré el rosario, a ver si se apiada de mí.

—Yo no me obsesionaría, querida. Lo peor en estos casos es obsesionarse.

Lo cierto es que, si se basaban en la genética, los niños no abundaban en sus respectivas familias, ni por un lado ni por el otro. Y Manolo sabía por las leyendas que habían circulado de generación en generación que, sin ayuda de las hechiceras, el embarazo, en algunas familias, no llegaba jamás.

Se lo intentó insinuar a su mujer. Quizá podían visitar a la hermana de su madre, a la famosa tía Brígida. «Estás loco», le había contestado Lucía, poniendo punto final a la conversación. Sin embargo, se había aventurado Manolo, gracias a ella, otros familiares lo habían conseguido… ¡Menuda idea tuvo! ¡Años después, todavía se lo seguían echando en cara!

Sin el consentimiento de su mujer y con el deseo de que esta obsesión acabase, Manolo le pidió a su chófer que de un tirón lo llevase hasta La Coruña. Salieron de noche. Su mujer no podía saber nada.

Cuando llegaron, después de doce horas de carretera, llamó a la inmensa puerta del caserío donde vivía La Brígida una tarde en la que había salido con sol de Barcelona y había amanecido en Galicia con un verdadero aguacero.

A la mañana siguiente, La Brígida contó a Manolo que había una capilla, cerca de la playa de Troncones, a la que acudían las mujeres que no se quedaban preñadas. «A las diez lunas de cada año y después de haberse sumergido diez veces en el agua la noche de luna llena, la mujer que desea tener un hijo sube andando la colina, la que se encuentra entre la playa y la capilla, asiste a misa a medianoche y acaba esperando un hijo». «Pero eso no es todo, Manolo –le había dicho La Brígida–. Si acaba naciéndote una hija, tendrá que venir a verme en cuanto cumpla veintiún años».

A la vuelta de su viaje, Manolo se lo contó a su mujer. Lucía lo escuchó muy seria, grabando en su mente todos los detalles que le contaba su marido. Al año siguiente y exactamente a partir del 1 de enero, cumplió el rito a la perfección. Lucía era así de programada, mientras que Manolo ya ni se acordaba. Viajaron juntos a Galicia en tren y después en coche. Durmieron en casa de los padres de Manolo y la noche exacta de la décima luna llena, fueron hasta la playa de Troncones. Allí, otras parejas esperaban que aconteciera el mismo milagro.

Manolo acompañó a Lucía hasta la playa y la esperó en la arena, con el alma en vilo y, desde allí, pudo observar aquella medianoche como una decena de sombras se fueron sumergiendo en el agua helada del Atlántico, sintiendo como sus respiraciones se ahogaban en el pecho. Y jamás pudo olvidar ese extraño cuadro de mujeres espectrales sumergiéndose en el agua. Cuando su mujer salió por fin del mar, estuvo a su lado para secarla, para abrazarla y darle calor, su cuerpo encogido parecía un esqueleto. Abrazados, subieron en silencio hasta la capilla de la playa y escucharon la misa juntos, acompañados de otras parejas. A la mañana siguiente, volvieron a Barcelona.

Unas semanas más tarde, Lucía comprobó que el rito de La Brígida había funcionado.

Pierrette llega al día siguiente por la tarde. He quedado con ella a última hora. Como siempre, llega puntual, conoce la casa, coloca ella misma su abrigo y su sombrero en el armario de la entrada, se quita los zapatos de tacón y me pide un té caliente. «Estoy helada, Teresa».

La veo quizá más mayor, algo encorvada, por la edad, pero nada que deba preocuparme. Sigue igual de enérgica y presumida, su rostro está cuidado con cremas carísimas desde hace años y a sus ochenta y tantos, Pierrette parece que tiene sesenta, sin arrugas, maquillada y elegante como si fuera a una fiesta. Jamás he visto a esta mujer ir de cualquier manera, sin arreglarse. Lleva puesto un traje de figuras geométricas probablemente de una buena tienda de París, una de las pocas que ha resistido el paso de los años. ¡Y quizá gracias a Pierrette!

—Estar contigo es como ver a mi madre.

Pierrette echa un vistazo al apartamento antes de sentarse en el sofá. Suspira. Su mirada todavía busca a La

Maga. Al ser consciente de su ausencia, sus ojos preguntan por Lucía.

—Está en su cuarto —le contesto.

—Ah, ¡qué bien! Entonces ya estáis instaladas. Pues que venga a saludarme, no hagas como tu madre...

Se me hiela la sangre, qué razón tiene...

Llamo a Lucía para que venga a darle un beso. La niña se acerca sin decir una palabra, la mira, la saluda con la mano y vuelve a su cuarto.

—Aquí estuve yo con ella no hace mucho tiempo. Como si quisiera despedirse, me llamó la misma semana en que murió. Nos tomamos un té, hablamos de ti, me contó cosas de su pasado.

—¿Tú crees que ella intuía que se iba para siempre?

—¡Vete a saber! Si la hubieras visto, ¡estaba perfecta de salud! Parecía más alta y delgada que nunca, con su pelo largo y recogido. Ese día su rostro mostraba una inusual quietud. Había perdido la tensa expresión que se le ponía, ya sabes, siempre tan angustiada por ella, por ti... Pero déjame que te vea. Estás más guapa que nunca, Teresa. Tienes un pelo lustroso, ondulado, ¿te lo tiñes? Y la piel, tersa, ¿qué cremas utilizas? Veo que sigues llevando solo pantalones y te vuelvo a decir, como te decía en la época, que deberías lucir un poco ese tipo tan esbelto que has heredado de tu madre. Si yo lo tuviera... Pero ¡cuéntame! ¿Qué tal te fue por España? Tu madre, aunque hablaba de ti todo el rato y a pesar de sus premoniciones, en realidad sabía muy poco de lo que hacías en Madrid.

Y se echa a reír con la risa despreocupada de las personas que han aprendido a disfrutar de cada instante.

Apenas contesto a las preguntas que me hace. Pierrette va demasiado rápido, lo quiere escuchar todo. ¿En qué barrio vives? Conozco bien Madrid. ¿Tienes amigos? ¿Qué hacéis los fines de semana? ¿En qué trabajas?

–¿Recuerdas a Julia, mi amiga de la universidad? Pues ella es prácticamente la única persona a la que veo en Madrid. Adora a Lucía y me ha ayudado desde que nació. Trabajo de guía turístico, ¿qué más te puedo contar?

–Lo más importante: ¿tienes novio?

Esbozo una sonrisa.

–No, qué va.

No le hablo de Charles porque solo fue una noche...

–¿Y el padre de Lucía? ¿Sabe que tiene una hija?

Su pregunta se me atraganta. Aun así, intento contestar de forma serena.

–Cuando me fui a España, acababa de quedarme embarazada. No fui capaz de decírselo y nunca consiguió localizarme del todo. Digamos que Julia me protegió.

Nos quedamos en silencio unos segundos. Pienso en Juan como si tuviera algo clavado en el estómago.

–¿Y no crees que tiene derecho a saberlo?

–Pierrette ¿a qué vienen estas preguntas? ¡Juan no tiene el menor derecho a nada! Lo que me faltaba ahora, a Lucía la estoy educando yo y él no tiene nada que ver en esto.

Al cabo de un rato, Pierrette me contesta:

–Entiendo que te duela, pero debes pensar en Lucía. Hoy en día...

–Hoy en día, ¿qué...? –Me oigo gritar.

–Pues que te recuerdo que, cuando tenías la edad

117

de Lucía, tú querías tener un padre y que no parabas de preguntar y yo hablé mucho con tu madre sobre el tema y creo que al final… fue demasiado tarde.

Soy incapaz de seguir hablando. Mi cuerpo se bloquea, y siento un dolor intenso por todas partes. Me tengo que levantar del sofá. Empezar a caminar por el piso para que desaparezcan las ganas de llorar. Estos sentimientos que me ahogan, ¡menuda sensibilidad he heredado! No me puedo contener. Es la primera vez que lloro delante de alguien, por mi madre, por mi pasado. Pienso en Juan, en Lucía, en que Pierrette ha removido unas aguas pasadas que duelen, que queman. Hasta que me abraza para consolarme.

–Tranquila, Teresa. Estoy aquí para ayudarte y para hacerte un poco de madre que sabe más que tú por la edad y por lo mucho que he vivido.

–Sí, si tienes razón…

Me levanto para calmarme y para que no me vea llorar. Voy directa a la cocina donde, desde hace un rato, el sonido de la tetera nos avisa de que el té ya está listo.

Cuando vuelvo de la cocina, seguimos hablando, pero esta vez de trivialidades. De España, de ella, de las exposiciones que ha realizado con la obra de su padre, Pablo Gargallo. Del museo en Zaragoza. «¿Has podido visitarlo?».

Hasta que, por fin, le pregunto por mi madre y François. Ahora soy yo la que quiero saber.

–¿Qué quieres que te cuente, querida? La Maga se quedó muy sola cuando te fuiste. En realidad, por otras razones, ella había hecho lo mismo, más o menos a tu edad, ¿no es así? Cuando te marchaste, apareció

François. Se pasaba las horas interrogando su bola de cristal para verte y luego me llamaba para contármelo. Si no la hubiera conocido como la conocía, habría pensado que tu madre había perdido el juicio, pero todos sabíamos cómo era La Maga y también conocíamos su creencia en las artes ocultas. Se quedó destrozada, con el corazón roto, y François no se separó de ella. Ya sabes cómo era, con ese espíritu de libertad que tenía y esos aires de grandeza que enmascaraban, en realidad, una inmensa fragilidad. François la conocía desde sus primeros años en París y siempre mantuvieron el contacto.

–Es extraño que yo no lo recuerde. ¿Cuándo se veían?

–¡Contacto epistolar, querida! No se vieron jamás, que yo recuerde.

–¿Cómo que epistolar?

–Sí. François y ella se escribieron durante años.

Me quedo aturdida, como si me estuviera hablando de otra persona. ¡No es posible! Sin embargo, La Maga escribía durante horas en ese mismo escritorio. La veía escribir cartas interminables. Hablar a solas con aquel mueble. ¿Era a François a quien escribía? ¿Qué le escribía? ¡No entiendo nada! ¿Y por qué François no me lo ha dicho? Para esconder mi desconcierto, logro contestar:

–Pero qué disparate.

Y me pregunto dónde estarán esas cartas... Hasta que me viene una nueva duda:

–Si tenía tantas ganas de verme, ¿por qué mi madre nunca vino a Madrid? Quizá nos hubiéramos vuelto a encontrar.

119

–¡Pero claro que fue! Sé que los dos hicieron algún viaje juntos y uno de ellos fue justamente a Madrid. ¡Quería verte! ¡Se moría de ganas de verte!

–¿Qué dices?

–De hecho, me contó que te vio por la calle con Lucía. Con eso le bastó para saber que estabas bien, que no la necesitabas ya y que habías rehecho tu vida en España.

Intento hablar, pero me vuelvo a emocionar como una niña pequeña.

–Llora lo que necesites, Teresa, pero que sepas que tu madre te quería con locura. Aunque no lo creas, respetó tu decisión. De hecho, durante ese viaje te sacó algunas fotos, ¿las has visto? Las puso por toda la casa. Me decía: «Aquí Teresa acompaña a Lucía al colegio, aquí se va a su trabajo de guía en el hotel, aquí sale con unos amigos a tomar algo...». Lo que fuera que hicieras era para ella motivo de alegría.

Siento que mi corazón se acelera. Vuelven de repente las imágenes de aquel extraño suceso que viví en el Museo del Prado, cuando creí verla en la sala Velázquez. Así que no me equivoqué: era ella. Y regresa a mí su imagen, esa sensación de estar tan cerca y tan lejos a la vez...

–Pero no nos olvidemos, querida. El testamento. No sea que me vaya a marchar de vuelta a mi casa con él.

–El testamento, sí.

–Esa vez que vine a verla tan solo unos días antes de fallecer, La Maga me entregó esto para ti.

Cojo el sobre, lo abro y miro su letra desgarbada.

«*Dejo mi piso de París, avenue Paul Doumer, a mi hija*

Teresa O'Pazo Montis. El dinero se repartirá entre mi hija, François, Pierrette y Dorothea».

—¿Dorothea? —Pierrette me mira confusa—. Como no sepas tú quién es, a ver cómo la localizamos...

De repente entra Lucía en el salón, demandando que me ocupe de ella. Pierrette se despide con un «hasta pronto».

—¡Ven a verme! —me comenta.

Por la noche, al acostarla, Lucía me vuelve a preguntar por esa nueva heroína que es su abuela.

—Mamá, ¿la abuela llegó a ser cantante, una cantante famosa?

—No. Cuando yo era pequeña dio algunas clases de canto, en casa, a estudiantes. Los preparaba para el concurso del Conservatorio Nacional, pero luego se dedicó a predecir el futuro.

—¿Cómo se puede predecir el futuro?

—Yo no creo que se pueda predecir, yo creo que se puede intuir. Tu abuela echaba las cartas. A veces miraba en la bola de cristal que tienes en el salón.

—La abuela me ha dicho que yo también soy maga y que predigo el pasado.

Su ocurrencia me provoca una sonrisa.

—¡Pues ahora la nueva maga, la más dulce del universo mundial, tiene que dormirse!

—Pero antes cuéntame otro cuento de mi abuela, por favor. ¿Se casó con ese Roberto? ¿Roberto es tu papá? ¿Y quién es el mío, mamá?

Su última pregunta me deja helada. ¿Desde cuándo

Lucía se hace esas preguntas? Ha debido escuchar algo de nuestra conversación... Y para no contestar a todas ellas, le digo:

—Anda, abre otra cajita de esas de la librería.

Lucía se levanta corriendo de la cama, con los pliegues de su camisón blanco volando tras ella, y agarra la primera que encuentra. La abre delante de mí para dejar escapar la mariposa.

os preparativos de la boda de La Maga se realizaron sin previo aviso. Tan rápidamente que Maite no recordaba ni siquiera haber contestado que sí.

«Has hecho feliz a tu madre», declaró Manolo en cuanto la joven bajó a desayunar, al día siguiente. «Roberto nos lo ha contado todo». Lucía la abrazó efusivamente pensando que su hija ¡por fin se había plegado a la razón! En ese preciso instante, La Maga sintió que se caía por un precipicio del cual no había vuelta atrás.

–¿Como cuando tiran al conde de Montecristo por ese acantilado y cae al mar envuelto en una sábana?

–Sí, pero en el caso del conde era para salvarle la vida… en el de tu abuela, no estoy tan segura… Maite escuchaba las frases más tontas de boca de su madre. «No te preocupes por nada y diviértete». «Deja que tu padre y yo nos ocupemos de todo». «Los padres son los encargados de organizar las bodas de sus hijos, así se hace en Cataluña y así lo haremos». ¡Qué manía tenían todos con que se divirtiera! Lo cierto es que ni los padres de Maite querían que cambiara de opinión, ni

Roberto deseaba demorar más el periodo de caza. La celebración tenía que ser inminente.

Me vuelven sus palabras, las veces que La Maga me lo contaba: «Tu abuela Lucía estaba radiante, hablando con todo el mundo, recibiendo a los invitados en una casa que había decorado de blanco y en la que había cubierto los balcones de margaritas. Llegaban regalos y más regalos. En Cataluña hay dos tipos de invitaciones: una para las personas invitadas a asistir a la boda y otra, para las invitadas a hacer un regalo, pero no a la boda.

»Lo que más recuerdo de ese día era la felicidad de tu abuela Lucía, pero no la mía. A mí me entraban sofocos nocturnos. Me despertaba sudando sin entender lo que me pasaba. Me desconcertaba tanta felicidad a mi alrededor cuando yo parecía no participar de ella... Mis padres, los amigos, incluso el servicio, me prodigaban mil atenciones cuando siempre me habían considerado la rara de la casa. Roberto me miraba a cada instante, sin dejarme sola ni un segundo. Hasta que, unas horas antes de la ceremonia, me encerré en el baño para estar sola, y mirándome al espejo, no me reconocí. No era yo la que vi reflejada allí. Como si mi destino se hubiera intercambiado con el de otra persona. ¿Era una de mis visiones? Me asusté tanto que abrí la puerta y salí corriendo. Conseguí que nadie me viera y me fui en busca de Jacinta, a quien habían prohibido la entrada en mi casa. Al llegar a su apartamento, me abrió la puerta y me eché en sus brazos.

»Decidimos que esa misma noche, unas horas antes de que todos estuviesen esperando a la novia en la iglesia, yo huiría a París. Jacinta se encargaría del billete de tren. Me esperaría en la estación. Una vez en Francia, iría directamente a ver a unos familiares suyos que vivían en la ciudad. Y Jacinta se reuniría conmigo en cuanto acabase la temporada de otoño en el Liceo. El plan era perfecto y volví a casa más sosegada.

»Sin embargo, las cosas no iban a suceder exactamente como lo habíamos previsto. En casa de los O'Pazo había saltado la alarma durante mi ausencia. Mi madre, fuera de sí, debió de ir a la farmacia donde compró un tranquilizante que me administró en cuanto volví a casa a recoger mis cosas. No recuerdo ni cuándo me lo tomé, tan solo que desperté justo para la celebración. Estaba tan aturdida que, una hora más tarde, pronuncié el sí quiero como quien firma su sentencia de muerte. Ya no había vuelta atrás...».

El relato de La Maga, repetido a lo largo de mi infancia, nunca perdió en intensidad. Su mirada se quedaba como absorta, perdida durante un tiempo. Hablaba, pero no se dirigía a mí, sino que analizaba ese momento una y mil veces más. Parece que la estoy viendo tumbada en el sofá de Paul Doumer, con un traje estrecho, largo y de encaje. Aquel que Lucía pensaba que era el de su boda y es posible que, para contarme esa historia, se metiera de lleno en el personaje. A pesar de ser yo la única que escuchaba su relato, parecía estar recitando ante un público de admiradores una obra de Lorca en la que ella era la protagonista.

«Mi boda fue aclamada en toda Barcelona y no hubo ni un periódico catalán que no hablase de ella.

La gente se moría por que la invitaran y apareció mi foto en varias portadas de revistas. Lo curioso es que en ninguna de ellas estoy sonriendo. Yo solo deseaba que se acabara de una vez. La portada que más me llamó la atención fue una en la que aparezco medio tumbada en el sofá cama que había en la biblioteca de mi padre. Parece que estoy en estado vegetativo. Mi madre me administró tantos fármacos que, casi sin conocimiento, acepté todo lo que se me puso por delante».

Corría el año 1967. Al cabo de unos días de casada, Maite se instaló en el piso de la calle Balmes. Salvo a sus padres, no quiso ver a nadie. Jacinta no dio señales de vida, defraudada por la poca iniciativa de su amiga, o enredada como estaba en las juventudes socialistas catalanas que por esas fechas no paraban de salir a la calle. Maite asumió su papel de esposa lo mejor que pudo. Su madre la ayudó a arreglar el apartamento, le compró colchas a juego con las cortinas y le regaló muebles familiares que dispuso tal y como se esperaba de una chica seria, educada en la alta sociedad catalana. Allí permaneció unas semanas hasta que tuvo que irse a Ciudad Real.

–Tómatelo como si fuera un viaje de novios –le dijo Roberto.

–No me parece el destino más romántico. ¿Allí podré cantar?

–Sí. A menos que necesites un teatro, puedes cantar donde tú quieras. De hecho, salvo pasear, no hay mucho más que hacer. Pero puedes leer; tengo una inmensa biblioteca y acabo de adquirir una televisión, que no podrás ver sin mi permiso, pero ahí está. Te irá bien tener un *hobby*.

–¿Un qué?

–Es una palabra inglesa y significa «afición o pasatiempo». Puedes tener una ocupación que te entretenga durante las largas tardes que pasemos en el campo.

–A mí me recuerda a la palabra «hastío» –le contesté, mirando por la ventanilla.

«Y así empezaron los días más largos de mi vida, Teresa, y también los más absurdos», me contaba mi madre, escondidas bajo las mantas de su cama:

–Mi marido era un hombre mucho mayor que yo ¡y se dedicaba a la caza! En esa casa, solo colgaban de las paredes cabezas de animales muertos y no cuadros como en la mía. Sin darme cuenta, me había convertido en el prototipo de mujer que siempre había rechazado. Lejos de mi amiga Jacinta y de mi pasión por la música. Empecé a odiar a esa madre que me había obligado a adoptar ese destino contra mi voluntad, mientras veía a escondidas por la televisión las protestas de los jóvenes universitarios de toda Europa contra las normas desgastadas, contra esas obligaciones sociales y religiosas que se imponían sin sentido, como me habían obligado a mí a casarme contra mi voluntad.

–¿Y no te daban miedo esas cabezas de animales? ¿No pensaste que los podía haber matado él, madre? –le pregunté, mucho más interesada por esos asesinatos que por las revueltas estudiantiles.

–¡Eso era delito, Teresa!

–¿Colgar animales de las paredes?

–¡No, mujer! Casar a alguien contra su voluntad.

—Era un monstruo, madre, un asesino —le dije sobrecogida—. Seguro que también te quería matar a ti...

La Maga se echó a reír. Cuando reía, se parecía a las heroínas de las películas americanas de los años cuarenta. Metida bajo las sábanas como si fuera nuestra cueva, con una bata de seda blanca. ¿De dónde sacaba esa ropa que parecía de otro tiempo? Tan delgada, tan alta, empezaba a soñar de nuevo.

—Me iba muriendo muy despacio a su lado, de tedio y desesperanza... En enero de 1968 volvimos a Barcelona. Roberto quiso pasar las primeras Navidades en su casa, a la que también vino su padre que se había quedado viudo. Recuerdo que el plan era pasar el día de Reyes en Barcelona. Las cosas habían cambiado en poco tiempo y en cuanto me subí al taxi que nos iba a llevar de la estación de Sants a la calle Balmes, noté enseguida que se respiraba un ambiente diferente. Por aquel entonces, Roberto ya no me dirigía la palabra más que para darme órdenes. El taxista nos comentó que desde hacía meses las protestas estudiantiles iban a más, secundadas por lo que estaba pasando en los demás países. «En Madrid han descolgado un crucifijo y lo han tirado por la ventana de la universidad. Aquí lo han hecho con un busto de Franco», nos dijo. A Roberto le pareció indignante. Yo lo había oído por la televisión, mientras él cazaba. «¿Y dice usted que en estos momentos tiene lugar una de esas protestas?», pregunté interesada. «Ni se te ocurra pensar que vas a ir», me indicó Roberto agarrándome la mano con fuerza. «¡Haga caso a su marido! Es una manifestación ilegal, de las que se vuelven violentas —comentó el taxista—. Unos niñatos que no quieren oír hablar ni de Franco ni de la religión. Gritan libertad sexual, y todo eso... ¡Qué vergüenza!».

»Para mí, Teresa, era un intento de adquirir mayor libertad y hacer valer los derechos de las mujeres. En cuanto llegué a la calle Balmes, fingí que tenía un dolor de estómago tremendo y Roberto me dejó bajar del taxi, acompañada por la doncella, para ir a una farmacia cercana. Por supuesto, en cuanto pude, soborné a la doncella y me fui corriendo a la manifestación. Lo que yo había hecho era una insensatez, pero sabía que allí no iba a tardar en encontrarme con Jacinta, que, de hecho, estaba subida a una tarima animando a los demás. Era increíblemente emocionante lo que se proclamaba. Por unos minutos olvidé mi tristeza de los últimos meses. Cuando Jacinta me vio, vino corriendo hacia mí. Nos fundimos las dos en un abrazo que solo pudo detener un porrazo de la policía. Acabamos las dos en el calabozo, con otros quinientos manifestantes. A Roberto le avisó el mismísimo gobernador de Barcelona, que debía de ser amigo suyo. Lo que me salvó la vida es que alguien del Gobierno también avisara a mi padre, que llegó por otra puerta a la comisaría y vio como Roberto me cruzaba la cara con su mano de cazador. En ese instante, mi padre, furioso, le arreó el mayor puñetazo que he visto en mi vida.

»Mi padre nos sacó a Jacinta y a mí del calabozo y nos fuimos en su coche. A solas, me preguntó si Roberto me había pegado más veces. Se lo conté todo. Sus golpes, su mal humor, su despotismo y mis interminables horas de soledad. Roberto se iba antes de desayunar, luego dormía la siesta, volvía a marcharse con sus amigos cazadores y apenas nos veíamos. Yo llevaba meses escondiéndome de su mal humor, intentando salir lo menos posible de mi cuarto por miedo a sus enfados. «¿Has dicho tu cuarto? ¿No es el mismo que el de tu marido?», me preguntó mi padre al escucharme. «Menos mal, papá. Eso, al fin y al cabo, es lo mejor que me ha podido pasar». Y tras un silencio prolongado, me preguntó: «Y además de pegarte, ¿Roberto te ha acariciado alguna vez?».

»Mi sorpresa fue total, Teresa. Mi padre debió de contárselo a mi madre y desde ese día se tomó la decisión de que me instalaría de nuevo en su casa, en el barrio de la Bonanova. Recuperé la libertad por lo que respecta a Roberto esa misma noche, pero volví a estar bajo las órdenes de mi madre. Al día siguiente apareció don Avelino, el cura de la iglesia de la Bonanova, el que nos había casado. Pretendía no solo confesarme de mis pecados, sino hacerme unas preguntas indiscretas.

–¿Un cura? ¿Era amigo tuyo? –le pregunté.

–Pues no, pero en España, cada vez que tenías un problema ibas a contárselo al cura. Después de una larga charla con Avelino, me dijo que mi matrimonio debía considerarse nulo y que iban iniciaría los trámites para declararlo como tal.

El proceso de nulidad matrimonial de La Maga, a principios de 1968, fue largo y doloroso, entre otras cosas porque los juzgados estaban continuamente movilizados o cerrados por culpa de las protestas de los obreros y estudiantes que ponían en vilo la paz de toda Europa. La Maga había seguido esos enfrentamientos a través de la televisión prohibida de su marido en Ciudad Real. Pero en Barcelona, con Jacinta, no hablaban de otra cosa.

–¿Te has enterado del Movimiento 22 de marzo? Te leo:

–*El 22 de marzo a las 15 horas, ¿estaba usted en Nanterre?* –*preguntó el presidente del consejo.*

–*No* –*respondió Cohn-Bendit–, no estaba en Nanterre.*

–*¿Dónde estaba?*

–*Estaba en mi casa, señor presidente.*

–*¿Y qué hacía usted en su casa a las 15 horas?*

–*Hacía el amor, señor presidente. Eso que probablemente usted no haga nunca.*

Jacinta estalló en una carcajada sonora y algo histérica. ¡Por fin!

Los titulares de los periódicos no hablaban más que de las protestas que querían abatir el peso de la autoridad, los diarios televisivos se hacían eco de unas imágenes que parecían de guerra y en la radio no paraban de alertar contra la revolución cultural. Aunque, en apariencia, ni Francia ni Italia ni España tuvieran nada en común políticamente, su lucha era similar. Se juntó el deseo de los obreros de alcanzar una dignidad salarial, de exigir derechos para los trabajadores, con las propuestas de unos estudiantes contra la autoridad paterna, la universidad masificada y el final de las diferencias sociales y de género. Una juventud educada con la mayor prosperidad que jamás se hubiera visto se revelaba como auténtica juventud malcriada... «Si hubieran vivido una guerra de verdad, no se atreverían a criticar», decían los padres de La Maga y sus amigos conservadores.

Las protestas se extendieron por el mundo entero. En los Estados Unidos, luego en Francia, la juventud rechazaba la guerra interminable de Vietnam, que ya se había cobrado demasiadas víctimas entre los jóvenes. Su furor ante el asesinato de Martin Luther King, que implicó a los demás países, y el atentado fallido del líder estudiantil alemán Rudi Dutschke fueron los detonantes. La juventud del mundo entero vivía un malestar generalizado, nadie los tenía en cuenta y su rebeldía agitó las semillas del cambio. No se hablaba de otra cosa y esa ola de disturbios que había empezado en silencio años atrás fue como el despertar de un gigante.

El epicentro de la revolución fue París, que estalló en llamas el 3 de mayo. No solo por la violencia de sus manifestantes que habían tomado como cuartel general primero las universidades de Nanterre y la Sorbona, y luego el Boulevard Saint-Michel, sino porque esos estudiantes, aparentemente desenfrenados y sin escrúpulos, fueron secundados por intelectuales, artistas, actores. Y ellos sí que se hacían escuchar por la opinión pública.

Incluso en su propia casa ya no se podía negar lo que estaba pasando. Su padre contó un día de finales de mayo, durante la hora de la cena, el escándalo de Cannes.

—El festival se ha suspendido en apoyo a las protestas de la semana pasada en no sé qué universidad de París. Los estudiantes, secundados por ese líder alemán, el tal Cohn-Bendit, están librando una guerra en toda regla contra las autoridades políticas y culturales. ¡La República francesa está que tiembla! No hay ni trenes, ni aviones, todo está suspendido. Me han contado que el director de cine Carlos Saura, que viajó en coche hasta allí con Geraldine Chaplin para presentar su nueva película, apoya ahora las palabras de Truffaut en favor de los obreros y los estudiantes. ¡Esto puede estallar de un día para otro! ¡Hay que estar preparados!

—¿Preparados para qué, Manolo?

—Pues para la posibilidad de un golpe de Estado y que Franco saque el ejército. No sería la primera vez.

Los conflictos, las protestas, la anarquía llamaban a la puerta de la sociedad occidental, que tenía ahora la oportunidad de cambiar el mundo. Aunque no compartía el gusto musical del resto de los españoles, que le dieron el premio de Eurovisión a Massiel, mi madre sí que sintió que aquellos aires de cambio le hablaban directamente a ella, que había llegado el momento de hacer algo importante con su vida y que su destino estaba en otro lugar, fuera de España, lejos de su familia y lejos de Jacinta. Mientras el mundo estaba en llamas, las preocupaciones de La Maga evolucionaban con el mismo ardor. Ella quería a Jacinta, pero su amor se estaba volviendo fraternal, comparado con el suyo propio, que solo anhelaba el cambio, la libertad.

La Maga soñaba con transformar su mundo. Deseaba olvidar que había sido el muñeco de la violencia de un hombre. Que su madre la seguía mangoneando como a una chiquilla. Que no iba a poder cantar más que en el salón de su casa y para los amigos de la familia. Su vida en Barcelona se le hacía insoportable, en esa sociedad catalana que la miraba de los pies a la cabeza y la invitaba a guateques aburridos. Quería olvidarse de todo lo anterior y empezar de nuevo.

Un día su padre llamó a la puerta de su habitación y le soltó algo que no se esperaba: esa misma tarde llegaba su tía Brígida desde Galicia. Aquella bruja, como la llamaba su madre y de la que tanto había oído hablar, se iba a quedar unos días en su casa. Por alguna razón, esa noticia alegró a Maite que, por segunda vez, tuvo que postergar su huida a Francia.

—En el tren de las ocho. Esta noche cenaremos en familia. Mejor que vayas a ayudar a tu madre con los preparativos, por favor. Cuando viene la tía Brígida, siempre se sabe cuándo llega, pero nunca cuándo se va...

Y así fue como La Maga conoció a la persona más importante de su vida.

–La vi solo tres meses, Teresa. Pero sin ella, yo no sería quien soy y nadie me llamaría La Maga.

Apoyada en su bastón, con la espalda encorvada y la cabeza gacha por la edad, la tía Brígida
apareció en su casa como una anciana venida
de otro tiempo.

Nada más abrirle la puerta, le dijo a su sobrino:
«Vengo a ver a la niña. Ya tiene veintiún años y estoy
esperando que cumplas tu palabra». Su esposa Lucía se
había negado a seguir tratando con esa bruja. Manolo no pudo desautorizarla. Y lo cierto es que Maite ya
tenía veintidós. Su hija escuchó esa extraña conversación mientras bajaba las escaleras para recibir a su tía.
Cuando estuvo ante la anciana, trató de verle la cara,
pero su postura, muy inclinada hacia delante, la obligó
a hacer un verdadero esfuerzo para bajar hasta ella. Al
final fue su propia tía quien se dignó a enderezar ligeramente el torso. La luz de sus ojos dejó a La Maga sin
palabras. «Sí. Esta es de las mías», oyó que le decía a su
padre, con una sonrisa picarona, mientras le daba unos
pequeños golpecitos en el brazo.

—Me quedaré unos meses en esta casa. Que me preparen el cuarto rojo de la entrada y me coloquen la mesa redonda de la biblioteca. No puedo subir escaleras. Por favor, Manolo, que la doncella me cambie las sábanas todos los días y, para desayunar, recuerda que tomo té y no café.

«Así es como empezaron los meses más importantes de mi vida, Teresa, y los que iban a condicionar el resto de mi futuro».

Ante los demás, la tía Brígida decía que había venido para secundar la oleada de manifestaciones a favor de la libertad sexual que llevaba toda la vida esperando. «Soy feminista», repetía delante de mi madre para escandalizarla. En realidad, como le confesó a Maite unos días más tarde, acudía a su llamada de desesperación.

—Me dijiste en sueños que necesitabas mi ayuda.

La Maga se quedó perpleja.

—Te adelanto: te vas a marchar de España y para siempre. Haces bien. Pero antes, tienes que aprender.

—¿Aprender el qué?

—A manejar tus poderes.

—No pienso hacerlo.

—No es algo que tú decidas, querida. Estás marcada por el destino de los O'Pazo. Y después de ti, a quien venga, se los tendrás que transmitir. Así es como se ha hecho desde hace cientos de años y así es como tiene que ser. Luego, a lo largo de tu vida, acude a manifestaciones, reivindica tus derechos, ten amores, hijos y lo que te venga en gana, pero tu don no te pertenece. Eres una simple y afortunada portadora y tu deber es manejarlo de la mejor manera posible. El día que no lo utilices para salvar la vida de los demás, morirás.

Hablarle de la muerte a una joven de veintidós años era como hablarle del tiempo de los romanos.

La joven aprendiza se echó encima de la cama con dosel del cuarto rojo mientras su tía vaciaba la maleta. «¡Por fin alguien divertido en esta casa!», pensó La Maga. De la maleta, su tía extrajo todo tipo de artilugios: naipes, péndulos, agujas, frascos que contenían asquerosos elementos, y esa bola de cristal que le regaló y que Teresa vio siempre en casa de su madre.

–¿Y no trae ropa? –le preguntó.

–Mandé los baúles desde La Coruña hace una semana. Deben de estar a punto de llegar…

–La tía Brígida era un personaje, Teresa. Vino a enseñarme y, aunque los primeros días mi madre me mandara hacer cien recados para que no tuviera tiempo de reunirme con ella, al cabo de poco, desistió. La Brígida se quedaría el tiempo que fuera necesario. Llevaba toda la vida esperando y ya no le iba de una semana más.

»Durante las primeras semanas, la tía Brígida impartió sus lecciones de esoterismo y cartomancia desde la mesa redonda del cuarto rojo, donde tenía colocados todos sus bártulos de hechicera. Nos encerrábamos las dos con llave y lo único que hacía La Brígida era hablar y hablar, mientras barajaba las cartas del tarot a gran velocidad. Me contaba mil anécdotas. Historias familiares que se remontaban al siglo XV, de nuestras antepasadas que habían tenido ese don, me hablaba de que no podían existir dos magas de nuestra familia a la vez, que en cuanto me trasladara su don, ella dejaría de tenerlo… En su largo e ininterrumpido discurso llegaba un momento en que esas palabras dejaban de ser, cómo decirlo, en español, y parecían provenir de un idioma ancestral. «Cierra los ojos y déjate guiar por los sonidos –me decía–. Ellos te llevarán adonde debas llegar».

»Las cartas del tarot eran fascinantes, Teresa, porque La Brígida me enseñó a descubrir los infinitos significados que ocultan sus dibujos, sus personajes y hasta el color de sus ropajes. Eran como las cajitas de las historias, pero recogidas en una carta. El diablo, la papisa, el loco o el mago predecían hechos diferentes, según la persona que tuvieran delante. Las cartas siempre respondían, aunque la tirada fuera incierta, ellas se conectaban con ese problema y te indicaban las pistas que hay que seguir. Hay que saber que el tarot no da soluciones. Mediante el péndulo se puede profundizar en el problema, ya que proporciona la medida, la longitud y el tiempo. «El péndulo entiende de cifras y de valores, pero no de historias ni de conexiones», me explicaba La Brígida. La bola de cristal fue el instrumento que más me costó dominar y tardé los tres meses que estuvo La Brígida en casa en poder atisbar la vida entre las transparencias de sus cristales. «Si ella no te deja entrar, no lo conseguirás… –me decía mi profesora–. Es como una persona, si no te deja ver su alma, no puedes meterte dentro de ella».

–No lo entiendo, madre –le dije.

–Ya. A mí también me costaba entender sus enseñanzas, pero por alguna razón, no me olvidé de sus palabras, que cobraron sentido más adelante.

–Yo también quiero aprender a ser maga –le pedí un día a mi madre, fascinada.

—Al cabo de dos meses de estar encerradas en su cuarto rojo, La Brígida pensó que había llegado el momento de salir a explorar las calles de Barcelona. Allí, las manifestaciones estaban siendo reprimidas por los antidisturbios y acababan siempre con algún herido en la cárcel. La policía franquista, *los grises*, era imparable, pero había dónde elegir. «Basta con que te aproximes a un individuo para sentir dentro de ti un sinfín de vivencias pertenecientes a esa persona que acabas de rozar». Y así lo hice. En cuanto rocé a un joven que estaba en pleno tumulto, empecé a ver desfilar imágenes superpuestas, un poco como lo que había visto un año antes en mi casa con el ladrón de candelabros.

Maite trataba de aprender a canalizar, conseguir que esas escenas que aparecían ante sus ojos cobrasen sentido. Al principio, esas vivencias de los demás se quedaban dentro de uno. «Y hacían daño, créeme», me decía mi madre. «Ahí es cuando me enteraba de todos sus horrores: violencias, robos, violaciones, maltratos y accidentes. Vidas desoladoras que pertenecían a esos desconocidos con los que me iba cruzando. Cuentos de miedo, Teresa, y deseé huir, no haber heredado ese extraño don que me hacía partícipe de lo más vil del ser humano». Entonces recordó algo que la hizo temblar.

—Al adentrarme en una de esas revueltas, vi a Jacinta. La policía se la llevaba presa junto a otros cientos de manifestantes. Esa tarde las represalias iban a ser mayores que de costumbre, con varios muertos, entre ellos, mi amiga, a la que vi tumbada en el suelo rodeada por una inmensa mancha de sangre. Me puse histérica. Empecé a temblar. La Brígida se dio cuenta e intentó calmarme: «Maite, tranquilízate. La vamos a salvar. Para eso sirve tu don». Nos fuimos con el chófer de mi padre hacia el cuartel general. Una vez allí, nos dijeron que se habían llevado a las mujeres a la prisión de Les Corts, donde iban a permanecer hasta ser juzgadas. La Brígida se sobresaltó. «Avisemos a tu padre y que nos ayude con sus contactos a sacarla de esa prisión antes de que sea demasiado tarde. Nosotras solas no podremos». Mi padre se pasó varios días intentando movilizar a las autoridades en el Gobierno hasta que, por fin, lo consiguió. Jacinta fue liberada un 2 de junio, sana, pero ya nunca más podría volver a cantar. Los golpes recibidos en cara, cuello y cabeza habían dañado para siempre sus cuerdas vocales.

Tras la estancia de la tía Brígida y el arresto de Jacinta, Maite decidió que había llegado su momento. Emigrar, volar, seguir ese extraño destino que la empujaba a desaparecer. Y así fue como una noche de finales de 1968, después de la cena en el inmenso comedor de casa, se despidió de sus padres de una manera más cariñosa de lo habitual. Había tomado la decisión. Con o sin papeles, con Servicio Social o sin él, se marcharía esa misma noche. A pesar de las palabras de su padre, «Si te quieres ir, te detendrán en la frontera», que aún retumbaban en sus oídos. Agarró el documento firmado de su nulidad matrimonial y se dispuso a ejecutar el plan abortado meses antes, el plan de su amiga Jacinta. Tomaría ese mismo tren. Dirección: la casa de los tíos de su amiga, en París. Al jueves siguiente, audición en la Sala Pleyel. Todo estaba bajo control. Maite cogió una maleta pequeña, metió en ella unos pocos recuerdos, su ropa preferida, sus zapatos de tacón, una bolsa de aseo y, por supuesto, todos los artilugios que le había enseñado a manejar su tía Brígida: las cartas del tarot, el péndulo y la bola de cristal que le había entregado el último día. También le cupo una colección de diminutas cajitas que le recordarían su pasado.

¡Adiós, casa! ¡Adiós, familia! ¡Adiós, España!

Y huyó. Así. Sin previo aviso. Para empezar de cero una vida en la que nadie sabría ni quién era ni de dónde venía.

El viaje le resultó largo y pesado, pero no tan difícil como se lo había imaginado. Franco no corrió tras ella. Tampoco fue arrestada en la frontera, ni sometida a ningún interrogatorio. Nadie le exigió el documento de la nulidad. El tren llegó puntual a la Gare d'Orsay, a las ocho de una mañana de otoño. Al salir del vagón, el aire frío y pesado de la estación parisina le heló la cara. Su aventura comenzaba.

Cuando salió a la calle, se subió a un taxi y fue directamente a la dirección de los familiares de Jacinta, en la Rue Saint-Ambroise. Eran los conserjes de la casa y no la recibieron exactamente como ella había imaginado. Aquellas personas no habían oído hablar de ella, ni la esperaban, ni siquiera recordaban a esa tal Jacinta… Le ofrecieron cobijo las primeras noches, hasta que encontrara un sitio donde vivir y la instalaron en el cuarto de la niña pequeña.

Pero todo eso fue provisional. A La Maga, el destino le reservaba un camino diferente.

LA MAGA

Mi madre llegó a París el sábado 29 de noviembre de 1968 con un sueño en la cabeza. Convertirse en una famosa cantante. Á pesar de la distancia que existía ya entre las dos, Jacinta le había preparado su llegada y su entrada en el mundo del espectáculo. Dentro del bolso donde llevaba sus papeles, La Maga había colocado la convocatoria para la audición en la Sala Pleyel. Para dicho propósito, había traído un traje blanco de pedrería, el mismo que Lucía encontró años más tarde en el armario, envejecido por el tiempo.

Después de su primera noche en la portería de los familiares de su amiga, La Maga se vistió de punta en blanco, como si fuera a una de las fiestas a las que su madre le pedía que asistiera en Barcelona. Como un hada a la cual le falta su varita, se dirigió hacia la Faubourg Saint-Honoré media hora antes de la audición sin ni siquiera imaginarse lo que se iba a encontrar. Cuando llegó, y a punto de salir del taxi, vio por la ventanilla una larga cola de jovencitas que, como ella, iban a probar suerte en uno de los teatros más prestigiosos de la ciudad. Pidió al taxista que se detuviera un poco antes de la entrada principal y, durante unos instantes, observó cómo esas jovencitas parecían tan diferentes a ella. Todas daban la impresión de que se conocían desde hacía mucho tiempo. Les sobraba seguridad, aplomo, energía. Iban vestidas a la moda, con pantalones vaqueros que marcaban los muslos, algunas llevaban botas altas, otras, zapato plano, jerséis de cuello alto. La Maga abrió los ojos como si se encontrase en otro planeta. Pero ¿cómo se le había ocurrido llevar un vestido hasta los pies? Se sintió anticuada, sin ninguna perspectiva de integrarse, sin la menor posibilidad de ganar. Las miró y pensó que no era de ese mundo, que aquel no debía de ser su destino. De repente, recordó las palabras de La Brígida: «Tu destino está marcado por los genes familiares, y aunque te empeñes, no podrás modificarlo».

Y entonces Maite le dijo al taxista que siguiera adelante, que no se detuviera, hasta que llegaron a la altura de la Concorde. Necesitaba caminar. Bajó del coche desistiendo en un instante de la ilusión de su vida. Recordó las palabras de Brígida. «Tu destino está marcado». Estaba en París, vestida con un bello traje de otro siglo, habiéndose dejado llevar por un deseo de juventud. Ella no sería ni actriz ni cantante, jamás luciría su voz en ningún teatro francés ni se abriría al futuro del espectáculo. Ella estaba destinada a una vida marcada de antemano que jamás podría dirigir.

A pesar de empezar su aventura parisina como lo había deseado, La Maga se paseó durante horas sopesando su tristeza. Arrastraba el traje largo por el suelo, sintiéndose una heroína desgastada de una novela de Victor Hugo, una de esas mujeres que debía idear su nueva vida. Caminó a lo largo del río, escuchando las gaviotas, como lo hacía en Barcelona. Volvió muy entrada la noche a la casa de los familiares de Jacinta, que le hablaron, esa misma noche, de una residencia para jovencitas españolas situada en la Rue Saint-Didier, en el distrito XVI. «Allí podrás vivir hasta que encuentres un trabajo». Era justo lo que necesitaba. De manera que, a la mañana siguiente, recogió sus pertenencias en un santiamén y se fue camino de la residencia con la esperanza de vivir allí su primera temporada parisina y descubrir qué famoso destino era ese del cual le había hablado su tía. Se había traído todos sus ahorros, pero pronto tendría que encontrar trabajo y alguna manera de ganarse la vida en esa ciudad que, por lo poco que había visto, era bastante más cara que Barcelona.

Cuando estaba metiendo la baraja del tarot en la maleta, se le cayó la carta de la fortuna. «¡Cómo no!», pensó enseguida, dándose cuenta de que había escogido el buen camino.

Se fue de la portería lo más rápido que pudo, con su maleta en la mano, dispuesta a esperar el autobús 63, camino de Trocadero, cerca de donde estaba la residencia. Parece que la estoy viendo, alta, delgada, su pelo negro y liso cubriéndole la espalda. Por muy moderna que pretendiera ser, mi madre nunca dejó sus viejas costumbres españolas y permaneció siempre fiel a un mismo estilo. Sus ojos grandes, a los que no se les escapaba nada, iban siempre maquillados de negro, su nariz respingona la hacía parecer más farsante de lo que ya era, y su sonrisa, siempre de rojo carmín, la asemejaba a las actrices de los años cuarenta.

Esa mañana del 68 en la que era aún tan joven, el trayecto en el autobús duró más de una hora, tiempo que dedicó a pensar, con la frente apoyada en la ventanilla, mientras observaba el gris omnipresente de los tejados y el reflejo de las fachadas en el Sena. Bajó en la parada de Trocadero y caminó hasta la Rue Saint-Didier. Cuando por fin alcanzó el número 58, llamó a la puerta con decisión y esperanza.

A los pocos minutos, una monja le abrió el portón, algo contrariada. ¡Era sábado!

—Vengo porque necesito una habitación.

—Las inscripciones son de lunes a viernes. Vuelva el lunes.

La monja se aprestaba a cerrarle la puerta en las narices cuando mi madre se coló dentro del recinto.

—Oiga, es que no tengo adónde ir. No me va usted a dejar en la calle, ¿verdad?

La monja la miró de arriba abajo, pero allí no era ella quien tomaba las decisiones.

—Espere en esa sala a la madre superiora.

La Maga esperó un buen rato. Por lo menos, dentro de la residencia no sentía tanto el frío. El silencio la distanciaba de los días anteriores en esa portería, donde el ruido había sido infernal. Sin embargo, en esa sala no se oía ni un pájaro, como si nadie viviese en el interior de sus gruesas paredes blancas. Mientras esperaba, echó un vistazo al interior del jardín, al final había una bella capilla de piedra. El lugar le encantó. De las paredes de la sala de espera colgaban fotos de un grupo de jovencitas muy sonrientes, rodeadas de monjas con hábitos negros.

Por fin escuchó unos pasos decididos que se acercaban a la sala de espera y entró una mujer bastante más alta que ella. A pesar de lo joven que parecía, debía de ser la madre superiora. Las dos se buscaron con la mirada. Mi madre se fijó entonces en las sandalias que asomaban bajo su traje negro. Lo que la superiora vio fue una chica decidida y orgullosa. Al final, acabó esbozando una ligera sonrisa. Había reconocido en La Maga un perfil diferente al del resto de las jovencitas que llamaban a la puerta sin anunciarse y eso le gustó. No solo parecía mayor que las demás, sino que además iba muy bien vestida. Llevaba un collar, un pañuelo anudado al cuello, unos pendientes y un anillo de oro. En la mano, traía una maleta de cuero de un verde cocodrilo. Claramente, constató, esa chica no era en absoluto como las demás jovencitas que llegaban a la residencia, recién abandonados sus respectivos pueblos. Pensó que aquella mujer que le aguantaba la mirada probablemente fuera parecida a la que acababa de desaparecer hacía unos días rumbo a Francia, dentro de su propia familia. Esa hija de la catalana con la que se había casado el primo Manolo, tal como le había contado La Brígida.

La madre superiora volvió a mirar a La Maga de arriba abajo y entonces le pareció reconocer algunos rasgos familiares, actitudes que habían pasado de unos a otros por extraños enlaces genéticos: esa inconfundible manera de apoyar todo el cuerpo en una pierna, como si se fuera a romper o como si estuviese incómoda con su altura; o esa manera de enarcar la ceja o la particularidad de sus manos venosas, que podían agarrar con firmeza cualquier instrumento. No necesitaba más detalles para saber que esa chica que se erguía delante de ella era una O'Pazo. Ya se lo había adelantado su primo Manolo: si está en París, no tardará en acudir a la residencia. Había oído hablar de su matrimonio fallido, de su amor por el canto, de su inconformismo con la sociedad catalana. Y de que era la heredera del don familiar. Su huida respondía al mismo patrón del cual venían todos ellos, Manolo, La Brígida, ella misma, que había abandonado España en cuanto le pusieron el hábito para no regresar jamás.

Por eso, la superiora no se dirigió a ella como solía hacerlo con las demás, indicándole que rellenase una ficha con sus datos en la recepción, sino que le preguntó:

—¿Qué quiere usted?

—Me han dicho que podría hospedarme en la residencia unas semanas, hasta encontrar trabajo.

—Me parece un poco excesivo eso de «unas semanas». ¿Acaso lo necesita? ¿Cómo se llama y de dónde viene?

—Me llamo Maite O'Pazo Montis y he nacido en…

—¿Es usted gallega?

—No. Soy catalana. ¿Por qué iba a ser yo gallega? —le contestó con insolencia y miedo a que también en Francia la reconociesen.

La superiora la miró en silencio, y mi madre sintió que la iba a echar al instante. Sin embargo, y sin dar la menor explicación, le dijo:

—Sígame.

Recorrieron un largo pasillo que bordeaba un gran jardín, entraron por el comedor donde las residentes habían empezado a bajar a desayunar, subieron cuatro pisos más hasta llegar a una inmensa habitación, mucho más amplia de lo que se hubiera imaginado.

—Es un dormitorio con baño en el que suelen quedarse parientes o hermanas superioras de otros conventos cuando vienen a París. Es el único que me queda. En cuanto quede libre una habitación de estudiante, se instalará en ella. No se acostumbre a estas comodidades.

—Es precioso, muchas gracias.

—El periodo máximo permitido para alojarse en la residencia es de tres meses. Pero no me cabe duda de que encontrará trabajo antes. Por el momento, instálese, deshaga su maleta y en cuanto esté lista, baje al comedor a desayunar. ¿Tiene hambre? En la residencia servimos desayuno, y la cena es obligatoria para todas. Así nos aseguramos de que han vuelto todas las jovencitas a esa hora. ¿Cómo es su francés?

—Bastante bueno.

—Me lo imaginaba, aunque todo en la vida se puede mejorar. Su prioridad en ese caso es hacerse con la ciudad, hablar un francés impecable y encontrar un buen trabajo. Aquí se ofrecen clases de plancha, menaje, costura y lengua francesa. Las españolas que vienen no hablan ni una palabra y casi todas se colocan en el servicio doméstico, de secretarias o de niñeras. Cuando tenga trabajo, ya nos pagará.

Mi madre se quedó unos meses en aquel precioso lugar donde fue tratada como una reina. Disfrutaba de toda la protección que necesitaba mientras se hacía a una ciudad fascinante que apenas conocía y en la que estaban ocurriendo tantos cambios. Aunque había barrios que era mejor evitar por los disturbios estudiantiles, desde que en junio había sido elegido presidente Georges Pompidou, tras el decenio de Charles de Gaulle, las protestas se habían silenciado. Había venido a París para sumergirse en una vida de libertades en la que ella quería tomar sus propias decisiones y así lo iba a hacer. Pero qué poco dada a los cambios era La Maga. Ella, que era capaz de descubrir el futuro de la gente, no se conocía a sí misma en absoluto...

Los primeros meses, como todo extranjero que llegaba a París, Maite frecuentó el Barrio Latino. Se paseaba por sus calles repletas de teatros, universidades, librerías y cafés, en donde se debatían las ideas que iban a formar la futura Europa. ¿Estas ideas llegarían a España? Las universidades más recientes, como Nanterre y el campus de Sorbonne-Censier, cuyos funcionales edificios acristalados estaban pegados a unas chabolas de hojalata en las que vivían emigrantes africanos, hervían de nuevas inquietudes contra la autoridad, ya fuera esta social, educacional o familiar.

Se pasaba el día paseando sin rumbo, la ciudad iba adquiriendo sus imperceptibles marcas, y La Maga fijaba su atención en lugares, plazas o monumentos, para luego encontrar su camino de regreso. Gracias al río, mi madre siempre sabía dónde se hallaba. A veces, se llevaba algo del desayuno de la residencia en el bolsillo y así aguantaba hasta la cena. Se paraba a hojear los libros de los buquinistas, daba de comer a las palomas, rezaba en Notre-Dame.

A la residencia volvía entrada la tarde, cuando ya París anochecía. En el extremo del comedor, donde cenaban las residentes y las monjas, había un piano de media cola, desafinado, al que se sentaba a menudo y en el cual entonaba ante todas las canciones que Jacinta le había enseñado. ¡Qué lejos quedaba ya su vida catalana! Poco a poco, las chicas se acercaban y se apoyaban en el piano, mientras que otras se sentaban en el suelo, desperdigadas a su alrededor, para escucharla. En esos momentos de calma, todas pensaban en esa España que habían abandonado, cada una por razones diferentes. En busca de trabajo, para cumplir un sueño o quizá para seguir a un amor que luego las había abandonado, definitivamente el ser humano siempre persigue un destino imaginario. La Maga también se dejaba llevar por las notas, cantaba las canciones que estaban de moda –Joe Dassin, Aznavour, Brassens–, y que la llenaban de nostalgia. ¡Echaba tanto de menos a Jacinta! Sin ella no hubiera aprendido a amar la música ni cantaría así las melodías del momento, ni siquiera se hubiera atrevido a dar el paso y marcharse a París. ¿Volvería a verla alguna vez?

Las notas del piano la hicieron atisbar su futuro con calma.

Pasó la primera Navidad parisina junto a las otras residentes. Pero esos meses volaron y en febrero de 1969 una de las monjas fue a verla y le dijo que el plazo de los tres meses durante los cuales podía estar instalada allí ya se había cumplido y que ahora tenía que buscarse otro sitio donde vivir.

–¿Ya llevo tres meses en París, hermana?

–¡Quizá más! Nos apena mucho, hija mía, pero tienes que buscarte otro alojamiento. Nosotras te podemos ayudar, pero hasta cierto punto. Has ido rechazando los diferentes trabajos que te hemos ofrecido. Puestos de secretaria, cuidando a niños, dando clases de español…

Las monjas la miraban desesperadas. Lo que no sabían es que, sola, en su habitación, mi madre se echaba el tarot y la respuesta era siempre la misma. Ese trabajo no es para ti…

Esa tarde, mi madre salió de la residencia algo preocupada. Caminar siempre la ayudaba a tomar decisiones. Quizás el empujón de la monja era justo lo que necesitaba para centrar sus ideas y dejar de vagabundear entre las calles de ese bello París. «¿Qué me reservará el destino?», se preguntó caminando hasta llegar a la plaza de Trocadero.

«Cuando uno pregunta, el destino siempre te contesta, aunque lo haga a destiempo o no lo entiendas hasta mucho más tarde», sentenciaba mi madre, cuando rememoraba su propia vida. «¿Cómo te puede contestar el destino?», le preguntaba yo de pequeña, sin entender siquiera lo que era el destino. «La respuesta está en tu corazón. Quizá no te conteste enseguida o tú no sepas escucharlo, pero acabas descubriendo una señal».

Las escenas que La Maga veía en su cabeza aparecían sin avisar. Podían presentarse tanto de noche como de día. A veces pasaban meses sin que se produjeran. De hecho, desde que estaba en Francia, vivía el presente de una forma tan intensa que apenas había sido consciente de lo demás. Esas escenas deslavazadas, sueltas, que a menudo la cercaban, tenían que ver con personas con las que se cruzaba, aunque no las conociera de nada. «Eran imágenes que surgían de repente, como fragmentos sueltos de una misma historia». En Barcelona le había pasado varias veces, como aquella del ladrón de candelabros o la de Jacinta en la calle.

Cuando por fin llegó a la plaza situada frente a la Torre Eiffel, La Maga volvió a presenciar una de esas visiones premonitorias que la dejaban helada. Fue la primera que tuvo en París y la que en definitiva hizo que encontrara el destino de su primer alojamiento.

«En un momento, la plaza empezó a dar vueltas y vueltas con una rapidez cada vez mayor. Un viento fortísimo soplaba dentro de mis oídos y no conseguía controlarlo. El ruido era tan intenso que los oídos me dolían. Me tapaba las orejas con las manos, pero nada. Al instante el viento se transformó en unos pasos, también muy rápidos, como de varias personas caminando muy deprisa. En mi cabeza, vi la silueta de un hombre joven. Era de noche y se acercaba corriendo hacia una mujer que llevaba unos tacones altos, cobijada bajo un abrigo blanco de visón. La plaza estaba inusualmente vacía. No sé qué hora podría ser, pero ya había anochecido… De repente, la mujer resbaló y cayó al suelo. La vi tirada en la calzada hasta que apareció un coche que tuvo que frenar con todas sus fuerzas para no atropellarla. El ruido casi me rompe los tímpanos. Pero el conductor no pudo hacer nada, las ruedas del vehículo pasaron por encima de la mujer y la mataron». Lo que más sorprendió a La Maga es que el coche no paró. ¿Se podía hablar de un accidente? Aquel hombre que había visto en la plaza llegó corriendo, se acercó a la mujer tirada en el suelo y le arrancó el bolso. Y regresó a su mente la luz del día. La noche dejó de ser noche y todo en la plaza siguió como antes. «¿Habrá sido un sueño?,» se preguntó mi madre, angustiada.

Cada día, Lucía sale entusiasmada del colegio. Lo vivo como un milagro, no pensé que se adaptaría tan pronto. «En la pared la profesora tiene un árbol –me cuenta, mientras volvemos caminando hacia casa–. Cada vez que hacemos algo que merece una recompensa, como ayudar a alguien o hablar delante de la clase sobre lo que hicimos el fin de semana, subimos nuestra ficha por las ramas. Se llaman las *compétences*. A medida que subes, vas adquiriendo los colores de esa competencia hasta que alcances la cima del árbol».

–¿Cada vez que acertáis una respuesta?

–No. Cada vez que nos portamos bien o hacemos algo especial como servir en el comedor, ayudar a un niño más pequeño, presentar algo delante de la clase, ¡muchas cosas, mamá! ¡Pero para las *compétences*, las notas no cuentan!

La profesora de Lucía tiene unos cincuenta años y lleva aparato dental. Cuando sonríe, su cara se tuerce en una extraña mueca que delata su timidez y que da a entender que solo está a gusto con los niños. Lleva el pelo descuidado. No se maquilla. Y cuando la conoces resulta distante. Sin embargo, los niños la quieren y la respetan. Cuando veo a Lucía tan contenta, me apetece ir a saludarla y agradecérselo. Pero enseguida se siente acosada y me contesta bruscamente:

—Su hija es muy callada. Vamos a procurar que se relacione con los demás niños y que deje de hablar sola…

—Yo pensé que estaba muy integrada.

—Aún tiene la barrera del idioma, pero es observadora y seguro que, en unos meses, estará completamente adaptada al sistema.

Es verdad, en Francia hay que adaptarse al sistema, entrar en el molde para sobrevivir. Tras su paso por el colegio en Madrid donde tuvo esas extrañas visiones, Lucía conoce el poder del silencio y quizá por eso prefiere mantenerse alejada de los demás, a los que observa, pero con quienes no habla. Me pregunto si será verdad esa felicidad que me demuestra o pretende esconderme su malestar. Las competencias, también los pocos deberes que tiene y que hace en casa por las tardes con total dedicación, le permiten sentirse más libre que en España. Por la casa juega sola, a veces coge el patinete y sube en él a sus muñecos, habla con ellos mientras yo la miro, descubriendo quién es, adivinando quién será de mayor. Es cierto que a través de los niños aparecen nuestros genes, pero desde que tengo a Lucía me pregunto constantemente quién es. Quién es Lucía, además de ser mi hija, y de dónde viene…

Después de hacer los deberes, de desordenar la casa colocando obstáculos para saltarlos con el patinete, se sienta a tocar el piano y «estar con la abuela», como ella me cuenta. «Es que ha vivido muy sola, ¿sabes, mamá? ¡Como nunca podíamos venir a verla…!».

Le pregunto por sus amigos del colegio y Lucía se queda pensativa.

—Primero tengo que saber cómo son, para saber después si quiero hacerme amiga de ellos.

—Los puedes conocer relacionándote con ellos. ¿Por qué no das tú el primer paso?

—Ya tienen sus grupos, mamá. Pero mañana hablaré con Martina que está sola muchas veces en el recreo. Yo creo que ha muerto su mamá.

—Pero ¿quién te lo ha dicho?

Por la noche me pregunto cómo sabe esas cosas, si apenas habla con los demás niños. Además, no recuerdo haber visto el nombre de Martina en la lista de su clase que me entregaron cuando la matriculé.

—Lo de Martina, no me lo ha dicho nadie… Aparece en el libro que leemos en clase, *Oliver Twist*.

—¿*Oliver Twist* te habla de Martina?

—El libro me habla de todos los niños de la clase que están solos y que han perdido a su mamá.

Entre La Maga y Lucía descubro similitudes. Parecen no escuchar lo que se les pregunta y luego contestan algo que no tiene nada que ver con la conversación…

Cuando llegué a Madrid me sorprendió ver en El Retiro a mujeres que ejercían la misma profesión que ejerció La Maga durante la segunda parte de su vida francesa. Vidente, adivina, bruja, clarividente, encantadora, zahorí, tarotista, futuróloga. Las mujeres del Retiro eran todas gitanas, mujeres de la buena fortuna, nada que ver con mi madre, que usaba su don para otros fines. La Maga era, para mí, más soñadora, más imaginativa, quizá. Es difícil definirla con la palabra exacta, ninguna es capaz de englobar el mundo sobrenatural al que ella se refería. ¿Pertenece Lucía a ese mundo?

Entonces me trae una nueva cajita, como hace cuando ya se cansa de inventarse juegos, y me pregunta:

—¿Qué le pasó a la abuela, después de aquella visión en Trocadero?

En París, cada distrito tiene su comisaría. Suelen estar en edificios más bien siniestros, de aspecto deshumanizado. La Maga entró despavorida y con la respiración entrecortada en una de ellas. Nada más entrar, vio a un tipo calvo y gordo detrás de un mostrador y se aproximó para contarle lo que había visto.

—Necesito hablar con el comisario. Es urgente –le dijo mi madre.

—Buenas tardes, señora.

—Buenas tardes, señor agente. Hay que actuar rápido. Una mujer está a punto de morir atropellada. Hay un joven también que…

—Nombre y apellido, por favor.

—El chico va vestido de negro, con un pantalón también negro pero deslucido, roto, no sé bien. ¿Qué más recuerdo? Ah, que es joven, delgado…

—Nombre y apellido, ¡por favor!

—Maite O'Pazo Montis. El tipo tiene unos pies enormes. Casi desproporcionados. ¿Sabe a qué me refiero? Aunque quizá fueran sus zapatos. Así de anchos. –Y le mostró el tamaño con las manos–. ¿Usted sabe si eso es muy grande para un hombre?

–Dirección. Situación social. ¿Tiene usted papeles de identificación? Iremos más rápido…

–Pero ¿es una broma?

–Mire, señora, primero rellenamos la ficha y luego usted me explica lo que ha visto. ¿Se da cuenta de la cantidad de gente que entra aquí? ¡Necesito sus datos!

–Bueno, yo no he visto nada. Esto que le cuento es lo que va a ocurrir. Se trata de una «visión», o una revelación, lo que usted prefiera. Le estoy hablando de algo que está a punto de acontecer, quizás esta misma noche, por eso…

–¿Cómo dice?

–Que no ha ocurrido todavía, por eso…

–En mi ficha no existe la casilla «Revelación». Pero sí que tengo una en la que pone «Demencia». ¿Quiere que marque esa casilla con una cruz?

Mi madre se calló al instante. Por algo el agente le hablaba desde detrás de una ventanilla, claro. Entendió que con aquel hombre no iba a llegar a ningún sitio. Mirándolo con desdén, salió de aquel lugar apestoso. Ya había dejado su nombre y dirección, Rue Saint-Didier, si alguien se interesaba en las próximas horas, ya sabrían dónde localizarla. Ya podían ir haciendo la revolución los estudiantes que nada cambiaría con esa absurda inmovilidad burocrática. Había salido de la comisaría muy dolida por la grosería del agente. Era indignante cómo se trataba a la gente en este país socialista. Cómo podía haber sido tan ingenua… Se había precipitado y, como resultado, se habían burlado de ella. El tonto del policía quizá tuviera razón. Lo que tenía que hacer mi madre era buscar trabajo, un trabajo «normal» y dejarse de ir contando por ahí sus elucubraciones. Total, ¡no servían para nada! Se dejó caer en un banco de la Avenue du Président Wilson y se puso a llorar.

Era bastante común que mi madre llorase, como también que se pusiera alegre por algo que no había sucedido, que no iba a suceder jamás... Esos cambios de humor eran algo típico en ella: frágil, soñadora, romántica, capaz de creer en las estrellas antes que en la realidad.

La noche había caído hacía un rato sobre la ciudad cuando La Maga volvió caminando a la residencia. Hoy no llegaría a la hora de la cena pero, en el fondo, ¿qué más daba? Por la calle, vio un anunció en un portal en el que leyó que se alquilaba una *chambre de bonne*. No tenía muchas opciones: la monja había sido firme y tajante, debía abandonar la residencia antes del fin de semana. Quizá podría poner ella también un anuncio en la calle para darse publicidad como tarotista, pero ¿quién la iba a llamar? Podría dar clases de canto y vivir en esa buhardilla. Y de este modo, mi madre se perdió de nuevo en otra de sus ensoñaciones... Cantaría sus canciones, se adentraría en el mundo de la música rock, que se escuchaba por todas partes y que no le gustaba especialmente, y viviría de sus clases. «Tampoco necesitaré mucho dinero, estando sola», se dijo, a pesar de vivir en una ciudad tan cara como París. Cualquier opción era mejor que volver a la rancia y asfixiante Barcelona. Alquilar una de esas *chambres de bonne* era lo

165

habitual para sus compañeras de la residencia y seguro que también lo sería para ella…

Al llegar a la Rue Saint-Didier se lo dijo a las monjas. Estaba decidida a empezar una nueva vida. Seguro que ellas conocían a una familia que necesitase clases de canto. En Barcelona, ella había tenido a la mejor profesora, les explicó con detenimiento, ¡se llamaba Jacinta! ¿La conocían? Las monjas la miraban con ojos de asombro. ¿Clases de canto? Pues no, no sabían de nadie que las necesitase, pero sí que conocían a una familia que acababa de llegar de Lyon y que buscaba una *au pair* española para sus cuatro niños pequeños. ¿Y qué significaba *au pair*? Esas palabras extrañas, igual que *hobby*, se le atragantaban en la garganta…

La Maga se quedó pensativa ante la idea de hacerse cargo de cuatro niños, pero decidió dejar sus prejuicios a un lado y fue a su cuarto a preparar la maleta. Se marcharía de la residencia a la mañana siguiente.

Cuando apareció, con su abrigo gris entallado, su paraguas, su sombrero en una mano y su maletita en la otra, parecía una verdadera Mary Poppins a punto de salir volando. Las demás residentes fueron a despedirla. No habían hablado mucho con ella, pero La Maga era diferente, elegante, segura de sí misma, tocaba el piano por las noches y les leía novelas durante la cena. La superiora la abrazó con cariño y le dijo que fuera a verla siempre que pudiese. Parecía que mi madre se iba a vivir lejísimos, ante esa escena de despedida, cuando, en realidad, se alojaría a pocas calles de esa residencia durante el resto de su vida.

Hasta que no sepamos quién es Dorothea, no podemos avanzar. François aparece por casa a las diez de la mañana. Ha conseguido cita con el notario dentro de un mes, pero tenemos que estar presentes todos los beneficiarios de la herencia.

—Yo sí que he encontrado su nombre —le comento.

François me mira con aire atónito.

—En una carta de mi abuelo que hay en el escritorio. En ella, habla de una tal Doro, una parienta. ¡Con ese nombre no puede haber tantas!

—¿Por qué no me lo has dicho antes?

—Si quieres, puedo ver si hay en la carta una dirección o algo que haga referencia a ella.

—Si es de tu familia, igual vive en España. ¿No tienes algún contacto?

—O está muerta. Esa carta data de cuando mi madre llegó a Francia, a finales de los sesenta.

Noto que por alguna razón a François le han afectado mis palabras. Me pide que le cuente lo de la carta y le explico que es de mi abuelo y también que él le mandó dinero a través de Doro, que debía de vivir en París. A François no le suena de nada todo lo que le estoy contando. Por lo que veo, La Maga no solo me escondía sus secretos a mí. Y ese pensamiento me hace disfrutar de una pequeña victoria sobre un hombre que siempre parece adelantárseme a los hechos.

François se queda toda la mañana en casa. Mira entre los libros de la biblioteca y en algunos de ellos encuentra anotaciones de mi madre. Yo busco de nuevo en las carpetas. Apenas hablamos. Hoy es miércoles y Lucía sale antes del colegio. François me propone acompañarme en su coche; creo que los dos necesitamos salir de este apartamento que nos ahoga y nos oprime.

En cuanto llegamos ante la verja, me comenta:

—¿Te has fijado en que los miércoles hay más hombres divorciados esperando a la salida de los colegios que los demás días? Como no hay clase por la tarde, muchos padres se hacen cargo de sus hijos.

—Es verdad. Pobres niños…

—¿Por qué dices pobres niños?

—Pues no sé, eso de ir de una casa a otra cada semana, no me parece una vida afortunada.

—¿Preferirías que no vieran a su padre?

Se me hiela la sangre.

—Yo no he dicho eso.

Es verdad que hay muchos hombres delante de la puerta del colegio. La mayoría de ellos espera con el móvil en la mano. No quieren llamar la atención ni ser reconocidos. Tengo la impresión de que se sienten extraños, allí de pie, sin hacer nada, esperando a que suene la campana y salga a la calle todo ese tumulto infantil del que se van a tener que ocupar toda la tarde, hasta devolver los niños a sus madres. Los miro de reojo, sentada en el coche. Pienso que François no se parece a ninguno de esos padres y por eso me gusta. Es un hombre que parece haber vivido tanto que no le importa lo que piensen los demás. De joven debió ser atractivo: fuerte, de aspecto bondadoso, varonil. Perdiéndome en mis pensamientos, detengo la mirada ante uno de los padres que está apoyado en la verja del colegio.

–¿Lo conoces? –me pregunta François, que se ha fijado en mi cara de asombro.

–Tendría que ser mucha coincidencia pero... Se parece a uno de los turistas franceses que llevé al Museo del Prado hace unos meses, mientras trabajaba de guía.

–¿Te acuerdas de los turistas en Madrid?

–Por supuesto que no, pero ese hombre, si es el que yo digo, se llama Charles y me invitó a cenar esa misma noche, después de la visita...

–¡Ah, bueno, eso lo cambia todo! Déjame que haga una pequeña maniobra.

De repente arranca el coche, da un giro marcha atrás con el volante y golpea ligeramente unos patinetes aparcados, que se caen sobre Charles.

–¿Has perdido el juicio?

Charles se lleva un susto de muerte y, enfadado, mira en dirección a nuestro coche. Se acerca con paso rápido. Cuando quiero darme cuenta, ya está dando golpes en la ventanilla con los nudillos.

–¡Oiga! ¿Qué se ha creído?, casi me mata. –Al verme,

se detiene. Como si me reconociera, pero no me ubicara–. Pero… ¿Teresa?

–¿Charles? –Finjo con sorpresa.

–¿Qué haces aquí? ¡Cuánto tiempo! –Charles sonríe, aparentemente más contento, olvidándose del asunto de los patinetes.

–Estoy esperando a mi hija.

–¿Aquí? ¿Tu hija va a Lübeck? Pero ¿qué haces en París?

En esos momentos Lucía sale por la puerta, reconoce el coche de François y, corriendo, se mete dentro de un salto. Por supuesto, ni siquiera mira a Charles, ni le dirige la palabra.

–¡Espera! No te vayas así… Dame tu teléfono.

Charles apunta mi número rápidamente en su móvil y François arranca a toda velocidad. Lucía, que parecía no haberse dado cuenta de nada, pregunta:

–¿Quién era, mamá?

–¿Os apetecen unas crepes? ¡Sé dónde se comen las mejores de París! –comenta François, cambiando de conversación.

–Síííí –grita la niña–. ¡Me encantan los miércoles!

Lucía está emocionada y abre la ventanilla para sentir el aire frío en su cara.

A la vuelta, le comento a François:

–¿Tú crees que mi madre ha tenido algo que ver en este encuentro?

–¡No me cabe la menor duda! –me responde–. Pero el pequeño empujón que le he dado a los patinetes, también.

—Comisario Dauvignac. Encantado de saludarla. ¿Es usted la señorita Maite O'Pazo Montis?

—¿Lo conozco?

—No. Pero he leído su declaración. Soy el encargado de investigar el asesinato de la esposa del concejal Tallenge.

—No sé de qué me habla.

—Se lo contaré por el camino. Veo que se dirige usted a algún sitio. La acompaño, no es seguro que se mueva usted sola.

Mi madre no entendía la razón de tantas precauciones para con ella. Ni siquiera sabía si fiarse de ese extraño. El comisario, vestido de uniforme, le abrió la puerta de su coche. Era un coche de policía y mi madre se subió pensando que, si ocurría algo, su paraguas la defendería.

Dentro del vehículo, Dauvignac le empezó a hablar de la conexión entre la mujer de Tallenge y la declaración de mi madre. El suceso había sido relatado en los periódicos esa misma mañana.

–Léalo usted misma: «A las 20:20 de la noche del viernes, Marie Anne Lussac, *Madame* Tallenge, se dirigía a la cena ofrecida en el Elíseo por el presidente Georges Pompidou que se iba a celebrar a las 20:30, y en el momento en que cruzaba la plaza de Trocadero, un desconocido le robó el bolso, en el que se encontraba el famoso collar de diamantes de la colección NewLook 1947, de Christian Dior, que *Madame* Tallenge iba a lucir esa misma noche...».

–La verdad es que está bastante bien relatado –le comentó mi madre.

–Siga leyendo, por favor. «A lo extraño del caso se suma la declaración que, horas antes de lo ocurrido, hizo una mujer en la comisaría del distrito XVI, alegando haber visto esa misma escena de la plaza de Trocadero cuando este...».

–¡Oh, Dios mío!

–¿Ha oído usted hablar de esa famosa cena del presidente?

–Pues no. ¿Cómo iba yo a oír hablar de semejante cena si no había sido invitada?

–Porque ha salido en toda la prensa, señorita.

–Solo leo las noticias internacionales.

–¿Conoce usted la firma Dior?

–Pues claro que la conozco, comisario. ¿De dónde cree usted que es este pañuelo que ve atado a mi cuello?

El comisario la miró algo sorprendido. ¿Estaba siendo irónica con él?

–Lo que yo me pregunto –dijo mi madre– es qué hacía esa señora en la plaza de Trocadero si tenía la cena en el Elíseo.

—Buena pregunta. Ya nos la hemos hecho. Al parecer salía de casa de su profesor de piano.

—¿Ahora se les llama profesores de piano? Pero qué educados son ustedes los franceses, señor comisario. —Y mi madre esbozó una ligera sonrisa.

Claramente, estaba siendo irónica. El comisario cambió el tono de conversación.

—Señorita, en París investigamos los asesinatos, no las vidas privadas.

—Si quiere que le diga la verdad, esa es justamente una de las razones por las cuales estoy aquí...

—En este caso, también investigamos uno de los mayores robos de joyas de los últimos años. El collar tenía dos diamantes de gran valor. Tengo a varias patrullas en busca del asesino-ladrón repartidas por todo París, pero no logro dar con la menor pista.

—No me extraña. Esa noche no había nadie en la plaza.

—¡Claro! Porque la plaza estaba cerrada al público. No se podía acceder a ella debido a un escape de agua en el teatro de Trocadero. Solo esa mujer se aventuró a cruzarla, me imagino que para atajar. Eran las 20:20 de la noche y llegaba tarde. Lo que no sabemos es cómo usted estaba también allí presente, además, la declaración fue tomada unas horas antes de que ocurriese. Qué cosa más extraña, ¿no le parece? En la prensa dice...

—¿Se pasa usted el día leyendo la prensa, señor Dauvignac?

—¡No me vaya de graciosa, señorita! ¿Sabe que, por su declaración, pueden considerarla cómplice?

—¡Pero qué cosas dice! Yo no tengo nada que ver con

todo eso. Yo no estaba en la plaza de Trocadero sino en la residencia donde usted ha venido a buscarme. Solo «veo» en mi mente algunos hechos y nada más. ¡Y eso no le importa a nadie!

—¿Hechos que no han ocurrido?

—El tiempo es un concepto humano que no sigue las leyes del universo.

Dauvignac no entendía muy bien a la joven sentada a su lado en el coche. De lo que sí estaba seguro es de que no tenía ningún aspecto de sospechosa. Parecía más bien una de esas estudiantes de literatura participantes en las revueltas estudiantiles de los meses anteriores, que la cómplice de un asesinato con la intención de robar un collar de diamantes. «Otra pista falsa», pensó. De pronto, se quedaron en silencio.

—¿Le importaría que pasáramos por la comisaria y le tomo declaración?

—¿La que su compañero no me quiso tomar la vez que me presenté?

—Le ruego que le disculpe. No es habitual que venga alguien con ese tipo de historias. Luego la llevaré a un lugar seguro.

—Oiga, yo no le puedo ser de gran ayuda, apenas recuerdo lo que ocurrió, mejor me vuelvo sola, me está esperando una familia francesa que busca una… *au pair*, o algo así.

—Pues trate de hacer memoria, por favor. Un asesino anda suelto y no me gustaría que volviera a actuar. Estoy dispuesto a escuchar todo lo que me cuente, pero es importante también que se deje proteger. Solo unos días, hasta que le echemos mano a ese delincuente.

–No es un asesino –le contestó La Maga–, sino un simple ladrón que, además, roba para otros.

–¿Y eso usted cómo lo sabe?

Por alguna misteriosa razón, el cerebro se acuerda más de las épocas remotas que de las más recientes. Las historias de esos primeros meses que La Maga pasó en París me las repitió en tantas ocasiones que acabé por grabarlas en mi memoria como si las hubiera vivido yo misma. Debió de contarme, o yo debí de preguntarle, hasta el infinito sobre los dos años que trabajó en la policía. Unos años cruciales en mi vida y, sin embargo, rodeados de misterio.

Nada más conocerse, La Maga entró con Dauvignac en la comisaría, donde fue sometida a un interrogatorio acerca del suceso que había presenciado: el asesinato de esa mujer en Trocadero. Le preguntaron sobre el ladrón, la marca del coche, los faros, la velocidad, a pesar de que mi madre le explicaba que ella «no había visto nada, sino que había tenido la visión de varias escenas a la vez» antes de que ocurriesen.

Dauvignac fue enseñándole fotos, retratos de delincuentes que la policía tenía en los archivos. Todos se parecían. Algunos tenían aspecto marroquí: morenos, piel oscura, rapados, pero ninguno era aquel joven que había visto en la plaza. Ese comisario era tenaz y persistente. La tuvo así más de tres horas, hasta que mi madre, exhausta, estuvo a punto de desfallecer. Ya eran las siete de la tarde y ¿adónde iba a ir ella por esa ciudad, sola y agotada? Le habían mostrado miles de fotografías cuando apenas había visto a ese muchacho unos segundos, en su mente y en la oscuridad. Necesitaba tanta concentración para cada una de esas fotografías que había terminado debilitada, incapaz de irse a buscar un hotel o cualquier otro sitio donde pasar la noche. A La Maga le entraron ganas de llorar, pero se contuvo delante de Dauvignac.

«Necesita descansar. ¿Cómo he podido ser tan poco cortés?», pensó el comisario al constatar su agotamiento. Acostumbrado a dar órdenes, Dauvignac le propuso llevarla hasta su casa, donde al parecer, solía alquilar la buhardilla: «La famosa *chambre de bonne*», pensó mi madre que, al ver lo tarde que era, aceptó. Al fin y al cabo, era comisario y estaba casado. Quería protegerla. Se justificó: «Hasta que encontremos a ese tipo, corre peligro, tanto por parte del asesino como por parte de los policías que podrían pensar que, de alguna manera, está usted implicada en el robo».

Una vez en el coche del comisario y de camino a su casa, mirando por la ventanilla entreabierta, Maite se dejó llevar por sus pensamientos. Se puso a pensar en su familia y lo lejos que estaba de su vida en Barcelona. Le encantaba observar París, esa bella ciudad permanentemente iluminada. La encontró más mágica que nunca y se puso a entonar una de las canciones de Jacinta. Quizá para no llorar. Había sido un día tan extraño, tan inesperado. Iba a entrar en una casa casi de acogida, para cuidar a cuatro niños malcriados, había pasado la jornada trabajando en una comisaría buscando la foto de un asesino y ahora la terminaría durmiendo en casa de un comisario. ¿Quién se lo iba a decir?

Mientras conducía, Dauvignac se quedó en silencio, sumido en sus propios pensamientos. Veía a la mujer que viajaba a su lado como un ser a medio camino entre una gran señora, inquebrantable en sus principios, y un frágil pajarito. ¡Menos mal que se le había ocurrido lo del ático!, se dijo. Si no, ¿qué iba a hacer esa pobre mujer sola por París? Además, ya tenía edad de estar casada y vivir tranquilamente con su familia en España. De hecho, ¿qué hacía en Francia?, se había estado preguntado todo el día. Porque esa mujer tenía dinero, eso se veía de lejos. Tan elegante y educada que parecía venir de otro siglo. Incluso su propio francés le parecía menos refinado que el de esta dama extranjera. De repente, su voz cantarina lo sobresaltó y lo sacó de sus divagaciones: «¡No llegamos nunca!».

Atravesaron los puentes, se dirigían hacia el sur, hacia los altos de Issy-les-Moulineaux. «Ya no queda mucho», le había contestado. En un instante, La Maga se dio cuenta de que el paisaje urbano iba dando paso a los edificios grises de los suburbios. Por las zonas que atravesaban, las viviendas parecían cajas de metal y cristal donde se apelotonaba la gente como animales enjaulados. La ropa colgaba de algunas ventanas, como en España. Al poco rato, esas viviendas sociales se fueron diluyendo en casitas modestas, pero de escala más humana, pegadas las unas a las otras. La ciudad había alcanzado al pueblo y, poco a poco, lo estaba engullendo.

–Nos dirigimos hacia Issy-les-Moulineaux.

El coche parecía trepar por unas calles empinadas y adentrarse por un bosque. En esta parte de Issy todas las casas tenían su jardín. Entonces pasaron por delante de un castillo que contrastaba con el resto del paisaje urbano.

–Es la alcaldía. ¿Le gusta? ¿Sabe que el castillo pertenecía a una familia española? Arteaga o algo así se llamaban. Desde entonces, hay varias familias de españoles que viven por la zona.

La Maga se sobresaltó.

–Conozco bien a los Arteaga. Son amigos de mis padres.

El policía la miró inquieto, pensando en si finalmente, su cuarto de alquiler iba a ser suficiente para una joven que conocía a los anteriores dueños de su alcaldía. Mi madre se dio cuenta de su inquietud.

–Cuando usted vino a buscarme, me dirigía a cuidar a cuatro hijos de una misma familia. No sabe cuánto le agradezco su oferta y que me haya librado de ese ingrato trabajo.

Unos minutos más tarde llegaron por fin a su destino. El comisario aparcó el coche delante de una casa pequeña y destartalada, rodeada de un pequeño jardín que parecía abandonado. A la derecha, la casa colindaba con otra exactamente igual, pero bastante más cuidada. La construcción debía datar de los años veinte. Dauvignac le explicó que su mujer y él vivían en el primer piso, que en el segundo estaba la cocina y el salón y que el dor-

179

mitorio que alquilaban estaba en el piso más alto. Mi madre suspiró.

–¿Conoce a sus vecinos?

–¿Se refiere a esa casa pegada a la mía? Poco. De hecho, es de una española, y creo que vive sola.

–¿Está su mujer en casa? –preguntó entonces mi madre.

–Sí, pero no podrá conocerla.

La respuesta la sorprendió y prefirió no insistir. En el interior de la vivienda del comisario no había apenas muebles ni el menor objeto de decoración. Ningún cuadro colgaba de las paredes. El suelo de baldosas blancas le recordó al de los hospitales.

–¿Hay alguien enfermo? –le preguntó de pronto.

El comisario se la quedó mirando y le dijo:

–Sí. Mi mujer.

La vivienda era pequeña. En la entrada, vio una salita y un largo pasillo con dos puertas cerradas que probablemente eran las de la habitación principal y el baño. A pesar de los pocos objetos, estaba muy bien iluminada, y con algún detalle más hubiera podido resultar hasta agradable. Algo en ella dejaba traslucir un aire de tristeza, como de algo inacabado. Con su maletita en la mano, La Maga subió las escaleras de madera hasta el primer piso donde estaba la cocina y el salón. La cocina no parecía haber sido utilizada en años y estaba completamente vacía. En el salón había tan solo un mullido sofá marrón y un televisor. De nuevo, le sorprendieron las paredes blancas y se acordó de su casa de Barcelona, abarrotada de obras de arte. Al subir un piso más, se encontró con el famoso dormitorio de alquiler.

En España lo hubiesen llamado desván. En Francia, utilizaban la elegante palabra *mezzanine*, de sonoridades italianas. La escalera de acceso subía y bajaba, manualmente. «La dejamos siempre bajada», le había indicado el comisario. El techo inclinado tenía la forma del tejado. La Maga podía ponerse de pie tan solo en el centro del cuarto. En cuanto se movía a la derecha o a la izquierda, ya tenía que agacharse. Una cama y una mesa de noche conformaban el único mobiliario de la habitación. Ya tendría tiempo de cambiarlo para que fuera más acogedor, pero por el momento se sintió agradecida de tener un lugar donde quedarse unos días hasta decidir qué hacer con su vida. El dormitorio olía a cerrado, nada que no se arreglase con tan solo abrir la ventana. Una vez ventilado, miró la habitación con nuevos ojos y le recordó al cuarto de su querida Magdalena, la cocinera de sus padres, y eso le gustó. De pronto le vinieron a la mente la cantidad de horas que había estado ella misma leyendo en el suelo, junto a Magdalena, mientras esta planchaba.

–Me parece perfecto –contestó, sonriendo al policía.

A la mañana siguiente de instalarse, ella y Dauvignac salieron temprano de casa. Cuando llegaron, la comisaria seguía con el mismo jaleo de la noche anterior. Dauvignac acompañó a mi madre hasta su despacho y le trajo un café solo que a La Maga debió de parecerle repugnante porque detestaba los cafés cargados. El comisario volvió a dejar, por segundo día consecutivo, varias carpetas ante mi madre para que siguiera identificando al supuesto agresor. Seguro que entre todos esos rostros, La Maga reconocería al culpable. Morenos, jóvenes, algunos con pinta de delincuentes, lo cierto es que, entre foto y foto, apenas distinguía diferencias. ¿Empezaba a estar cansada de esa manera de buscar? ¡Ella no podía trabajar así!

—¿No se toma el café?

Al cabo de media hora tuvo que dejar la carpeta de fotos en la mesa. Entre el infecto café y las imágenes, su dolor de cabeza se había vuelto insoportable. «Necesito salir a caminar».

—¿Y eso qué significa?

Mi madre cerró los ojos.

–Me encuentro mal, señor comisario, ¿eso lo comprende? Además, tengo las imágenes en mi cabeza, no fuera de ella. Estas fotos me confunden y borran lo que aún distingo.

–Mire más las fotos, por favor, aquí se encuentran los...

–¡Trabajo con mi mente, con mis sentidos! ¡Veo escenas, secuencias de hechos, no rostros! ¿Puede entenderme? –Mi madre se había puesto tensa.

–Entendido, señora, entendido, pero ese delincuente ha matado a la mujer del concejal...

–No. La han atropellado. Este muchacho es un ladrón a quien el golpe le ha salido mal. A veces, los actos que hacemos se vuelven contra nosotros. Yo quizá... ¿Tiene una hoja y un lápiz? Quizá podría dibujar...

–Por supuesto. ¿Cómo es que no se me ha ocurrido?

Entonces La Maga cerró los ojos. A pesar del ruido de la comisaría, al cabo de unos minutos consiguió relajarse. Necesitaba encontrar paz en su interior y volver a la escena de los hechos. Después de un tiempo con los ojos cerrados, por fin su mente le devolvió el rostro de aquel hombre. Estaba en diferentes escenas, todas en blanco y negro. En la primera, lo vio acurrucado en la cama, era aún de noche y el muchacho estaba totalmente dormido. Al instante, apareció una segunda escena en la que lo vio junto a una mujer mayor, en una casa en el campo o algo así. Las paredes eran de piedra. La Maga podía oler la humedad que deja el alba y el despertar de la mañana en los montes empinados. Con su mano, trazó varias escenas: el cuarto donde se encontraba la cama, luego otra en la que se le veía con la mujer, y al final, en un tercer dibujo, sus dedos consiguieron dar con las facciones del rostro que buscaban. El contorno de un adolescente fue apareciendo en el papel: un muchacho con una mandíbula prominente, el pelo alborotado y unos grandes ojos negros como los de un lobo orgulloso y asustado. El comisario miraba el folio y a La Maga, preguntándose por qué no había empezado por ahí...

De repente, la mano de mi madre se bloqueó. Algo ocurría a su alrededor. El ambiente había cambiado. El despacho empezó a dar vueltas y vueltas como le pasaba cuando estaba a punto de vaticinar un hecho. La cabeza le iba a explotar. Dauvignac intentaba alcanzarla con sus palabras.

—¿Está usted bien? ¿Le pasa algo?

Mi madre empezó a sudar, temblaba de los pies a la cabeza. Cerró los ojos y vio otra escena a gran velocidad. Gritos. Balas. Una mujer entrando a punta de pistola. Buscaba a su hijo que estaba en algún sitio dentro del local. Parecía como si La Maga, poseída por esa mujer, repitiera sus palabras. Se puso a hablar en árabe. Su hijo estaba siendo interrogado por un policía en la sala de abajo y la mujer...

—¡Va a matar al policía! ¡Corra! Tiene que detenerla.

Sin pensárselo, Dauvignac bajó a toda velocidad. En el preciso momento en el que vio a una gruesa mujer pasar por el umbral de la comisaría, la apartó con fuerza y la empujó contra la pared. Al principio, nadie entendió nada. ¿Qué había hecho? Agarrada por Dauvignac, se debatía, gritaba palabras incomprensibles. Entonces el comisario notó que llevaba el arma en la mano derecha y se la arrebató.

Otros dos policías corrieron en su ayuda. La mujer gritaba: «¡Vete, Amir! ¡Suelten a mi Amir!».

El incidente había durado apenas unos segundos. Esa señora resultó ser la madre de un tipo que había pasado la noche en el calabozo. Venía, a golpe de pistola, a llevárselo de vuelta a su casa.

Traspuesto, casi en *shock*, Dauvignac subió a su despacho después de lo ocurrido. Le costaba creer lo que había pasado, que mi madre hubiera sido capaz de… Se quedó observando un rato a La Maga. Luego le agradeció su ayuda: había conseguido que no ocurriese nada. Vio que mi madre le estaba esperando y que ahora deseaba irse de la comisaría cuanto antes. Mientras se ponía el abrigo le dijo que se verían esa noche en Issy-les-Moulineaux. Necesitaba caminar, despejarse, abandonar ese lugar que le impedía respirar y estar sola.

Sin haber salido de la oficina, La Maga había sido capaz de «adivinar» la entrada de esa señora que iba armada y lo que estaba a punto de suceder después. Dauvignac observó cómo esa extraña mujer abandonaba su despacho, con aire de extremo agotamiento, dejando tras de sí una estela de misterio.

La presencia de La Maga cambió por completo la vida de Dauvignac, tanto la de su casa, por la que iba de una habitación a otra como un fantasma, como la de la comisaría, adonde lo acompañaba varios días por semana. En la vivienda del comisario, mi madre se había convertido en poco tiempo en una presencia esencial que le hacía olvidar su soledad y el silencio en el que vivía desde hacía tantos años. En la comisaría, y tras el suceso de la mujer armada, también La Maga parecía haberse vuelto fundamental y lo ayudaba en cualquier cosa que surgiese en el día a día: orden, papeles, traducciones. Si no había nada que hacer, Maite salía a caminar. Recorría París, iba de barrio en barrio, se perdía en su laberinto.

Sin embargo, Dauvignac era consciente de que no tenía mucho sentido que fuera a todas partes acompañado de esa mujer española. Él, que era el jefe, el comisario, iba a despertar sospechas que podrían dañar su reputación. ¿Se le podía ocurrir alguna idea para que esta joven tuviera una función en el cuerpo de policía?

A las pocas semanas de compartir trabajo y lugar de residencia, mi madre se percató del poder que tenía sobre Dauvignac y aprovechó la ocasión. Llevaba un tiempo pensando en que ese trabajo podía ser un medio muy digno de ganarse la vida, que además se correspondía bastante con lo que le había adelantado La Brígida durante los meses en los que estuvo en su casa de Barcelona. Mi madre se había sentido arrastrada por su destino y eso –me contaba– era el mejor camino vital. Tenía ya un lugar donde vivir en el que se sentía bien. Es cierto que el estado de la mujer del comisario la preocupaba casi tanto como su silenciosa presencia en la casa, pero, con el paso de los días, entre ella y Dauvignac se había empezado a crear una cierta rutina que le gustaba. Se acoplaban bien, la convivencia era lo mejor que había vivido La Maga en toda su vida y entre los dos existía ya cierta intimidad. Desde hacía unas semanas, veía con frecuencia a Pierrette, la vecina de origen español, con quien pasaba ratos divertidos. No tenía intención de marcharse. Y pensó que podía obviar el tema de la esposa o dejarlo para más adelante.

Una de las noches en las que cenaron juntos en la cocina, le preguntó:

–¿Has pensado alguna vez en que podrías contratar a un médium?

–¿A un qué? –El comisario la miró extrañado.

–A un vidente.

Dauvignac levantó la mirada hacia el cielo. ¡Lo que le faltaba! Aunque era cierto que el comisario había escuchado hablar de la ayuda que en alguna ocasión el cuerpo policial solicitaba a clarividentes, nadie, absolutamente nadie, debía estar al corriente de esos casos. Se trataba de personajes extraños, una especie de brujos, que ayudaban a buscar a gente desaparecida o a resolver casos en los que la policía ya no podía avanzar más. Le habían contado que, gracias a una prenda de la víctima y un péndulo, conseguían encontrar el rastro de personas perdidas. Un día, muchos años atrás, su amigo Paul le había hablado de esos videntes mientras se tomaban una botella de Beaujolais en el jardín de su casa. Toda esa explicación sobre los médiums, como los llamaba también su amigo, le había parecido a Dauvignac completamente absurda. Paul era un tipo simpático, pero algo raro. Compañero suyo de la Academia de Policía, después de haber aprobado la oposición, se había dedicado a la escritura de novelas policiacas. Un buen tipo, pensaba, pero, como muchos escritores, no del todo cuerdo.

Sin embargo, llegó un día en que, en su propia comisaria, a su equipo le asignaron el caso de la desaparición de un niño de siete años. Después de rastrear durante más de dos semanas por toda la ciudad, al comisario le vino a la cabeza la conversación con Paul y le llamó para pedirle el contacto de un médium. Cuando apareció el personaje en la comisaría, los policías no sabían si reírse o tomárselo en serio: tenía un físico muy particular, no solo por su gran tamaño, sino por su atuendo. Iba vestido con ropa tan larga que le cubría los pies y un sinfín de collares le colgaba del cuello. El tipo se instaló en el despacho del comisario y Dauvignac observó impertérrito cómo, con una simple foto del niño, un mapa y un péndulo, encontró al desaparecido en menos de media hora. Se quedaron todos atónitos. Al parecer estaba en el metro, en concreto, en la estación Porte de Vincennes, viviendo con unos mendigos.

—Ya sé que te puede parecer extraño porque nadie habla del tema, pero esas ayudas han existido siempre, en la policía, en el ejército. Psíquicos, gente con poderes paranormales que consiguen desbloquear casos de asesinatos o de crímenes sin resolver.

«¿Cómo podía saberlo esa mujer? —pensó Dauvignac—. Si el sumario era secreto...».

—¡No sé ni de qué me estás hablando! —le mintió el policía.

—Seguro que sí, pero no lo quieres recordar. Yo lo sé por mi padre que, cuando supo que yo tenía ciertas capacidades paranormales, bastante comunes en su familia, me hizo jurar que si algún día desarrollaba esos poderes, solo los podría dirigir hacia algo importante y que ayudase a la humanidad. Y me regaló un libro.

No pensaba hablarle de la tía Brígida; con su manera de ser, era capaz de ponerse a buscarla. Dauvignac esbozó una sonrisa.

—¿Un libro?

—Qué te pasa Dauvignac, ¿vas a repetir todo lo que te cuento? Un libro, sí, que explica la labor que llevan a cabo estos personajes en las fuerzas del orden.

Dauvignac la escuchaba estupefacto.

—¿Nunca has oído hablar de los trabajos del profesor Tenhaeff, de la Universidad de Utrecht? Ese profesor investigó durante toda su vida sobre la existencia de esos poderes.

—¿Y eso qué tiene que ver con la policía?

El comisario empezaba a darse cuenta de que, ade-

189

más de los poderes de mi madre, también estaba fascinado por ella, por su forma de hablar, de explicar las cosas con una seriedad de profesora de universidad, de esas que veía últimamente con las pancartas en la mano, gritando «¡libertad sexual!». La observaba debatir tan seriamente sobre esas historias sobrenaturales en las que creía firmemente, y lo que a él le apetecía no era más que poder acercarse a ella de otra manera, coger esas manos que ahora se movían delante de sus ojos, rozar esa piel morena y besarla con pasión...

–¿Me estás escuchando? –le preguntó mi madre–. El juicio de Hertogenbosch, ¿sabes de lo que hablo? Salió en toda la prensa internacional. La justicia holandesa pidió al profesor que ayudase a resolver un oscuro asunto de asesinato de menores.

–Pues lo cierto es que ese nombre me suena de algo...

–Ocurrió en Holanda, después de la Segunda Guerra Mundial, Croizet, uno de los médiums...

–Gerard Croizet, sí. Un tipo completamente chalado.

–¡Qué cosas dices! Un genio... Bueno, pues Croizet trabajaba con el profesor Tenhaeff y su testimonio en el tribunal fue lo que hizo avanzar la investigación. Croizet dio tales detalles del homicidio, del lugar donde se encontraban los cadáveres, que, gracias a sus explicaciones, se pudo dar con al asesino.

–¿No estuvo también involucrado en el caso de una niña que desapareció en Nueva York hace unos diez años? Se llamaba Erica o algo así.

–¡Bravo, se llamaba Edith! –gritó mi madre eufórica–. Desapareció en Nueva York a principios de los años sesenta. Llamaron a Croizet y este, desde Holanda, con una foto y un plano de la ciudad, consiguió localizar el cuerpo de la niña.

—Pero ¿qué ocurrió con el asesino?

—Bueno, estamos hablando de médiums, no de detectives. Eso ya os corresponde a vosotros. En mi caso, te ofrezco ayuda con mis visiones. No hace falta que des explicaciones sobre mi labor, y yo, de paso, me aseguro un trabajo en París. Lo que pasa es que yo no soy Croizet, claro, él era un médium de verdad y yo…

—¿A qué te refieres? —La conversación le estaba pareciendo totalmente surrealista a Dauvignac pero, por alguna razón, parecía seguir interesado.

—Me refiero a que mis visiones son proféticas en el tiempo. Puedo adelantarme a los hechos, pero me cuesta más ver el pasado.

—Entonces ¿tú evitarías que ocurriesen los accidentes, por ejemplo?

—Sí.

—Pero entonces ¿cómo demuestro yo que un hecho iba a ocurrir y que gracias a tus visiones no ha ocurrido?

Dauvignac suspiró, seguía sin entender demasiado por dónde iban los tiros, pero al menos había conseguido mantener a mi madre cerca de él.

—Te contrataré como intérprete de los inmigrantes. Vienen muchos españoles y portugueses a pedirnos papeles, contratos y hasta reclamaciones, y pocos hablan francés. Hace tiempo que pensamos en contratar a alguien que sepa hablar esos idiomas.

Y así es como mi madre acabó trabajando para la policía.

A pesar de formar parte de la aglomeración parisina desde hacía años, Issy-les-Moulineaux continuaba manteniendo un espíritu provinciano. No era de extrañar que sus habitantes aún se saludaran por las calles, en las que apenas había tráfico, y que algunas de ellas permanecieran sin asfaltar.

Después de sus meses de incertidumbre en la residencia, mi madre sintió que empezaba a lograr esa libertad con la que tanto había soñado. Su vida imaginada llegaría a ser más real que su propia existencia. Poco a poco iba olvidando sus primeros deseos de cantar y empezaba a desarrollar sus dotes de adivina. La Brígida había acertado en su destino...

Las protestas estudiantiles no se habían aplacado en absoluto y los años setenta sumieron a la ciudad francesa en una falsa tranquilidad. Fue una época de movimientos sociales en los que las fuerzas del orden, de las que formaba parte Dauvignac, intentaban hacer su trabajo para aplacar esas nuevas manifestaciones lideradas por comunistas o por intelectuales que luego desaparecían tras las pancartas y que, años más tarde, se llamaron representantes de la contracultura.

A mi madre, Dauvignac le contaba de primera mano su lucha contra esos levantamientos juveniles que seguían queriendo adquirir más libertad. Lo más extraño era que tanto Dauvignac como mi madre, compartían ese deseo de cambio, de libertad. La Maga le hablaba de los mismos movimientos que en España se levantaban contra el Régimen. Le relataba las restricciones que se vivían por culpa de la dictadura, del poder patriarcal y de la falta de libertad que sentía la población, sobre todo la de las mujeres.

Pero también existía otro Dauvignac, aquel que, en cuanto llegaba a su casa, asistía incansablemente a su mujer enferma. Volvía tarde de la comisaria y en su hogar empezaba su segundo trabajo como cuidador de esa mujer con quien convivía y a la que La Maga tenía prohibido conocer. Mi madre lo oía entrar por la puerta y dirigirse directamente a la habitación de esa misteriosa enferma que mantenía encerrada a cal y canto. En esos momentos, despedía a la enfermera que se había pasado el día junto a su lecho, y pasaba a ser él el responsable de su esposa. Sobre las diez de la noche, Dauvignac salía al fin de ese dormitorio y se reunía con Maite en el comedor.

Las pocas veces que mi madre le había preguntado por ella, él había contestado con evasivas.

Para La Maga existían, por tanto, dos versiones opuestas de Dauvignac: la responsable y la que deseaba independencia, el policía que perseguía a los manifestantes rebeldes y el que compartía con ellos sus ideales, el marido abnegado y el hombre que deseaba a esa española que llevaba unos meses viviendo en su casa. Esas dos caras de un mismo personaje ponían a La Maga sobre aviso. Sabía que podía ocurrir cualquier cosa cuando dos fuerzas de semejante calado luchaban en el interior de un mismo ser, y lo observaba, curiosa, tratando de dominar ella también ese deseo que la hacía permanecer allí en ese cuartito del último piso.

Así empezó para mi madre una rutina que se iba alargar unos años. Ella lo llamaría su «primera etapa en París». Hoy puedo afirmar que esos años fueron los más felices de su vida. Un tiempo en que vivió sus diferentes aventuras, junto a Dauvignac, trabajando para la policía, descubriendo a delincuentes y construyendo la ficción con la que, más tarde, me educaría.

«Entonces, ¿Dauvignac es mi padre?», le pregunté un día, a lo que asintió con la cabeza, pero sin querer contarme más. A mí, se me quedaron las preguntas atragantadas. De Dauvignac lo sabía todo, pero ahora sé que me faltaba lo esencial.

Pierrette es otra de las claves en las que pienso cuando trato de descubrir caminos que me lleven hasta mi madre y a la vez hasta mí.

—¿Quieres que te acompañe? —me pregunta François.

—Esta vez prefiero ir sola.

Cuando llego a Issy-les-Moulineaux, reconozco que me cuesta encontrar algo de La Maga en este lugar, que se ha convertido en una expansión de París, un lugar donde se instalan familias jóvenes buscando algo de espacio y naturaleza, mientras miro cómo las chimeneas expulsan polución. Me dirijo hacia la casa de Pierrette, cuya dirección tengo escrita en un papel y adonde nunca he ido.

Observando su casa adosada, de paredes blancas y contraventanas de madera, nada hace sospechar los tesoros que esconde. Esa divertida y alegre vecina española, apenas un poco mayor que mi madre, había conocido gracias a su padre a personalidades del mundo del arte como Picasso o Julio González; este último, según ella misma contaba, la balanceaba de pequeña en sus rodillas. Al llamar a la puerta me pregunto si en ese mismo rellano habrán estado también Modigliani, Marc Chagall o un joven Pedro Salinas, acompañado de Jean Cassou. Tiemblo un poco al imaginar ese mundillo intelectual de tertulias en casa de Pierrette; tiemblo y sonrío.

—¡Por fin eres tú la que viene a visitarme a mí!

Al abrir la puerta, da la impresión de que se abre la cueva de Alí Babá.

—¡Pierrette! ¡Qué maravilla!

Mis ojos no dan crédito ante la cantidad de obras de arte de Pablo Gargallo que veo ante mí. ¡Para una antigua estudiante de Bellas Artes es más de lo que podía haber soñado nunca!

—Pero ¿cómo no me has dicho lo que tenías aquí?

Y mi mirada va de una obra a otra, mujeres desnudas, caras sin rostro, guerreros, máscaras, ¡Gargallo en estado puro!

—¿Tu madre nunca te dijo nada? Ven, pasa, que te lo enseño todo. No solo tenemos a Gargallo en este museo particular de Issy-les-Moulineaux.

Las esculturas negras de su padre habitan en cada rincón del hogar, deteniendo la mirada y el tiempo. Esos seres inanimados, esos cuerpos negros y desnudos me emocionan y me hacen añorar mis estudios de arte. No puedo contener mi admiración, es como estar en un museo; en realidad, es mejor que eso: en este lugar puedes dialogar con las obras.

—Hubiera podido escribir mi tesis sobre la obra de tu padre.

—Nunca es tarde, querida. Desde el museo de Zaragoza me proponen realizar un nuevo catálogo razonado. Voy a darle un par de vueltas, pero quizá tú podrías ayudarnos.

Me hace pasar al jardín que tiene en la parte trasera de la casa. Es un jardín diminuto, cierto, pero rodeado de blancos jazmines y rosas trepadoras, evitando cualquier espacio en blanco. En el centro, una mujer en bronce, desnuda y sentada en un taburete, se mira lánguidamente en un espejo. Me acerco a ella y la acaricio.

—A tu madre le fascinaba esta escultura. Un día en el que nevó en París, debía de ser el año 72, ya que seguía siendo mi vecina, vino a casa y se la encontró cubierta de nieve. Le pareció la imagen más bella que había visto jamás. Se pasó una hora frente a ella, bajo la nieve, sin decir una palabra.

—Sí. Yo creo que lo que veía era más importante que lo que vivía. Por eso busco esas imágenes suyas para acercarme a ella. Creía más en su pensamiento que en la realidad. Háblame de ella, Pierrette, de cuando llegó a Francia. ¿Tú la veías bastante, no es así?

—Todos los días. Ella se instaló en la casa que estaba adosada a la mía, en el Sentier de la Montézy. Por eso la conocí. Decía que estábamos predestinadas. Hace cuarenta años el *sentier* era un sendero de tierra con unas casitas muy modestas. Al principio viví en el taller de mi padre, en la Rue Vaugirard de París, pero cuando él murió, en 1934, nos trasladamos a Issy. Me quedé unos años en esa casa, hasta que me trasladé a esta en la que estás ahora, no lejos del *sentier*. Yo también quería ser escultora, ¿sabes? Pero como tu madre, también tenía una función en la vida, que era la de ocuparme de hacer valer la obra de mi padre. Él era el genio. Yo, no.

—Qué joven eras cuando murió tu padre, ¿no?

—Tenía doce años. Sí, era una niña, pero recuerdo bien esos años, querida. Además, los años cuarenta estuvieron muy marcados históricamente en Francia y en España, ¡imagínate! Aunque a tu madre la conocí después, al poco de llegar ella a Francia. Maite era mucho más joven que yo, pero teníamos los mismos intereses y las dos éramos de Barcelona, así que pasamos unos años divertidísimos. Ella trabajaba con ese policía con el que vivía, pero como él debía ocuparse tanto de su mujer, La Maga pasaba mucho tiempo en mi casa.

—Su mujer estaba enferma, ¿verdad?

—Sí. Había sufrido un accidente terrible, Teresa. Un día, al poco de casarse con ese policía, acababan de instalarse en París, yo creo que eran de Normandía o de Bretaña, la mujer fue a buscarle a la comisaría para darle la gran noticia de que estaba embarazada. Y tuvo la mala suerte de que justo en ese momento se organizó una revuelta con disparos, y una de las balas le fue a parar a la cabeza.

—¡Qué horror!

—Lo peor es que no la mató. Ella se quedó en coma y perdió al bebé. Estuvo meses en el hospital. La operaron, pero no se pudo hacer nada por mejorar su estado. Luego, cuando al fin despertó, apenas reaccionaba a los estímulos. La pobre mujer se pasó años en la cama completamente inválida. Yo no la vi más que una vez, en que bajaron su cama al jardincito que tenían junto al mío, y allí estaba, debajo de una sábana blanca que parecía su mortaja. Una desgracia.

—¿Y qué hacía mi madre en esa casa? ¿Cuidaba de ella?

–Qué va. Tenía totalmente prohibido entrar en su dormitorio. Yo creo que la mujer ni sabía que tu madre estaba en casa. Pero desde los tiempos de Barba Azul, ya se sabe: si tú le dices a una mujer que no abra una puerta, lo primero que hace es abrirla, ¿no te parece? –Y Pierrette se ríe, sin darse cuenta de la importancia de lo que me está contando–. Por eso es fundamental conocer nuestros mitos.

–Tienes razón.

–Un día, mucho tiempo después, algo pasó con esa mujer. Yo estaba sola en casa y tu madre había quedado en venir a verme esa tarde. Tenía por costumbre visitarme al llegar de la comisaria o al volver de sus paseos por París. Ese día la enfermera había salido de casa un momento a fumar, o a lo que fuera, y tu madre entró en la habitación para ver si necesitaba algo. Y entonces se vieron las dos. A través de esos extraños poderes que tenía tu madre, sintió todo el dolor que había padecido esa mujer, que se llamaba Francine o Josianne, no recuerdo bien. La Maga revivió en su piel la escena del accidente, la pérdida del bebé, la bala que le atravesaba el cerebro. Luego, ella misma me contó que esa bala iba dirigida al comisario. Un drama, querida.

–Pero si esa Francine estaba en coma, ¿cómo es que pudieron verse? No lo entiendo…

–No. Se llamaba Josianne, creo. Estuvo en coma los primeros meses; luego despertó, pero nunca más pudo volver a moverse. Al ver a tu madre, me imagino que su odio era tan grande que empezó a ahogarse. La Maga avisó enseguida a la enfermera pero ya era tarde. Josianne se había caído al suelo y cuando volvió el policía, la enfermera acusó a tu madre de lo ocurrido. El hombre se puso tan furioso que echó a tu madre de casa.

–¡No sabía nada!

–La Maga, tan digna como era, primero se refugió aquí, un tiempo, no quería salir de casa para que él no la encontrase, y luego buscamos un piso, cerca de donde había vivido al llegar a París, en esa residencia de monjitas.

Lo que me cuenta Pierrette me causa una gran confusión… y las piezas en mi cabeza empiezan a encajar lentamente unas con otras. Buscando los hilos conductores que van de una escena a otra, establezco una cierta continuidad.

–¿Y alguna vez te habló de Dorothea?

–No, querida. Jamás he oído ese nombre…

–¿Seguro? Esa Dorothea conocía a su familia de Barcelona porque he descubierto que mi abuelo le mandaba dinero a mi madre a través de ella. Era en la misma época. Pierrette, haz memoria.

–En eso no te puedo ayudar.

Al final de la tarde, me vuelvo caminando hasta el metro. Paso por el Sentier de la Montézy. Intento averiguar dónde vivió mi madre. Desde entonces, las casas han sido derruidas y en su lugar se elevan altos edificios acristalados que albergan minúsculas viviendas para inmigrantes. Pienso en sus vidas, en la de mi madre, y en esos cientos de historias que hoy pululan entre las paredes, aquellas cuya verdad permanece anclada en su tierra. Así crecí yo, escuchando las historias de ficción de La Maga, como una realidad añorada. Así crecen hoy esos niños de familias extranjeras cuyo pasado familiar permanece en las palabras de sus padres…

Mientras vuelvo en metro hacia París, pongo en orden mis ideas y pienso en Maite sin entender por qué añadió a esa Dorothea en el testamento, sabiendo que no la íbamos a encontrar. Como si mi madre se divirtiera imponiéndonos un rompecabezas. A menos que lo que pretendiese fuera todo lo contrario. Que la encontráramos. Que fuéramos a por ella. Dorothea debe de tener algo que resuelva las claves de mi existencia, el laberinto familiar.

Por las mañanas, para ir al colegio, Lucía y yo, cogemos el autobús 29. Podríamos ir andando, es cierto, pero hace frío y la oscuridad de la noche aún arropa la ciudad. Dejo a la niña en la entrada de Lübeck y espero una señal por su parte, tras subir las escaleras del colegio, que me indique que todo va bien. Como un «¡adiós, mamá, ya te puedes marchar!» Siempre tengo la impresión de que Lucía duda en si adentrarse o no en ese edificio donde pasará todo el día.

La vuelta a casa la hago caminando, desafiando al viento de la mañana, dejando volar mis pensamientos; pienso en la vida de mi madre, en la mía, un día más. Subo la Rue de Lübeck hasta la Avenue du Président Wilson, llego a Trocadero donde veo amanecer cada mañana. La Torre Eiffel ya empieza a recibir los primeros turistas. A veces me paro y observo como París sigue igual que cuando me marché. ¿Qué quiero encontrar aquí que aún no sepa? Quizá la vida sea simplemente eso, descubrir, día a día, quiénes somos. Y en la plaza me veo a mí misma como una adolescente, insegura y desdibujada, volviendo del colegio, del mismo colegio en el que acabo de dejar a Lucía. En esos momentos, ya quería desaparecer. En el fondo, no he cambiado tanto... De repente, el sonido del móvil me saca de mis pensamientos.

—Buenos días, Teresa. Soy Charles.

Su llamada me produce un alboroto interno.

—¿Charles?

—Qué sorpresa fue encontrarte el otro día. Y menuda coincidencia. —Su voz es jovial.

—¡Desde luego! Vivo cerca del colegio y fue el único que aceptó a la niña a mitad de curso.

¿Y por qué le cuento esto? ¿Qué le importará a él?

—Después de nuestra conversación en Madrid, sabía que volverías a París...

—Tú me convenciste —le contesto con humor—. ¿Sigues con tus clases en la universidad?

—Pues sí. Aunque ahora estoy a caballo entre París y Las Ardenas. Me han asignado unas excavaciones en Acy-Romance. ¿Lo conoces?

—He oído hablar de ello, sí. Qué interesante.

—¿Y tú? ¿Te quedas en París?

—Este año sí. Luego ya veré. Mi madre falleció en octubre...

—Vaya, lo siento. Menudas preguntas las mías.

—He venido a solucionar el típico papeleo.

—¿Qué te parece si nos vemos un día y hablamos con más calma?

—Claro.

—Te llamo entonces la semana que viene, cuando vuelva a París. Es mi semana con niños, pero los podré dejar una noche con su tío, si te va bien, claro, y te puedes liberar.

—Seguro que podré.

—Ah, se me olvidaba…

—¿Sí?

—Que ha sido una agradable coincidencia…

—Gracias, Charles. Para mí también.

Cuelgo emocionada. La llamada me ha llenado de energía y me siento eufórica, aunque sean las 8:30 de la mañana. Y de vuelta me pierdo en los pensamientos de cuando le conocí. Charles me contó que era arqueólogo y profesor en París IV. Había venido a Madrid para dar una conferencia en la Complutense, e iba a estar en España solo hasta el día siguiente. Yo iba a acompañar al Prado a un grupo de turistas franceses que estaban alojados en su mismo hotel y, en el último momento, él también se apuntó. Charles no era el típico turista a quien solía recoger en los hoteles de Madrid, interesado más por sus tiendas y restaurantes que por las obras de arte. Él, en cambio, iba con un cuaderno en la mano y anotaba frases, tomaba apuntes de lo que veía y se acercaba a las obras que tenía delante hasta el punto de que casi las tocaba con sus grandes gafas de miope. Su atuendo me hizo gracia. Aquella mañana probablemente no se había ni peinado, la chaqueta de pana le quedaba holgada y estaba desgastada por los codos. Llevaba una camisa blanca y un vaquero negro y caminaba rumiando otros pensamientos. En algún momento supuse que no escuchaba la menor palabra de lo que yo contaba, de ahí mi sorpresa cuando, al terminar la visita del Prado, se me acercó y me dijo que mis explicaciones le habían parecido... emocionantes. Empezamos a hablar. Lo que más le había gustado del museo había sido un cuadrito de Sorolla de un niño desnudo en la playa. El cuadro es una miniatura poco conocida del pintor español que yo me empeñaba en rescatar en cada una de mis visitas. Me contó que había visto que la pincelada de ese artista era diferente de las de los otros pintores impresionistas, pero que, sin embargo, se notaba que entre ellos existía una extraña conexión, aunque yo hubiera asegurado que no se conocían. «¿Está segura?», me preguntó, algo incrédulo. «Las técnicas, los temas, incluso las formas de ver el paisaje de esos artistas coincidían en el tiempo cuando ellos nunca habían compartido esas ideas», le expliqué. «Eso es muy interesante». Me acordé de que en la universidad habíamos visto justamente eso, y le hablé de Miguel Hernández, en España, y de René Char en París, que habían puesto el mismo título a uno de sus libros de poemas.

—*El rayo que no cesa*. ¿Lo ha leído?

—Por supuesto que conozco a René Char, pero a ese español no, la verdad —me contestó. Y rio como un niño a quien le hubieran pillado sin estudiar para un examen.

Me hizo gracia su reacción y, como a un niño, le dije que no pasaba nada, que uno no tenía por qué saberlo todo.

—Ya, pero yo he estudiado años de español y nací en la frontera. Ya podría conocer a ese Miguel Hernández y haber quedado bien delante de una guía con tanta sabiduría.

Me hizo gracia su contestación. Por alguna razón, Charles me ponía de buen humor. Me di cuenta de que el resto del grupo nos había dejado, y entonces me invitó a tomar algo en el bar del hotel. Acepté encantada. Recuerdo que hacía años que no me había sentido atraída por un hombre y Charles fue para mí una liberación.

Durante toda la tarde seguimos hablando como dos personas que se habían vuelto a encontrar después de mucho tiempo. Esa fue la impresión que tuve con él. Sabía perfectamente a qué se refería en cada momento. Pero cuando yo le contaba algo, no sabía si me escuchaba o me miraba con sus ojos interrogantes. «Aunque te parezca extraño, un día te das cuenta de que has estado siempre cerca de alguien con el que no te has cruzado en la vida», me explicaba La Maga. Y eso fue lo que pensé estando con Charles.

Al salir del bar en el que estuvimos charlando el resto de la tarde, insistió en que me quedase a cenar. Llamé a Julia para contárselo y le pedí que se quedara con Lucía... sin sospechar que mi encuentro con Charles iba a durar hasta la mañana siguiente.

Fuimos a cenar a un restaurante de pescado cerca del hotel en el que se alojaba y Charles me contó cosas de él. Me dijo que venía a España con frecuencia. Que su familia era de Saint-Bertrand-de-Comminges, un pueblo del Pirineo cercano a la frontera, y que tras su divorcio también había venido más veces con sus hijos. Durante la cena también hablamos de temas personales. Le conté cuánto tiempo llevaba yo en Madrid y que mi madre seguía viviendo en París, la única persona, además de mi hija, que yo conocía de mi familia. Se sintió bastante intrigado por mis escasos lazos familiares y aquello le pareció «muy poco español». No le comenté que mi hija no conocía ni París ni a su abuela.

Durante esa cena, Charles se mostró elocuente, como un verdadero profesor francés. Yo lo escuché bastante fascinada por sus conocimientos y su manera de exponérmelos, tan poco habitual en las personas que frecuentaba en España. Hacía mucho tiempo que no había estado con un hombre y esa noche, durante la cena, me sentí cada vez más sensible a su forma de ser. Tímido y erudito, despreocupado e infantil.

Al acabar, nos besamos en cuanto salimos del restaurante, y al llegar delante del hotel, subí a su habitación. No queríamos desperdiciar ni un segundo de los que nos quedaban juntos. Esa noche, la única que tuvimos, dormimos abrazados como dos viejos enamorados que no se van a volver a ver. «Si solo estoy unas horas en Madrid, quiero pasarlas contigo», me había dicho al acabar la cena.

Hoy, recordando sus palabras, seguía sintiendo una gran emoción. Estaba tan segura de que no lo volvería a ver que me dejé llevar completamente por mis sentidos. Cuando se sabe que los actos no tendrán consecuencias, uno actúa más libre. Quizá fue lo que sintió mi madre al llegar a París: que, en cierta manera, no estaba viviendo su vida, sino una historia inventada…

Con Charles, por unas horas, solo contó nuestro deseo. Meses después, seguía recordando el tacto de su piel, ese olor que me había invadido aquella noche y que me devolvía a algún lugar esencial. A través de él, me reencontraba con mi pasado, con ese yo que había querido abandonar en una frontera imaginaria entre las dos Teresas. Me di cuenta de que, como mi madre, había vivido dos vidas diferentes. Aquella noche, a través de su cuerpo, dibujé mi futuro. Sí. El regreso a Francia era inminente, pensé mientras dormía entre sus brazos.

Ahora me doy cuenta de que nuestra historia, aquella que yo pensaba que no traería más consecuencias, no había hecho más que empezar. El ser humano tiene sus costumbres, sus deseos y sus pequeñas esperanzas, pero el universo es el que lo rige todo a través de sus propias leyes. Meses más tarde aquí estoy de nuevo, recogiendo los trozos de mi vida, aquellos de esa primera Teresa que no desapareció en absoluto como yo pensaba. La vuelta de Charles, su voz al otro lado del teléfono, me provoca un huracán interior. De sorpresa, de aspiraciones, de felicidad.

Uno de los trabajos que le encomendaron en la policía fue el de conocer cada rincón de París. La Maga debía desplazarse por la ciudad, ya fuera en transporte público o caminando, para entrar en contacto con el ciudadano parisino. Buscaba potenciar «sensaciones» y despertar sus dotes adivinatorias. «Lo que buscas lo acabas encontrando, Teresa», me contaba. Esa actitud frente a las vidas ajenas le permitía adelantarse a los hechos, pero maquinando sobre el destino de los demás. Mi madre se acostumbró a tener acceso a las vidas de los otros como luego hizo conmigo.

Durante esos años en los que trabajó para la policía, La Maga recorrió todo París. Era una parte importante de su rutina y acabó siéndolo durante el resto de su vida. Cuando yo era pequeña, los únicos momentos en que se marchaba de casa eran para caminar, caminar sin rumbo por la inmensidad de la ciudad. Andando entre sus calles, aprendió a amarla como si fuera su casa, a conocer cada rincón, a fijarse en los rostros anónimos de los mil transeúntes que despertaban su don de adivinación.

¿O acaso se trataba del don de su imaginación? Lo cierto es que a medida que pasaban los años, mi madre se me aparecía como una gran fabuladora. Quizá buscase en esos rostros su propio destino...

Cuando caminaba entre los desconocidos, cuando tomaba el metro, el autobús, cuando aparecía en barrios periféricos a los que nunca hubiera llegado por su propio interés, aquello no solo era para ella una especie de aventura, sino que en ellos daba rienda suelta a sus vidas paralelas, descubría momentos fascinantes, escenas aún por ocurrir y que con verdadera pasión le relataba a Dauvignac. «En algunos distritos, no se oye ni hablar francés», me contaba, años más tarde.

Para ella, estuviera donde estuviera, la ciudad se convertía en un laberinto repleto de misterios y de lugares desconocidos en los que todo era susceptible de suceder. Pasear le parecía un ejercicio fascinante. El gris de la ciudad no tenía nada que ver con el de Barcelona, ni tampoco sus edificios que se reflejaban en el Sena dejando en el agua un color de pizarra. En cuanto llegaba a uno de sus puentes, se detenía a la mitad y se asomaba, dejándose acariciar por el viento como si estuviese en un barco. Algún ciudadano le sonreía, se alzaba el sombrero al pasar por su lado, la invitaba a tomar algo. Me consta que una vez aceptó porque esa persona le habló en español. Era argentino, escritor y vivía en París desde hacía veinte años.

Lo había conocido atravesando el Pont Neuf. «Vi que se detenía al pasar junto a mí y se ofreció a cruzar el puente conmigo. En cuanto me habló, noté su acento latino y le respondí un "Sí, claro" en español.

Cuando llegamos al final del puente, me propuso que lo recorriésemos de vuelta en la otra dirección y fuésemos hacia el café Les Deux Abeilles, situado en la otra orilla. No era muy tarde, a pesar de que en esa época anochecía pronto sobre París. ¡En el café, conversamos durante horas! Además, era de los hombres más atractivos que he conocido. Esa tarde nos paseamos de la mano por el jardín de las Tullerías como una pareja de enamorados que se encuentran tras un largo periodo deseparación en el que ambos han rehecho sus vidas y solo les quedan unas horas para compartir. Nunca más le volví a ver, pero siempre guardé la esperanza de encontrármelo de nuevo... Había escrito una novela y uno de los personajes tenía mi nombre, ¿te das cuenta?».

Gracias a ella y a las infinitas historias que fue contándome, en cuanto llegué a Madrid, yo también empecé a caminar sin rumbo.

Mi madre no creía en el amor, pero sí en esos encuentros fugaces que, según ella, no dejaban cicatrices en el corazón. «Son regalos del universo», decía. Por la noche, tumbada en la cama de su buhardilla, mi madre revivía mentalmente esos paseos diurnos. Veía en sueños a las personas con las que se había cruzado por la calle o en el metro, donde fuera, y en las que apenas se había fijado. De tanto ejercitar sus dotes de clarividencia, su mente le ofrecía las historias que buscaba. Para La Maga, provocar esas visiones formaba parte de su labor. Cuando le describía a Dauvignac lo que veía, el comisario interpretaba las descripciones, descubría el lugar de la desaparición o del crimen potencial antes de que ocurriese. Mientras soñaba con fundirse en un abrazo con La Maga…

Otras veces, durante esos paseos, mi madre aprovechaba para hablar mentalmente con su querida Jacinta o con su propio padre, a quien echaba muchísimo de menos. Qué pensarían si la vieran ahora, valiéndose por sí misma, ganándose la vida sin la ayuda de nadie. Es verdad que no cantaba, que no había llevado a cabo sus aspiraciones en el mundo del espectáculo, pero… de hecho, era feliz trabajando junto a Dauvignac, a quien veía como una especie de guardaespaldas que la protegía y la seducía a la vez. A menudo se lo encontraba mirándola sin razón aparente, le preparaba el plato que a ella le gustaba para cenar, le rozaba el brazo o la mano, distraídamente cuando llegaba, por la noche, a su casa.

Casado desde hacía unos diez años, Dauvignac no tardó mucho en desear a mi madre desesperadamente. La quería a su lado, fuese como fuese. Le sorprendía que pudiese sentirse tan alegre junto a una mujer que procedía de una vida tan opulenta y llena de comodidades, tan diferente a la suya, desprovista de toda luz, sin darse cuenta de que mi madre no veía otra realidad que la que ella se inventaba.

De La Maga le fascinaba todo. Su sonrisa, su mirada, su forma de vestir, sus andares, sus palabras, su manera de explicarse tan difícil de seguir… Maite parecía flotar por encima del suelo. En casa, sus pasos apenas se oían, ni siquiera cuando bajaba o subía a la buhardilla, o cuando salía a ver a la vecina española, como si su mayor actividad se produjese en esa mente capaz de desafiar la lógica del tiempo. Cenaban juntos cada día y esos encuentros, en la sombra de la noche, empezaron a alagarse durante muchas horas que le robaban al sueño, y que alejaban cada vez más el momento de la separación.

Por alguna extraña coincidencia, el resultado de la labor de La Maga en colaboración con la policía fue positivo y, a las pocas semanas, la delincuencia en el distrito XVI disminuyó sustancialmente. Como si algo hubiera aplacado esa furia contestataria de la ciudad, Maite llegaba a la comisaría siempre a horas impredecibles, dejaba su impermeable en la entrada y, como un fantasma, subía directamente al despacho del comisario donde le contaba las visiones que había tenido en tal o cual lugar de la ciudad. «En la floristería de la Rue Sevigny robarán la caja. En la plaza de Balzac, número 3, maltratan a una mujer. Veo a un hombre que pega a una mujer de unos veinte años. En la salida del metro Pasteur, hay una niña abandonada a punto de fallecer...».

–Hemos ido y no hay nadie –le contestó Dauvignac esa misma noche.

–En unos días, no sé cuándo. Hay que estar atento. Y tiene heridas en las manos de tanto apretar los puños y clavarse las uñas.

El comisario la miraba sorprendido porque, al final y por muy extraño que le siguiera pareciendo, La Maga acertaba...

Así es como un día se le apareció Margaux Vassal.

Margaux Vassal era una niña de siete años que desapareció en París en mayo de 1971. El suyo fue uno de los primeros casos importantes que tuvieron que resolver Maite y Dauvignac.

Según me contó, mi madre llevaba días sintiendo la presencia de una chiquilla rubia. Al principio no le había dado importancia porque era habitual que se le presentase en su mente gente con la que se había cruzado por la calle. Sin embargo, la imagen de la niña empezó a ser cada vez más recurrente. Se le aparecía en distintos momentos del día y sin venir a cuento. Por la calle. En el coche. En lugares de la casa. «La niña está ahí por algo», pensaba. Una cría que la miraba fijamente, con los ojos asustados y tristes a la vez. Hasta que se dio cuenta de que aquellos ojos estaban llenos de legañas, como los de un perro sarnoso que vive instalado en el sufrimiento desde el día en que nació. Esa imagen le partió el corazón porque, aunque pareciese estar en la miseria, Margaux aparentaba la fragilidad de una mariposa.

Un día, le habló de ella a Dauvignac con preocupación. «¿Sabes si está en París?». «Supongo que sí, pero no te puedo decir mucho, apenas veo su imagen, no soy capaz de distinguir nada más». Era pronto para saber lo que buscaba la niña. Al cabo de unos días, su aparición empezó a provocarle una incómoda sensación de frío y pensó que algo iba a ocurrir de forma inminente.

Y, en efecto, pasados unos días, mientras volvía a casa en coche con Dauvignac, una nueva visión de la pequeña la paralizó. La niña extendía los brazos pidiendo ayuda. La Maga se sobresaltó. El comisario se dio cuenta enseguida de que algo no iba bien y paró el coche en seco, intentando calmar a mi madre, que se había puesto a temblar. Cuando consiguió tranquilizarse, le contó lo que acababa de ver: a una chiquilla rubia, de pelo largo, con el aspecto descuidado, como si hubiera estado viviendo en la calle, con los brazos extendidos, pero esta vez cubiertos de sangre.

–¿Has visto dónde estaba? ¿Puedes darme algún dato más? Iremos hacia allí inmediatamente.

Dauvignac puso el coche en marcha de nuevo y sacó la sirena. Mi madre estaba concentrada en las escenas que ahora acudían a su mente. Era imposible definir el lugar, solo notaba frío y un olor nauseabundo que se apoderaba de ella.

–¿Por dónde fuiste esta mañana, lo recuerdas?

–Por el distrito XIX o XX. Me bajé en la estación de Porte de Lilas.

Mi madre le iba indicando las calles por las que se había paseado aquella misma mañana. No se acordaba del todo y se dejaba guiar por sus sentidos. Algo la conducía al lugar indicado. Era el fuerte hedor o el frío que ahora la hacían temblar, pero también los gritos de la niña, cada vez más intensos. La Maga estaba en el asiento del coche como poseída, tiritando de frío. Conseguía guiar a Dauvignac por callejuelas, diminutas bocacalles que no estaban ni siquiera asfaltadas. Parecía mentira que aquello fuera París. Por fin, aquel trayecto aparentemente azaroso desembocó en una calle inquietante. Mi madre se tapó los oídos para protegerse de los gritos. Le costaba respirar, como si estuvieran adentrándose en el mismísimo infierno.

—¡Aquí!

Dauvignac paró en seco. Delante de ellos se levantaba una vivienda de dos pisos. Parecía abandonada, con las persianas de madera cerradas a cal y canto. Junto al edificio, había instalada una cámara frigorífica de una empresa cárnica. El comisario cogió el micrófono y mandó a un equipo a inspeccionar el interior.

Maite tardó unos minutos en tranquilizarse. A veces, cuando estaba demasiado cerca de los hechos, los vivía en sí misma, en carne propia. Dauvignac la ayudó a calmarse sujetándole las manos. Al cabo de un rato, mi madre le dijo que quería entrar con los demás policías a los que habían llamado.

Dentro, el olor era insoportable. Parecía el escenario de una de las peores películas de terror. Un ambiente lleno de polvo, comida reseca por el suelo, sillas rotas, cristales. Mi madre iba de un cuarto a otro, dejándose guiar por la voz de la niña. Cuanto más se acercaba, mejor la escuchaba, hasta que la voz se convirtió en su-

surro. Llegaron frente a una puerta cerrada y uno de los policías la abrió con un fuerte golpe. Allí encontraron el cuerpo de una chiquilla atado al pie de una cama, sin vida. El cadáver ya había entrado en descomposición. Llevaba semanas ahí, quizá más tiempo. Mi madre se quedó helada. Era la misma niña que había visto en su mente, reconoció el pelo rubio, el traje hecho de harapos, los zapatos desgastados. Era la pequeña que en sus sueños había gritado su nombre.

Ese extraño caso que copó los titulares de la prensa durante unos días hasta desaparecer por completo dejó a mi madre petrificada.

–¡Yo la vi viva! ¿Cómo es posible? Mis predicciones no sirvieron para nada.

–Sirvieron para encontrarla.

–No es suficiente. No fueron premoniciones. La niña ya estaba muerta.

Después de aquel macabro episodio, La Maga tardó semanas en recuperarse.

Margaux Vassal vivía en la mendicidad con su padre y la autopsia reveló que padecía signos de desnutrición severa. Ambos vivían de okupas en esa casa desde hacía pocos meses. Los vecinos apenas los habían visto. No se pudo averiguar gran cosa porque la familia había ido cambiando continuamente de residencia para que no los detuvieran. Se los había visto por la región de Bretaña y Normandía hasta que les perdieron la pista al llegar a París. A la niña se la conocía por su aspecto salvaje y por las broncas que recibía de su padre. Supusieron que un día, probablemente debido a una de las palizas, el padre la abandonó en esa casa y la chiquilla acabó muriendo de inanición.

Cuando yo era pequeña, las historias entre Dauvignac y mi madre me apasionaban. Para mí eran como los recuerdos de una familia que nunca tuve o aquella que, por alguna razón, me habían arrebatado antes de que yo naciera. A partir de esas aventuras, me gustaba fabular mi propia versión de los hechos, porque en todos ellos me reconocía. Intuía que en ellos se hallaba ese pasado que me faltaba, la clave de mi propia existencia. Y así, entre las elipsis de mi madre, aprendí a rellenar los espacios en blanco de mi niñez.

Pronto entendí que en la ficción reside la realidad y que todo lo que no se cuenta en una familia permanece en algún lugar del cerebro y vaga hasta la siguiente generación.

Otro caso que recordaba era el del joven del pelo blanco. Hoy en día, estas historias no parecen interesar tanto a Lucía, que se impacienta: «Eso no, mejor el cuento de la cantante, mamá». Estamos en casa por la tarde y trato de recordar:

—Déjame continuar. Quizás esta historia te resulte entretenida. El joven del pelo blanco era un chico que se había pasado toda la vida viviendo solo con su madre.

—Como yo.

—Y como yo también. Pero a ese joven, su madre no lo dejaba salir de casa. No iba al colegio. No salía con amigos. No viajaba. ¡Nada que ver contigo, señorita! Él vivía incomunicado del resto del mundo, y así permaneció durante más de veinte años. Hasta que un día, con un cable, la estranguló.

—Qué cuento más raro... ¿Es de miedo?

—Todos tenemos muchas historias en nuestra vida, Lucía. Algunas pueden ser de miedo. Un poco como la del conde de Montecristo, que todos creían que era un asesino y lo tuvieron media vida en la cárcel, pero en realidad...

Lucía me mira con ojos aterrorizados, como los que debí de ponerle yo a mi madre el día en que ella me la contó a mí. Intercambio de papeles. ¡Oh, Dios mío! ¡He hablado demasiado!

La historia del joven del pelo blanco fue creciendo cada vez más en mi imaginación a lo largo de los años, quizá debido a mis preguntas, a mi insistencia por entender su verdad y la esperanza de entender la mía.

«Su madre lo protegía —me explicaba La Maga—. Era una mujer llena de temores y pensaba que el mundo exterior, la vida misma, amenazaba permanentemente a su hijo, que era un lugar donde no podría vivir sin su protección. Cuando se liberó de ella, el joven fue asesinando a todas las viejecitas que se cruzaban en su camino y que le recordaban a su madre. Fue una manera de perpetrar su venganza.

Un día, después de haber escuchado esta historia por enésima vez, le pregunté a mi madre si ella había llegado a conocerlo.

«No –respondió–, pero lo extraño es que me crucé con él una tarde, en la cola de un supermercado. Lo reconocí al instante. Dauvignac llevaba meses buscando su rastro por toda Francia. Ese día, cuando lo vi, supe que era él. Me invadió de repente un sentimiento de tristeza infinita. Cuando sientes una sensación así, extraña y sin sentido, es que proviene de otra persona. Me di la vuelta y allí estaba, con su pelo blanco y su rostro de niño desamparado. Al instante, por mi mente desfilaron todas las escenas de su vida. Las imágenes iban tan rápido que no podía ni detenerlas. Vi cómo su padre lo había maltratado antes de abandonarlo, cómo permaneció encerrado en un cuarto durante años, cómo su madre, anciana, se ocupaba de él... El pelo se le había vuelto blanco de pequeño. Por miedo o por dolor, vete tú a saber. Lo cierto es que parecía un anciano de veinte años. Lo seguí al salir del supermercado hasta que se metió en la boca del metro. Fui tras él. Lo observé en el vagón, absorto en sus pensamientos. No alzó los ojos ni una sola vez, no miró a nadie, ni siquiera se percató de que yo lo seguía hasta que, por fin, se bajó en la estación Oberkampf. Me acordaré toda mi vida... Había mercado y casi lo pierdo entre tanta gente. Hasta que se metió en el portal de un edificio a poca distancia de la parada de metro. Sin perder de vista esa puerta verde de madera por la que había desaparecido, llamé enseguida a Dauvignac».

–¿Es el chico que aparece en tus dibujos, mamá?

Lucía que ha escuchado todo el cuento en silencio, de repente me trae de vuelta a la realidad.

–¿Qué dibujos?

Mi hija sale corriendo hacia su cuarto. De allí, escondida debajo de la cama, saca una inmensa carpeta. Ahora lo recuerdo, son bocetos, los apuntes que hacía de pequeña al carboncillo, ¿cómo los ha descubierto?

–Qué bien pintas, mamá. Me encantan…

Se instala delante de mí en el suelo, con las piernas cruzadas, y observa los folios con mucha atención. La carpeta es más ancha que sus brazos. Abierta sobre las rodillas, Lucía no los mira, sino que parece leerlos, descubrir entre sus trazos la historia que le acabo de contar. Esos dibujos le hablan directamente del misterio de un pasado que quiere rescatar. No se le escapa el menor detalle.

–Están hechos con carboncillo –le explico.

Sus dedos van pasando las hojas. Acarician el papel, sienten el relieve con el mismo gesto con que lo hacía mi madre. Siento un escalofrío. A través de Lucía veo ahora a La Maga. De repente, se detiene en uno de ellos. Es el retrato de ese joven, acurrucado en el suelo, detrás de unos barrotes. Lo mira unos segundos y me dice:

–Es el joven del pelo blanco, lo he reconocido.

En mis cuadros parece un adolescente detrás de una reja negra. Detrás de él, un monstruo enorme y negro guarda las llaves de una celda. Cuando lo dibujé, a mi madre le sorprendió ese boceto.

222

Estaba obsesionada con ese chico por lo que su vida tenía de parecido con la mía. Al cumplir los catorce años, y cuando ya empezaba a sentir esa pulsión por la pintura, mis trazos fueron el equivalente de las palabras de mi diario. La Maga, tumbada en su cama o desde su escritorio, hablaba y hablaba, a veces sola, de sus recuerdos. Quizás incorporando su propia imaginación ante la cantidad de preguntas que yo le hacía. Por las noches, me ponía a soñar con todos esos personajes.

—¿Por qué tenía el pelo de ese color? —le pregunté un día.

—Cuando vives un *shock* psicológico, te puedes despertar una mañana con todo el cabello blanco —me decía.

Me parecía imposible, pero ella me contestaba: «En la vida ocurren muchas cosas que te parecerán imposibles».

Ese asesino con el que, sin embargo, me identificaba se volvió omnipresente en mis sueños, como un familiar en esa escasa familia de ficción a la que pertenecíamos. En ocasiones, tenía pesadillas. Me angustiaba despertarme una mañana con todo el pelo blanco.

—¿Y si me pasara a mí?

—¡Pero qué cosas dices, Teresa! Si tu vida es perfecta.

—Entonces, ¿por qué no tengo padre?

Mi pregunta la dejó en silencio.

—Quiero saber dónde está mi padre.

—¿Tu padre? ¿Qué padre?

—Sí. ¿Dónde está? ¿Por qué no vive con nosotras?

¿También desapareció como lo hizo el padre del joven del pelo blanco?

–¡Teresa! Ese chico era un atormentado. Una especie de monstruo que mató a varias mujeres. No tiene nada que ver contigo, ¿me entiendes? ¡Nada!

–Pues para mí, el monstruo era su madre.

–¡Su madre solo trataba de protegerlo! Una pobre señora que lo único que quería era cuidar de su hijo, lo mismo que nos pasa a muchas madres.

–No proteges a nadie encerrándolo. Lo hacía para no estar sola.

Me había puesto agresiva. Le había gritado a La Maga dejando salir aquella voz oprimida y acallada durante años.

–¿Qué te pasa, Teresa? Su padre se había marchado hacía años. ¿Qué tiene esto que ver contigo? Tienes una manera muy especial de interpretar las historias que te cuento. Quizá no debería contarte nada más…

Y ahora, desde el presente, me respondo a mí misma. ¿Son esas historias que me contabas, madre, lo único que me queda de ti?

Desde que he llegado a este piso, vuelven a mí sus palabras, esos cuentos fundadores de mi vida, como la memoria familiar que me ha faltado. Lucía me pide detalles y yo trato de recordar, de rellenar esos espacios del pasado. Es como un legado que trato de transmitirle, aunque sea un legado ficticio. Digo que todos esos cuentos están en cajitas, pero lo cierto es que están por todas partes. Revolotean como mariposas por el salón, mientras yo hago memoria. Mi hija sale corriendo a buscarlas, parece recogerlas con sus dedos, corre por el pasillo, hasta que viene hacia mí y yo empiezo con un «Érase una vez...».

En cuanto cierro los ojos, me pongo a pensar en ellas, en esas aventuras que me acercan a mi madre, cuando, de pequeña, lo que hacían era alejarme tanto de ella que ya no me quedó más remedio que marcharme.

¿Cuándo encontraré mi verdadera historia?

Por la mañana, François y yo teníamos una cita con el abogado. Llovía a cántaros y la humedad calaba hasta los huesos. Dejamos a Lucía en el colegio antes de la hora. No puedo remediarlo pero, desde que me encontré con Charles, cada vez que me acerco al colegio lo veo por todas partes.

Conseguimos entregar al abogado todos los papeles que nos pidió hace unas semanas. Aún no hemos descubierto el paradero de Dorothea, pero François, convincente, le asegura al abogado que sabremos de quién se trata antes de la cita con el notario, el 23 de junio.

—No se preocupen —nos contesta el abogado—, hay otras soluciones. Un poco más lentas, pero usted ya no tiene tanta prisa, ¿verdad? De hecho, si le parece bien, podríamos comentarlas fuera del despacho...

En el coche, François me mira con una pícara sonrisa.

—Creo que le has gustado.

—Yo también lo creo. —Me río—. ¡Menudo abogado te has buscado!

—Aunque últimamente te veo más ilusionada que de

costumbre. ¿Has quedado con ese turista que te encontraste a la salida del colegio? ¿Cuándo lo vuelves a ver? ¿Quieres que averigüe algo sobre su vida? Si está casado, si tiene...

–Pues no. ¿Qué te has creído, que esto es una investigación policial o qué?

–Yo solo quería ayudarte...

–Pues entonces quédate con Lucía el jueves de la semana que viene... Me ha invitado al teatro.

Pasamos con el coche por la Rue Saint-Didier y enseguida me vuelvo a acordar de mi madre.

–En esta calle se alojó cuando llegó a París, ¿sabes?

François no dice nada, aunque lo veo pensativo mientras conduce en silencio. Al cabo de unos minutos le pregunto:

–¿Piensas en mi madre?

–Sí y no. Pienso en todo lo que pudo ser y no fue.

–Porque murió muy pronto.

–Puede ser. El único consejo que puedo darte es que no dejes que los sentimientos de los demás te aten, ni tú condiciones la vida de los otros. La vida pasa tan rápido.

–Bueno, si lo dices por Charles, apenas lo conozco.

–En realidad no lo digo por él, sino por tu hija y por su padre.

Su comentario me deja petrificada.

–¿Qué quieres decir? Que conocieras a mi madre no te da derecho a hacerme comentarios personales. Además, ¿tú qué sabes? ¿Qué sabes de lo que ocurrió?

–Solo te pido que reflexiones sobre ello. Ahora que

estás en Francia quizá sea el momento de volver a contactar con él. ¿Tú tampoco quieres que Lucía conozca a su padre? Siempre ese padre ausente... Es un poco el *leitmotiv* de vuestra familia, ¿no te parece?

Sus palabras me hieren. Pienso en Juan, en Lucía. En que no se lo merecen ninguno de los dos. Pero me da miedo.

Y un poco más tarde, me comenta:

—Yo puedo ayudarte a localizarlo si quieres...

—A estas alturas, sería absurdo. La niña tiene ya nueve años.

—Eso es lo mismo que pensaba tu madre... Y luego ya fue demasiado tarde.

Si yo fuera capaz de ver más allá, como hacía mi madre, quizá no hubiera tomado las decisiones que tomé. Los cuentos de mi madre acabaron siendo sus únicas explicaciones a una vida que encerró en cajas, en papeles perdidos en su biblioteca, en su escritorio, en su casa.

—Yo creo que ya es demasiado tarde, François.

—En realidad, nunca lo es. Para eso vive uno. Cuando tu labor sobre esta tierra se acaba, ya es hora de marcharte. Nunca es pronto, o tarde, eso no son más que interpretaciones humanas. Esa es mi opinión, pero si yo hubiese tenido una hija, lo hubiera dado todo por cuidarla y estar a su lado. Si no me hubieran dejado durante los primeros años, hubiera aprovechado los demás. Nadie, ni Juan, nadie te reprochará nunca el haberlo dicho. En cambio, siempre podrán recriminarte las palabras que te callaste.

«Mamá, cuéntame más casos de los que resolviste –le pedía yo, insistentemente–. ¿Cómo hacías para ver? ¿Cómo sabías lo que iba a ocurrir? ¿Puedo yo también saber el futuro? ¿A lo mejor podría saber lo que me va a caer en el examen? ¿Por qué no lo averiguas, madre? ¡Cuéntame tus trucos de magia!».

–Teresa, yo no hacía trucos de magia. Yo ayudaba a Dauvignac a localizar a las personas desaparecidas y, a veces, ni siquiera lo conseguía.

–Margaux Vassal era un poco como yo –le dije un día.

–¿Por qué dices eso?

–Era hija única. Vivía con su padre. La tenía secuestrada.

–Ni Margaux ni tú estáis secuestradas.

–Bueno, ella está muerta, madre. Pero yo no puedo hacer nada sola. No puedo ir al colegio, no me dejas ir a ningún cumpleaños, no me dejas traer a una amiga a casa, no me dejas…

–¡Calla! Es que te puedes perder…

—¿Tanta gente se pierde, madre? –le pregunté, un día.

—Más de la que te imaginas. Hay personas que simplemente tienen lapsus de memoria. Que están en el metro, por ejemplo, o caminando por la calle y de repente ya no saben quiénes son ni adónde van. Otras que desaparecen y ya no se encuentran nunca más.

—¿Cómo tú, cuando te fuiste de España?

¿Qué sabía yo de su huida de España si seguía siendo aún muy pequeña? Mis preguntas solían dejarla sin respuestas. Acudían solas a mi mente, sin darme cuenta. Pero lo cierto es que, por uno de esos extraños caprichos del destino, después de que La Maga desapareciera de su propia vida, había acabado buscando a personas desaparecidas.

—¿También yo podría desaparecer?

—Le puede pasar a cualquiera.

—¿Y tú me encontrarías?

—Intentaría encontrarte, Teresa, por supuesto. Me volvería loca buscándote. No pararía hasta dar contigo…

—¿Y si me fuera a otro país?

—Pues miraría en esa bola mágica que todo me cuenta y me diría: «Maite, tu hija está en… ¡Constantinopla!».

—¿Y si estuviese muerta?

—Teresa, ¡qué cosas dices!

—¿Por qué no buscas a mi padre?

Y sin saber qué contestar a las preguntas de una niña, La Maga se perdía en el silencio.

—¿Siempre has encontrado lo que buscabas?

—No. De hecho, pocas veces he encontrado a quien buscaba. Si no, hoy en día sabríamos dónde está la familia Méchinaud…

La familia Méchinaud… Otro cuento de los de Dauvignac. Se trataba de una familia que desapareció al completo, en Cognac, la noche del 24 de diciembre de 1972. Esa fatídica Nochebuena, después de cenar en casa de unos amigos, Jacques y Odette Méchinaud, junto con sus dos hijos, Éric y Bruno, se subieron al coche, un Simca 1000, para regresar a su vivienda. Eran las dos de la madrugada y únicamente los separaban cuatro kilómetros de su domicilio. Se había levantado una bruma espesa, pero nada que no fuera habitual en esa zona de Angoulême. Salvo que esa noche, los Méchinaud nunca llegaron a su domicilio. El coche, con sus cuatro integrantes, desapareció para siempre.

El caso fue noticia en Francia durante meses. La policía y el ejército se trasladaron al lugar de los hechos y la zona fue rastreada hasta el lugar más recóndito. ¿Asesinato? ¿Suicidio colectivo? ¿Accidente? Durante semanas se barajó la hipótesis de que el coche hubiera caído al arroyo que bajaba paralelo a la carretera, que lo hubiese engullido y lo hubiera hecho desaparecer en el terreno pantanoso. El vehículo y la familia que iba dentro se buscaron exhaustivamente en aquellas aguas, pero dada la poca profundidad, no se encontró la menor pista. Una a una, día tras día, las investigaciones resultaban infructuosas. El caso fue agrandándose a medida que pasaban los meses. De las patrullas locales iniciales, fueron los militares los que acabaron ampliando la zona y rastreando el resto de Francia. Se contactó con agentes extranjeros por si los Méchinaud hubiesen acabado en otro país, pero nada. «Es imposible que una familia entera desaparezca en la nada de la noche a la mañana!», comentaba La Maga con Dauvignac.

—¿Y si nosotros nos ocupamos del caso? —le preguntó, al cabo de unos meses, mi madre.

Especializada en desapariciones, la comisaría tenía un equipo que trabajaba en ello, aunque esta vez Dauvignac planeaba algo diferente.

—Primero me organizo con la enfermera para que se quede en casa con mi mujer. Después, nos vamos los dos. Este caso está siendo demasiado mediático como para que una patrulla de París dé más motivos para hablar.

Tres meses después de los hechos, durante el mes de marzo, La Maga y el comisario se trasladaron a Angoulême y se instalaron en Cognac.

Al día siguiente de su llegada quedaron con el comisario local, que les condujo hasta Boutiers, donde se encontraba el domicilio de los Méchinaud, una casa modesta, alejada de la carretera, en medio del bosque. «Aquí, muchos vivimos en el campo», les explicó. La vivienda estaba retirada, rodeada por una zona boscosa bastante despejada que permitía ver el jardín. A la derecha, la familia había instalado unos columpios y otros objetos infantiles para que los niños pudieran jugar afuera. Dos sillones de terraza ocupaban la parte de la izquierda, en una especie de porche de madera, con una mesa en el centro. El viento había arrastrado un sinfín de hojas secas, que se amontonaban en el suelo. Cuando La Maga se fijó en todo ello, una de las hojas volaba por encima de todas sin posarse en ninguna parte. El comisario les explicó que Jacques y Odette tenían dos hijos, de cuatro y siete años. Era una familia «normal», muy conocida en la zona. Jacques trabajaba en la refinería de Saint-Gobain, como la mayoría de los habitantes de Boutiers. Ella era maestra. Una pareja, de treinta años, jóvenes y radiantes.

Aunque no eran tan animados, pensó mi madre observando aquel lugar que de repente le pareció siniestro. El movimiento de la hoja seca y el chirrido de los columpios desató en la mente de La Maga la primera escena: una pareja balancea a sus dos hijos. Todos se muestran alegres, juegan juntos, salvo uno de los niños, que se estremece cada vez que la mano del padre le roza la espalda para empujarlo. La madre, en cambio, se muestra dichosa. Quiere a ese hombre que está a su lado. Él le da la mano. Mi madre no entiende el porqué de su malestar. Todo parece idílico. Una pareja que se ama. Unos niños preciosos. ¿Qué les pasa, entonces? De repente, le entran arcadas. Quiere vomitar. Dauvignac, que la conoce, se da cuenta. El comisario local le pregunta si se encuentra bien.

—Dauvignac, esto es repugnante.

¿Qué es lo que le ha producido esa molestia? ¿Qué la

incomoda, qué le duele, qué le repugna de esa imagen? Ah, ya lo sabe: ese padre, en realidad no es el padre de los niños. Entonces, ¿quién es? La madre, la maestra, esa tal Odette tiene un amante, y el hijo mayor, Bruno, lo sabe. ¿Quién es ese hombre que conoce a los niños, que está en casa de los Méchinaud y se comporta como si fuera la suya? Desde luego, ese hombre al que ve, al que tiene delante como si fuera de carne y hueso, que mece a los niños en el columpio, que cada vez que los roza parece como si descargase sobre ellos un latigazo, ese no es el padre. La Maga mira a su alrededor y ve otra vivienda un poco más sencilla y vieja, justo detrás de unos setos. Ahí vive aquel hombre que se ha entrometido entre esa pareja perfecta.

—¿Quién vive en esa casa? —le pregunta mi madre al comisario local.

—Los Pageaux. Una pareja que lleva casada unos diez años, pero que no tiene hijos. Viven con su madre, una anciana que apenas sale. Como verá, por aquí todos nos conocemos. Somos buena gente.

Dauvignac, La Maga y el comisario se aproximaron a la vivienda de la familia desaparecida. Cuanto más cerca se hallaban, más frío sentía mi madre. La residencia parecía más grande de lo que era. En el interior, el tiempo se había detenido. No se había tocado nada para no entorpecer las pistas. Aunque estuvieran en marzo, uno hubiera pensado que la vida se había parado aquel 24 de diciembre. En la entrada, un mueble para colgar abrigos mostraba anoraks e impermeables del invierno, manchados por rastros de nieve. A la derecha se encontraba el salón comedor, una estrecha salita con un sofá de cuero color crema en el centro y detrás, una mesa grande. La mesa estaba puesta para los cuatro, ya preparada para la celebración del día siguiente. El mantel era de un rojo navideño y la vajilla y los vasos se habían dispuesto con esmero para que todo quedara perfecto. Una ligera capa de polvo envolvía los objetos de la mesa entera. A mi madre la invadió otro extraño presentimiento al observar la mesa. Es cierto que todo estaba en su lugar, los platos uno enfrente del otro, las sillas alineadas a la misma distancia, pero algo, en esa mesa, como en el jardín, no cuadraba. En ella también se habían colocado los regalos de Navidad de los niños, que debían de abrirse probablemente esa noche en la que desaparecieron, o quizás al día siguiente. Los regalos ocupaban dos de los cuatro sitios, de manera que solo eran para los niños. No había ninguno para los adultos, cosa que no dejó a mi madre indiferente. ¿Entre los padres no se hacían regalos?

Un segundo dato le llamó la atención. Los juguetes estaban empaquetados con el mismo papel que venden en los supermercados para envolver los regalos de Navidad, excepto dos de ellos, cuyo envoltorio era diferente: morado, con una cinta blanca, lo que indicaba que esos dos regalos procedían de otra tienda, quizás, o de otra persona. Mi madre los observó durante un rato y sintió escalofríos. En efecto, esos objetos morados, fuera lo que fuera lo que contenían, no pertenecían a la familia.

—¿Puedo tocar los regalos?

El comisario se limitó a mirarla.

—Solo tocar —le precisó mi madre.

Al acercarse se estremeció. Cuando posó la mano sobre los regalos, pudo ver al vecino con la mujer Méchinaud, y también pudo sentir el deseo de ambos de escapar del lugar donde todos los conocían.

El comisario la sacó de sus pensamientos al indicarle que subieran a las habitaciones del primer piso.

En cuanto La Maga traspasó el umbral del dormitorio de la pareja, sintió de nuevo el conflicto flotando en el ambiente. La habitación era pequeña, parecida a las demás, con una gran cama en el centro, rodeada de dos mesillas de noche de color blanco y, en frente, una cómoda también blanca, de tres cajones, decorada con fotos que mostraban a la familia en diferentes momentos. La cama estaba hecha pero, del lado izquierdo, la colcha estaba arrugada, como si una persona se hubiera tumbado encima mientras esperaba que la otra terminase de arreglarse. Mi madre vio la escena: Odette Méchinaud estaba sola en el primer piso con sus dos hijos, su marido los esperaba en el salón. Entonces La Maga pudo oír el llanto de uno de los niños. Antes de acudir a la famosa cena la noche del 24 de diciembre, el niño había ido en busca de su madre para que lo consolase por algo. Era Bruno. Siempre Bruno, preguntándose más de la cuenta por la vida de los adultos, y cuya madre ya no podía más. A pesar de ser maestra y de estar acostumbrada a las preguntas de los niños, estaba perdiendo la paciencia con su propio hijo, que no paraba de indagar acerca de su relación con el vecino. Odette trataba de calmar su mal humor, de disimular, esquivando preguntas incómodas antes de bajar a cenar con su marido. Pero en esos momentos Bruno la amenazó con decírselo a su padre y entonces Odette le soltó una sonora bofetada que el padre oyó desde la entrada.

En ese dormitorio no había armonía, sino energías encontradas. La pareja no se quería desde hacía años. La Maga era capaz de percibir largas noches en vela, pensamientos y deseos de huida, la urgencia de desaparecer. Se acercó y, con la punta de los dedos, rozó las paredes. En esos muros se habían quedado guardadas frases de lamentos que ahora mi madre escuchaba. El padre lo sabía. Por esa razón, no subió a defender a su hijo. Pero esa bofetada fue la confirmación de que debían marcharse para siempre de aquel lugar.

Cuando salieron de la casa, mi madre le pidió al comisario de Angoulême si podían recorrer en coche el mismo trayecto que los Méchinaud habían realizado la noche en que desaparecieron. Había caído la tarde, pero eso no importaba, la carretera estaba iluminada y era un trayecto bastante concurrido. El comisario condujo despacio para que pudieran fijarse en los detalles, pero nada le pareció a mi madre fuera de lo habitual. El camino era recto, corto, de apenas unos kilómetros. Difícil sospechar un accidente. La familia había acordado que desaparecerían para siempre.

Tras ese primer día de investigación, Dauvignac y mi madre se quedaron en Cognac cinco días más, en los que exploraron la zona, rehicieron el trayecto en coche, interrogaron a familiares, vecinos, trabajadores de la fábrica de Jacques Méchinaud, pero nada, nadie fue capaz de revelar el menor indicio. La Maga reconoció al amante de Odette entre los trabajadores de la fábrica, pero este se negó a declarar.

Cada día se acercaban juntos a la vivienda y La Maga trabajaba con instrumentos que le facilitaban sus visiones. Pero no supo ver nada relevante. Rastrearon el jardín que ya había sido escudriñado por los equipos anteriores, pero sin el menor éxito.

–Aquí no ha muerto nadie –le aseguraba La Maga a Dauvignac–. Lo que existía entre esta pareja era una desavenencia total y absoluta. Mi tesis es que tuvieron miedo de revelar a su familia y a sus amigos que no se querían y decidieron desaparecer.

–¿Cómo puede uno desaparecer así?

–Para empezar de nuevo. En un lugar donde nadie los conocía ni sabía su historia. Yo les entiendo...

–¿Y no ves dónde pueden estar?

–Es muy difícil encontrar a quien no quiere que le encuentren.

Contrariamente a las demás historias que ella me contaba, yo tenía la impresión de que cuando mi madre recordaba ese viaje, su mirada se perdía en ensoñaciones. A pesar de que llevaban unos meses viviendo juntos, ¿qué había pasado con Dauvignac durante las noches que se alojaron en el hotel?

—Prefiero el cuento de la abuela, mamá.

En la mirada de Lucía, noto cierta angustia. Quizás esas historias de gente desaparecida le han provocado miedo. Sus ojos están irritados, como si hubieran estado llorando. Me entran ganas de abrazarla y reconfortarla.

—Tú no me vas a dejar, ¿verdad, mamá?

—Pero ¿qué cosas dices?

—Es que si tú te vas, ¿quién me va a cuidar?

—¡Nunca te dejaré, Lucía! Aquí nadie va a desaparecer.

Y entonces se pone a llorar desconsoladamente. Me comenta que la abuela le ha dicho que yo voy a desaparecer. Que me voy a ir también. ¡Que no existo! ¡Que no soy real! ¡Que no tiene madre!

—Tranquila, Lucía. Claro que existo. ¡Mira! —Y pongo su manita sobre mi cara.

No sé qué más decir. La abrazo para calmarla. Le beso el pelo, la cabeza, la cara mojada. Está empapada la pobre niña, no sé si en llanto o en sudor. Parece agotada. Lucía tiembla entre mis brazos, como si tuviera frío. Le quito la ropa de la calle, le pongo el pijama y la acuesto enseguida. Le toco la frente y me doy cuenta de que tiene fiebre. Lucía está enferma y me pregunto qué debo hacer. Llamo a François.

—Trato de localizar a un médico a través de mi seguro y voy para allá.

Me encanta la determinación de este hombre, que siempre tiene las ideas claras. De hecho, llega enseguida y tras él, el médico con el que ha contactado, un hombre mayor, sirio, con el pelo teñido y el cuerpo encorvado. Habla con un fuerte acento extranjero. Ausculta a la niña, le pide que se quite el pijama, que tosa, pero Lucía es como un trapo. El médico nos pide que le dejemos solo con la niña unos minutos.

Al salir del cuarto, nos comenta que está enferma porque ha cogido frío. Nada grave. Paracetamol y cama durante unos días. «Su hija también está triste», me comenta como si yo supiera el porqué. «¿Es usted el padre?».

—No —contesto, antes de que François abra la boca.

El médico me mira fijamente y me entrega la receta.

Cuando se marcha, François y yo nos quedamos en silencio.

—¿Has visto cómo me ha mirado ese médico?

Pero François no se ha dado cuenta de nada.

—¿Has averiguado algo? —le digo, para romper su silencio.

—¿Sobre quién? —me contesta François—. ¿Sobre Dorothea?

—No. Sobre Juan. Creo que tienes razón. Ahora que

estamos en París, quizá sea un buen momento para que Lucía conozca a su padre.

—Pues sí… He investigado y vive en el distrito xv, por la zona de Denfert-Rochereau. No está muy lejos de aquí. ¿Y sabes lo más increíble? Es profesor de español en el colegio Gerson.

Lo miro, asimilando la información.

—¡Ese colegio está al lado de mi casa!

—Está casado y no tiene hijos.

Sus palabras me producen un estremecimiento. Lo recuerdo. Y pienso que Lucía tiene derecho a decidir.

—¿No ha seguido con la música?

—Si me preguntas sobre sus aficiones, no te puedo contestar, que yo no tengo los poderes de tu madre.

Nos reímos. Y François me hace ver que las cosas que parecen más complicadas son de una gran simplicidad.

Mi madre sabía lo que significaba desaparecer. Ya lo había hecho al dejar Barcelona y estaba a punto de volverlo a hacer.

—¿Qué te gustaba de mi padre? —le pregunté una noche que salimos a cenar las dos a un restaurante de la plaza de La Muette—. Quiero que me cuentes tu historia de amor.

Mi madre se ruborizó. Jamás le había hecho la menor pregunta al respecto, y ella pensaba, erróneamente, que Dauvignac era para mí otro de sus personajes de ficción. Tras un silencio, se puso a buscar escenas de su pasado. Hasta que me di cuenta de que, de esa historia, no iba a decirme nada.

Desde entonces, yo misma he reconstruido mi pasado. Imagino como La Maga se dejó arrastrar por ese hombre. Dauvignac la atraía y no era fácil que una mujer de veinticinco años pudiese reprimir sus deseos ante un hombre más o menos atractivo que la protegía, con una mezcla de dureza y sensibilidad, de brutalidad y de belleza, alguien que además no sabía nada de ella.

El comisario, un hombre seguro de sí mismo, era de una rectitud intachable y eso debía de gustarle a mi madre. Ella siempre lo creería, lo admiraría. Pero al poco tiempo de vivir a su lado, La Maga descubrió que, frente a su apariencia de seriedad, Dauvignac mostraba una tendencia a la rebeldía. Como si cohabitaran en él dos personas opuestas. Y esa duplicidad fue lo que realmente despertó su interés. El comisario le parecía una persona impredecible, incluso para ella. Así, Dauvignac podía ser el hombre más duro en la comisaría, el más autoritario e inflexible en los interrogatorios, incansable en las investigaciones, pero, de noche, se transformaba en el ser más tierno, cuidadoso y apasionado cuando cruzaba el umbral de la casa en la que, desde hacía años, compartían una total intimidad. Mientras combatía las nuevas ideas sexuales que se debatían en las calles francesas, Dauvignac solo deseaba volver a su hogar para encontrarse con La Maga en un espacio que, a pesar de la presencia de su mujer, les pertenecía solo a ellos. O eso pensaban. Tras varios meses de conocerse, de vivir juntos pared con pared, se habían dejado llevar por su deseo.

Esa noche en la que el comisario había tenido que controlar una revuelta estudiantil en Nanterre ante el ministro de educación, liderada por el pelirrojo insolente de Daniel Cohn-Bendit, que pretendía abolir las restricciones de entrada en las residencias universitarias entre hombres y mujeres, Dauvignac llegó a su casa, pasada la medianoche. Después de semanas de un debate interno consigo mismo, esa noche no pudo contener por más tiempo sus ganas de abrazar a esa mujer tan poderosa que vivía bajo su mismo techo. Llamó a la puerta de la habitación de La Maga y, al escuchar que estaba despierta, entró, y sin dar la menor explicación se fundieron los dos en el abrazo que llevaban meses reprimiendo.

A partir de ese momento, el comisario encarnó a esos dos personajes a la vez. Por el día respetaban una distancia rigurosa ante los otros compañeros, por la noche se dejaban llevar por su amor. Fueron noches de besos infinitos, de amor callado y protegido por el secreto que siempre supieron mantener. Ambos resguardados de las miradas, en armonioso secreto sexual, daban rienda suelta a todo lo que esos estudiantes reivindicaban como un derecho.

«Aunque un secreto no se puede guardar eternamente, Teresa». La presencia silenciosa de la mujer de Dauvignac, al otro lado de la pared, podía sentir el deseo, imaginar los abrazos, escuchar los gemidos de placer de los amantes escondidos. El cuerpo inservible de Josianne no había muerto del todo y mientras que su respiración acompasada no hacía ni siquiera sospechar que pudiese estar despierta, esa mujer maquinaba su venganza.

Un día, cuando la enfermera salió al jardín de la casa a fumarse el cigarrillo de la tarde, cuando ya mi madre había regresado de su labor en la comisaría, Josianne escuchó a La Maga bajar las escaleras de su dormitorio para irse a casa de la vecina. Como cada tarde, Josianne olió el aroma de su caro perfume atravesando el pasillo, oyó como se ponía el abrigo y sus pisadas que se acercaban a su propia habitación. Entonces, en ese preciso momento, Josianne dejó de respirar. Unos segundos bas-

taron para que el aparato empezara a pitar desenfrenadamente. Maite se sobresaltó por el ruido ensordecedor
que le machacaba los oídos. La enfermera tardaba tanto
en acudir que mi madre hizo lo que nunca tenía que haber hecho. Se precipitó dentro de la habitación prohibida. Le quitó el respirador para salvarla y la incorporó
para que respirase con más facilidad. La enferma pesa-
ba más de lo que ella se imaginaba y, sin poder evitarlo,
Josianne cayó al suelo. Segundos más tarde, apareció la
enfermera en la habitación y apartó a mi madre como
si esta la estuviese matando.

El comisario volvió a casa tan rápido como pudo,
después de que la enfermera lo avisase de lo ocurrido, y
se encontró a su mujer en un estado lamentable.

–No sé si sobrevivirá, señor. Atacar de tal manera a
la señora con lo mal que lo está pasando…

Acostumbrado a dar órdenes y a que estas fueran
obedecidas, Dauvignac se puso furioso. Una mirada fue
suficiente para que La Maga supiera que todo había terminado. En esa casa nunca tendría su lugar. De manera
que mi madre decidió partir de nuevo. Desaparecer. Y
se juró a sí misma no volver a ver al comisario nunca
más ni decirle que se llevaba dentro de ella su mayor
tesoro, un hijo.

De adolescente, seguí haciéndome preguntas, y las explicaciones de mi madre, más que acallarlas, despertaban en mí más interrogantes. No conseguía sacar nada en claro, y la incertidumbre, el no saber detalles tan fundamentales de mi vida, me extenuaba. Mis preguntas se mezclaban con el rencor por la ignorancia en la que me había mantenido mi madre.

–Entonces, ¿mi padre nunca supo de mi existencia?

–Tu padre se resignó a la vida que le había tocado vivir. No se atrevió a desafiar a su destino, a romper tabús o a ir en contra de las convenciones sociales, como hice yo misma al dejar Barcelona y a mi propia familia.

–¿La mía?

Había hecho una pausa en su discurso, como si se hubiese quedado detenida, inmersa en un océano de recuerdos.

–Cuando tu padre supo que estaba sola en París, que no tenía familia, me acogió bajo su protección. Debí de parecerle una mujer frágil.

–Todo eso ya lo sé…

—Él pensaba, a causa de su trabajo, que toda la ciudad estaba poseída por el mal. Me propuso instalarme en la buhardilla de su casa, a diez escalones de su cuarto. Al principio, pretendía protegerme. Quizá por lo que le había pasado a su mujer... Pero ¿luego? Él también se sentía solo, a pesar de estar casado...

—Se enamoró de ti. A lo mejor si le hubieras dicho que tenía una hija, todo hubiera cambiado.

—El amor es un engaño, Teresa. Nunca creas en él.

—¡Pero tú también te enamoraste!

—Las soledades se atraen. Pero eso no es amor.

Mi madre detestaba hablar del amor. Se consideraba la guardiana de un secreto universal, aquel que aseguraba que el amor no existía, que era un engaño y que, antes o después, te acababa matando. ¿Venía dicha fobia de sus años en Barcelona, aquellos de los que había decidido huir y dejarlos atrás? La Maga siempre había sido clara en sus opiniones sobre el amor. No lo aceptaba. Era, para ella, la mayor mentira de la humanidad.

—Solo existe en los libros —me repetía sin cesar.

—¿Por eso abandonaste a mi padre antes de que yo naciera?

—Yo no abandoné a tu padre. Tu padre estaba casado. No podía dejar a su mujer enferma. Ella lo necesitaba a su lado. Las historias son siempre más complicadas de lo que parecen.

—Será para ti.

—Teresa, sé algo más del amor que tú.

—Ah, ¿sí? ¿Gracias a tus poderes? Por lo menos ahora tendría un padre.

–¡Gracias a mis poderes, no! Lo sé porque tengo treinta años más que tú.

–Dime si Dauvignac sabe al menos que existo –le supliqué con los ojos llenos de lágrimas.

Pero mi madre no contestó.

Ahora sé que las historias se mantienen quietas e inmóviles en algún renglón de la memoria, y pasan y se transmiten de generación en generación. Están ahí esperando a que alguien las despierte para que las devuelva a la luz que les ha sido negada.

¿Acaso había sido yo el error?

–Nadie puede rehacer su vida, madre, borrando su pasado.

–¡Claro que puede!

–Nunca podrás borrarme a mí. Yo pertenezco a esa otra vida que haces como si no existiera, que relatas como si fuera una ficción. Le podrías contar nuestra historia.

–Pero ¿qué historia, Teresa? ¡Me estás volviendo loca!

–La mía. ¡Mi historia! ¡Yo también tengo una historia, no solo tú! –Mis ojos reflejaban la ira que sentía y mi madre se asustó.

Ahogó sus palabras en la garganta.

–Éramos muy diferentes. Lo entenderás cuando crezcas. Su trabajo lo exponía a la muerte. Los hijos de los padres policías viven con una angustia permanente, sufren muchísimo. ¡Yo no quería eso para ti, Teresa! Ni que viviéramos al margen de su verdadera familia. ¡Yo solo quería tu felicidad!

Después de aquella tensa conversación, durante los

días siguientes, las preguntas volvieron a aparecer, pero mi madre había dejado de escucharme hasta que, harta del acoso, me gritó:

—¡Murió!

—¿Cómo qué murió?

—Dauvignac, tu padre, murió unos meses después de que nos abandonara. En acto de servicio. Lo supe por los periódicos, obviamente nadie me avisó, habíamos perdido el contacto y ¿a quién se le hubiese ocurrido avisar a la amante? Lo alcanzó una bala y lo mató en el acto. Ahora ya lo sabes y te ruego que no volvamos a hablar más del asunto. ¿Me entiendes? ¡No quiero que volvamos a hablar de él jamás!

—¿Es eso lo que es para ti mi padre, un asunto?

Me hundí en una tristeza absoluta. El hecho de saber de forma súbita que mi padre había muerto, ese padre al que ni siquiera había podido conocer, me dejó, en efecto, sin preguntas ni ánimos para cuestionar cualquier aspecto más de mi pasado. Me rendí ante la evidencia: si mi madre no quería contarme nada, no iba a conseguirlo a la fuerza. Lo cierto es que decidí no hablar más de él, ni en casa, ni en el colegio. Se acabó para siempre Dauvignac. Me quedé sin padre. Salió de mi vida, de mi mente, y también creó una frontera infranqueable entre mi madre y yo. Al igual que todo aquello que no se adaptaba a su vida, La Maga lo cortó en seco. Lo eliminó. Como la mayoría de los secretos que no iba a revelarme. Sus fabulaciones se fueron también con ella.

Aún hoy no puedo reconstruir mi origen porque no tengo todas las piezas. Cuando mi madre supo que estaba embarazada, barajó de nuevo las cartas de su destino. Cambió de rumbo. Se inventó un nuevo personaje. Y, para ello, tenía que salir de la vida de Dauvignac y de la suya propia.

Empezar de nuevo. Para volver a olvidar sus errores.

TERESA

Recuerdo cuando La Maga se convirtió en «echadora de cartas» profesional. Quizá tendría que referirme a ese periodo como «su segunda vida parisina». O la tercera. Eran principios de los noventa. En esa época se llevaban los jerséis de punto gordo, los colores fluorescentes, los vaqueros anchos y los aros grandes de plástico en las orejas. Mi madre tenía una vida social escasa, aunque tampoco parecía necesitarla. A veces, yo la veía escribiendo cartas y, a pesar de que le preguntaba a quién se las mandaba, no me contestaba. Habíamos dejado de hablar tan a menudo, y sus historias, en plena adolescencia, ya no me interesaban tanto.

Una noche la vi más arreglada que de costumbre y me dijo que iba a cenar a casa de Pierrette. De esas cenas solía volver encantada. Allí conocía a gente «culta e interesante», mantenía «conversaciones fascinantes» con muchos artistas, escritores españoles o sudamericanos, y con algún político también.

De esa cena en particular, mi madre regresó entusiasmada. Me contó que había conocido a un político que trabajaba para el gobierno de Mitterrand y que quería volver a verla. Entre todos los invitados y, gracias a Pierrette, Maite había sido el centro de atención. Quizá porque esa vez su amiga la había presentado ante los demás invitados como una gran «vidente». El político no había dejado de mirarla, y le había pedido tener una sesión con ella para que lo ayudara a resolver «un asunto de Estado».

Me había reído de mi madre:

–¿Cómo vas a ayudar a resolver un asunto de Estado con tus trucos de magia?

–Teresa, yo no hago magia… Pero ¿quién sabe? Quizás echando las cartas podría sacar más partido a mi don de adivinación.

–Madre, ese señor lo que quería era ligar contigo.

Una semana más tarde, el famoso político llamó al teléfono de casa para concertar una cita con la «vidente». Quedaron en verse unos días más tarde, y cuando colgó, me miró y me dijo: «Teresa, mientras esté en casa, mejor te quedas en tu cuarto. ¿Me has entendido?».

Desde primera hora de la mañana, La Maga se dedicó a cambiar de sitio todos los muebles del piso. Los libros, las cajas, los cojines del sofá, todos los objetos me parecían desordenados a la vista, cuando en realidad simplemente los había desplazado. «Qué haces?», le pregunté. «Muevo la energía», me contestó concentrada. Colocó la mesa redonda del salón en el centro de la habitación y puso encima un mantel morado para manipular mejor los naipes con las manos. La vi ensayar todo el día, la escuché hablando sola, barajando el tarot, haciendo pruebas también con la intensidad de la luz. Vi con sorpresa cómo se servía un vasito de *whisky* después del almuerzo, algo que jamás había hecho. Por la tarde, me tumbé en el sofá, arrugando los cojines que había dispuesto meticulosamente y fingí que leía. Ella deambulaba por la casa para calmar su nerviosismo, un ritual que, a partir de ese día, se repetiría cada vez que iba a recibir a un cliente.

Cuando el político por fin llegó, mi madre me ordenó que no me moviese de mi dormitorio. Yo, encerrada en mi habitación, dejé la puerta entornada para no perderme nada de la escena.

Sin apenas mirar a La Maga que le abría la puerta, aquel político se sentó frente a ella, en una silla de mimbre bastante frágil para su enorme peso. Era un hombre sudoroso, con poco pelo en la cabeza y una mirada que escondía detrás de unas gafas de metal. Después de unas palabras de rigor en las que se notaba la incomodidad de ambos, mi madre colocó encima de la mesa las cartas del tarot y un péndulo. Tras un silencio prolongado en el que La Maga parecía de lo más concentrada, el político le entregó unos papeles que había traído. Mi madre los cogió, dejándolos también sobre la mesa, pero algo apartados. Luego, tocó los papeles con la mano. Fue pasando los dedos por encima de las hojas y observando todo lo que había escrito a mano: firmas, fechas, cruces, nombres. Esas palabras, escritas por la mano de alguien, le servían para identificar y adivinar.

Después de ese ritual, tomó la baraja y fue colocando las cartas encima de las letras manuscritas de los documentos. Les daba la vuelta y susurraba unas palabras que nadie distinguía más que ella misma. Se notaba que, en su interior, escuchaba un discurso silencioso. Mientras tanto, yo permanecía encerrada en el cuarto y espiaba detrás de la puerta sin perderme nada de la escena. Vi cómo echaba varias veces el tarot, usaba la bola de cristal, que reposaba orgullosamente sobre la mesa del salón, y cómo dejaba oscilar el péndulo sobre los diferentes documentos. Parecía una verdadera experta.

En su trabajo de vidente, La Maga se tomaba su tiempo. De hecho, aquella primera reunión duró hasta altas horas de la madrugada, momento en que el político se levantó de la silla donde llevaba horas encajonado, abrió su cartera y sacó un fajo enorme de billetes. Mis ojos no daban crédito a lo que veían. Maite lo agarró sin contarlo. Para ella el dinero era algo sucio y apenas lo rozó con sus dedos de bruja.

Más adelante, mi madre me explicó que el dinero que cobraba de sus sesiones de tarotista dependía del tiempo que había durado la sesión y de los instrumentos que había utilizado. Uno podía indagar hasta el infinito, aunque si se pasaba, ni las cartas ni la bola de cristal decían mucho más. No costaba lo mismo una sola tirada de naipes que si también se consultaba la bola. El manejo del péndulo, fundamental para remontarse a un pasado lejano o que no controlaba, también incrementaba el precio de la sesión.

Durante esas sesiones yo tenía prohibido salir de mi habitación. El cliente debía de estar seguro de que en casa de la «echadora de cartas» no había absolutamente nadie que pudiese escuchar sus confesiones. Ni siquiera debía saber que tenía una hija. Mi existencia fue secreta, no solo para mi familia española y para mi padre, sino también para sus clientes.

Durante mi adolescencia, ese silencio impuesto se volvió algo tan normal que acabó siendo, para mí una especie de segunda piel. Observaba, escuchaba y callaba. Sin darse cuenta, mi madre me inculcó la costumbre de esconderme cada vez que alguien entraba en casa, apartándome de los demás, de la sociedad, del lugar que debía ocupar en el mundo. ¿Instinto de protección? Quizá. Como si encerrada en ese cuartito al final del salón nada pudiera ocurrirme. Hasta que ocurrió lo peor. Lentamente, aquel ostracismo al que mi madre me abocó fue separándome de manera definitiva de ella.

Después de la consulta de ese político, su trabajo como tarotista adquirió cierto renombre. Los clientes empezaron a desfilar de lunes a domingo, mientras yo debía simplemente permanecer en mi habitación.

Quizás en ese mutismo mutuo al que accedimos durante su segunda etapa parisina, se hallan los gérmenes de mi huida, años más tarde. La distancia entre mi madre y yo se iba acrecentando. El último año de bachillerato fue quizás el que más nos distanció. La Maga recibía en casa, varias noches por semana, a personajes extravagantes deseosos de conocer su futuro mientras que, en esos momentos, mi papel seguía siendo el de desaparecer. Tras mis clases en el liceo, volvía corriendo a casa, para no coincidir con «el cliente» y encerrarme a cal y canto en mi cuarto, con la cena en una bandeja. Las sesiones no tenían fin en el silencio de la noche. Solían ser hombres los que acudían, aunque, a veces, también recuerdo voces femeninas, preocupadas por las infidelidades de sus de maridos. Si hubieran sabido lo que mi madre pensaba sobre el amor, seguro que no hubieran pagado tanto dinero por escuchar las predicciones de una mujer que, por aquel entonces, se había vuelto más fría que nunca. De puro cansancio, Maite se pasaba la mañana durmiendo...

Una tarde en la que el cielo lucía extrañamente un magnífico color azul, se me ocurrió, al salir de clase, retrasarme más de la cuenta en una librería. Cuando vi que había anochecido y que ya debía de ser muy tarde, abrí la puerta del piso sin imaginarme en el estado de angustia en el que me iba a encontrar a La Maga. Estaba descompuesta. Había venido un cliente y lo había tenido que echar de lo asustada que estaba debido a mi tardanza. ¿Dónde había estado?

Aquella tarde se volvió loca buscándome por todas partes. Tras anular la cita, había salido a la calle para llegar hasta el colegio sin encontrarme por ningún lado y, al final, había avisado a la policía. Su reacción me pareció desproporcionada. ¡Ya tenía dieciséis años! Pero, esa noche, lejos de sentir pena por su dolor, descubrí que había crecido dentro de mí una fuerza extraña que me había hecho más libre.

Haber provocado aquel sufrimiento me hizo sentir vencedora. Había ganado algo, aunque no sabía bien de qué se trataba. Quizá simplemente una vida propia, una vida en la que era yo la que decidía. A partir de aquel momento empecé a prolongar mis ausencias. Lo hacía adrede. Su angustia nunca disminuyó. Al contrario. Yo dejaba de ser la niña buena y obediente para convertirme en un ser imprevisible. Lo cierto era que mi madre envejecía y su malestar se veía en sus arrugas, cada vez más profundas. Cuando nos encontrábamos por el pasillo de casa, dejamos de sonreírnos, de hablarnos, y me di cuenta de que ya no soportaba su presencia. Sus manos se me hicieron huesudas. Su piel, glacial. Su mirada de tristeza, inalcanzable.

«¿Alguien ha visto a Lucía?». Es lo primero que he pensado cuando me ha alcanzado un soplo de aire frío en mi propio apartamento. Aunque parezca extraño, he tenido la impresión de que una ventana se abría de par en par durante la noche, como si estuviera durmiendo a la intemperie, bajo un frío glacial. Estaba destapada, las mantas en el suelo. ¿Qué ha pasado? ¡Lucía! Es lo primero que he pensado. Me he levantado corriendo, he mirado en su cuarto intentando atravesar con la mirada la oscuridad de la noche. Hasta que he visto la cama vacía. ¡Pero si Lucía estaba enferma!

No está en su cama. ¿Qué ha ocurrido? Normalmente no tengo un sueño tan profundo y estoy alerta al menor movimiento que haya en casa. He tratado de oír algo para saber si estaba en el baño, aunque la luz estuviese apagada, pero nada. Un silencio aplastante en un piso que da a una avenida llena de coches.

–¡Lucía! –intento decir sin ahogarme.

De repente, oigo su voz en la cocina.

Me acerco y la veo de pie, con su pijama de hada de color blanco.

—Mamá, ¿la ves? Está delante de mí...

—¿Si veo a quién? Aquí solo estamos tú y yo.

—Nos está mirando. Está a nuestro lado, mamá. Puedo tocarla. Puedo darle la mano. Creo que nos quiere decir algo.

—Lucía, es un sueño, ¿me oyes? Es un sueño y ahora tienes que volver a la cama. Tienes fiebre.

—Mamá, está sonriendo, ¡feliz! Pero me dice que no crees en ella. ¿Es eso cierto, mamá? ¿Cómo es que no...?

—Cállate, Lucía, me estás haciendo daño.

Siento como si se me parase el corazón.

—¿De qué tienes miedo, mamá? Es la abuela. ¡Está viejecita pero es tan dulce! Te adora, mamá. Y a mí también. Me pide que te diga que la perdones. Que ahora entiende tu desesperación y la razón por la que te fuiste. Que lo entiende y que tienes que perdonarla. Si no...

—Si no ¿qué? ¿Qué pasa, Lucía?

—Si no la abuela no se puede ir al cielo. Tienes que perdonarla...

Cojo a la niña en brazos mientras yo misma intento «ver». Es cierto que siento su presencia, la siento desde que estamos en este apartamento. Aprieto a mi hija más fuerte. La abrazo y me la llevo a la cama. Dice adiós con la mano. Su cuerpo es un peso muerto y está helada. La meto conmigo en la cama para calentarla y, de paso, estar junto a ella. ¿Será verdad que tengo miedo? Pero miedo ¿de qué? No contengo mis lágrimas, que resbalan abundantes sin razón y mojan las sábanas. Me abrazo a Lucía que ahora respira plácidamente.

Al día siguiente, no se acuerda de nada. Y ya no tiene fiebre...

Durante mi cita con Charles, prevista para esta noche, viene François a quedarse con Lucía. «¿Cómo se encuentra?», me pregunta nada más entrar. «Yo creo que ya está mejor, pero ha tenido un sueño raro», le comento. Me miro al espejo del salón y me doy cuenta de que tengo mala cara después del llanto de anoche. ¡Así no puedo ir! «En realidad, no tengo ánimos para ver a nadie», le digo. «Voy a llamarlo para anular la cita, me puedo inventar cualquier excusa».

–Ni se te ocurra, aquí lo único que harás es hurgar en más cajones, que es lo que te pasas haciendo todo el día. Vete tranquila. Te sentará bien. A ti y a nosotros.

Nada más salir de casa, me doy cuenta de que tiene razón. A pesar del mal tiempo, en cuanto entro en el metro, desaparece la lluvia y mi mente se calma. Me fijo en los transeúntes hasta que salgo en la parada Odéon. He llegado con un poco de tiempo y me dispongo a caminar por las calles del barrio, llenas de librerías y de cafés que reconozco de mis años de estudiante en la Sorbona. Miro a través de los cristales de los escaparates, leo los títulos de los ensayos, de los estudios publicados en las librerías universitarias, me dejo llevar por ese ambiente desenfadado y estudiantil. Las tiendas están cerradas, como todo en esta ciudad a partir de las siete de la tarde. De repente, alguien me coge por el hombro.

–Hola, Teresa, si quieres leer mi libro, no hace falta que lo compres, yo te lo regalo.

Y veo tras la vitrina: Charles Lasdamn, *Les rescapés de Cluny*. Éditions du Cerf.

–¡Anda! No me había dado cuenta.

–¿Conoces el teatro del Odéon?

–Sí –le contesto.

Si algo hacía mi madre era llevarme a todos los teatros de París. Le encantaba.

–El director de la obra que vamos a ver es un genio. Peter Brook. No sabes lo difícil que es conseguir entradas, a mí me las da una colega de literatura. Tenemos suerte. Suele conseguir siempre las mejores.

El teatro está lleno. Como me ha dicho Charles, tenemos buenos asientos, en tercera fila. Apenas instalados, se apagan las luces y reina el silencio. Unos segundos bastan para que nos adentremos en otro mundo, lejos de nuestras vidas cotidianas. La simple oscuridad me relaja. Me siento tan bien. «El teatro sí que es mágico», pienso. Con la obra de Peter Brook, me doy cuenta enseguida de que lo que hemos venido a ver no es exactamente una farsa, sino más bien un descenso a los infiernos de nuestra propia sociedad occidental. Personajes marginales, hombres desgarbados, mal vestidos que dan vida a una especie de metáfora de la actualidad. La obra es en inglés, el decorado inexistente y, sin embargo, por alguna razón, te lleva, te transporta a otro lugar. Charles me toma la mano y yo se la aprieto para sentirme a su lado. Volvemos a estar tan conectados como aquella noche en Madrid.

Al salir, sigue lloviendo y para refugiarnos nos metemos corriendo en el restaurante de enfrente. No somos los únicos con esa idea y el restaurante se llena en un instante. Nos sientan en una mesa diminuta, bajo una terraza cubierta pero lejos del frío, desde donde la lluvia se desliza y empaña los cristales. Este es el París de mi infancia, el que no cambia.

—Espero que te guste el pescado.

Lo que me gusta es estar con él, pero eso no se lo digo, en realidad no tengo nada de hambre.

—Me encanta. Y si lo acompañamos con un vino blanco, mejor.

Nos ponemos a hablar de la obra. Charles ha visto las anteriores. Me cuenta que Brook escribe y dirige todas sus obras, siempre en el teatro del Odéon. No para de hablar, como alguien acostumbrado a expresar sus ideas, que salen, mágicamente, tan espontáneas como estructuradas. En eso se ve que es un magnífico profesor. Para mí es un placer escucharle.

—Este hombre ha conseguido revolucionar el mundo del teatro. Hace que te cuestiones a ti mismo todo el rato cuando en sus obras apenas hay historia. Es la condición humana, como en los grandes creadores, ¿te das cuenta?

—Pero todo el buen teatro hace eso, ¿no? Calderón, Shakespeare, Racine, Corneille, incluso a través del humor como Molière u Oscar Wilde —le contesto.

265

–Sí. Pero Peter Brook habla de la actualidad, y como no quiere que el espectador tenga delante el muro de la interpretación, ¿sabes lo que hace? Escoge a actores de la calle para interpretar sus obras. Al principio hacía experimentos con gente marginada. Ahora también mezcla diferentes etnias, sexos, como habrás podido observar.

–Sí. Es como si te hiciera mirar más allá de las apariencias. Shakespeare hacía lo mismo.

–Exacto. Conecta con tu subconsciente, por llamarlo de alguna manera, con tu parte más irracional, más profunda.

El metre nos trae una bandeja de ostras que, junto con el vino, me embriagan en unos minutos. Cierro los ojos para disfrutar.

–Qué guapa eres, Teresa –me dice de repente.

No deja de mirarme.

–¿Qué estás haciendo en París?, cuéntame. ¿Sigues trabajando de guía de turismo?

–Como te comenté, he venido porque falleció mi madre hace unos meses. Tengo que arreglar todo lo de la herencia. En fin, un papeleo poco agradable.

–Vaya, lo siento. Además, me dijiste en Madrid que ella era tu única familia, ¿verdad?

–Sí. Bueno, y Lucía. Aunque ahora estoy descubriendo, o más bien intentando descubrir, algo más sobre mi historia, de la que me doy cuenta que no sé nada. Familia tengo, pero dónde y quiénes son… Tampoco sé nada de mi padre, sabes. En fin, quizá lo esté haciendo por mi hija.

–Qué interesante. Entonces hacemos algo parecido. Yo también rastreo historias del pasado.

—Pues sí. Hay tantas preguntas para las que no tenemos respuestas.

—Si no sabes de dónde vienes, si no conoces tu pasado o las historias que te han construido como persona, es como si no estuvieras del todo aquí... ¿verdad?

—Es justo lo que siento desde hace cuarenta años... Que no existo.

—No digas eso. Para mí sí existes.

—Cuando no sabes nada de la familia de tu madre, ni de la de tu padre, ni de las personas que mi madre puso en el testamento, te empiezas a preguntar si realmente eres quien crees ser...

Charles me mira fijamente. Me sirve vino. Me toma la mano.

—Yo siempre parto de mitos fundacionales —me dice al cabo de unos instantes—. Los seres humanos transmiten sus vidas oralmente desde el inicio de los tiempos. Si no podían hacerlo, o bien porque estaban solos o simplemente porque no sabían, las personas guardaban esas vivencias marcadas en algún sitio protegido. El ser humano prehistórico deja su huella en cuevas. Luego en piedras, barro, pergamino y papel. Lo importante es perdurar, subsistir. Tu madre lo supo hacer y ahora estás descubriendo su huella. Lo bonito de mi trabajo como arqueólogo e historiador es que todo está escrito. El ser humano es un animal fabulador, como dice mi buena amiga la escritora Nancy Huston.

—No. Esto es un poco diferente. Llevo meses registrando su casa de arriba abajo y es como si mi madre hubiera hecho desaparecer todo rastro de su vida anterior y, por tanto, de la mía.

—Si me dejas ayudarte, iré a tu casa para ver los muebles, los objetos. A lo mejor te puedo ayudar.

—No te hagas ilusiones, lo he registrado todo varias veces.

—Antiguamente, los muebles tenían compartimentos secretos y yo, que me he dedicado a buscar escondites en castillos, monasterios e incluso en las pirámides, quizá te descubro un tesoro en tu propio apartamento. –Nos reímos–. Aunque, en ese caso, ¡lo repartiríamos! Anda, que te sirvo un poco más de vino.

Me lo bebo rápidamente. Charles es alegre, seguro de sí mismo, inteligente. Por primera vez en mucho tiempo me siento libre. Libre de mis pensamientos, de mi madre, de cualquier responsabilidad. ¡Al fin un sentimiento ligero! Dejo que se pasee por mi cuerpo y me produzca cosquillas de bienestar.

Al salir del restaurante, me propone subir a su casa.

—Vivo aquí al lado –me dice–. Luego te acompaño en coche a tu casa.

—Lo tienes todo programado.

—No te hagas ilusiones. Es para darte el libro de ese Charles que querías comprar en la librería.

—Pero qué pretencioso eres…

Subimos las escaleras de su casa sin ascensor y parece que el tiempo no ha pasado. Comiéndonos a besos, me dejo llevar de nuevo por su abrazo.

Entre los brazos de Charles, la noche pasa como un suspiro. «No te vayas», me repetía en cuanto me sentía inquieta a su lado. Al final, he mandado un mensaje a François a las tantas de la madrugada, que me ha contestado enseguida diciéndome que se hace cargo de Lucía y que la llevará al colegio mañana por la mañana. Prolongamos entonces nuestro despertar hasta tarde, Charles no tiene clase a primera ahora y yo puedo quedarme un rato.

–Te voy a ir a buscar unos cruasanes y te preparo un café, ¿te apetece? Luego te leeré un poema y nos iremos a pasear hasta Notre-Dame.

–Pero si está lloviendo. ¡Olvídate!

–Bueno pues nos quedaremos bajo las sábanas, pero prepárate...

Y entonces se vuelve a meter en la cama y empieza a buscar mi cuerpo, que se escapa de un lado a otro. Hasta que al fin me agarra con sus firmes manos y, por alguna razón, entre su peso y el de la colcha empiezo a sentir claustrofobia. Me debato. Me asusto y al intentar zafarme de las sábanas que me oprimen la cabeza me doy un fuerte golpe.

–¡Perdón! ¿Te he hecho daño?

Charles me toma entre sus brazos y me calma. Se me ha disparado el corazón. Me besa en el pelo, me abraza...

–Tranquilízate. ¿Estás bien?

–Sí, no te preocupes. Me he asustado de repente, perdóname.

–¡Cuántas cosas me tienes que contar!

Ante mi silencio, se levanta a preparar el desayuno. Echo un vistazo a lo que me rodea. Estoy debajo de un edredón blanco y arrugado en un cuarto luminoso, con una estantería repleta de mil libros. Un grabado cuelga de la pared y hay una foto de Charles con sus niños en la mesilla de noche. Varios pares de gafas rotas en el cajón entreabierto.

—¿No tienes miedo de que se te caigan los libros encima? —le grito.

El piso es de una madera antigua que cruje al caminar. ¿Qué pasa con estos edificios de finales de la Edad Media, que es como un pecado reformarlos? Oigo palomas que caminan por la barandilla de la ventana, los coches circulan, los estudiantes pasan. Este barrio es muy diferente al mío, es mucho más vivo y popular. ¡Parece que vives en la calle, se oye todo! Me tapo con el edredón y tengo una sensación de completa felicidad.

—¿Sigues dando clases en la Sorbona? —le digo cuando vuelve con un olor a cruasán que invade todo el dormitorio.

—Doy algún seminario, de arqueología, antropología, Lévi-Strauss, y estoy dirigiendo tesis doctorales.

—¡Qué erudito! ¿Y tienes alumnos para el de Lévi-Strauss?

—¡Es obligatorio para los de cuarto de carrera, guapa! Pero ¿sabes lo que estoy maquinando? Adónde vamos a ir el primer fin de semana que tengamos libre…

—Que tengamos libre de qué.

—Pues de niños. ¿Cuándo se lleva su padre a Lucía?

Me lo quedo mirando como si no le entendiese.

—El padre de Lucía no sabe que tiene una hija.

—¿Cómo? ¿Y ese señor que se ha quedado con tu hija en casa no era su padre?

¡Me entra un ataque de risa!

—¡Ojalá! ¿No te lo había dicho? Yo creo que ya te

lo había comentado la primera vez que nos vimos. Me fui de París, embarazada y nunca llegué a decírselo a su padre.

—Supongo que en esos momentos solo podía pensar en tus ojos. Por no hablar de que yo también estaba en pleno proceso de divorcio… en fin. Sabes que es delito no decírselo al padre, ¿verdad?

—No, ¿cómo voy a saber esas cosas? —Me quedo de piedra y cambio de tema de conversación—. Y con tu divorcio, ¿cómo vas?

—Bien. La ley te ampara hoy en día, menos mal. Mi exmujer no quería que viera a mis hijos y, al final, conseguí la custodia compartida. Los tengo dos semanas seguidas al mes y ella las otras dos. Normalmente ahora en Francia se hace semana sí, semana no, es casi automático, pero con mis viajes de trabajo me era imposible. Son aún muy pequeños, me necesitan.

—¿Son estos dos niños que veo aquí? —Y cojo la foto que hay en la mesilla.

—Sí. El mayor, Jean, tiene once años. Y Thierry, ocho. El mayor es muy serio, pero Thierry padece trastorno por déficit de atención. Es una larga historia. Hay que llevarlo al psicólogo dos veces al mes. ¿Y tú? Háblame de tu hija…

—Lucía es mi faro. La que me descubre que la coraza que yo veo a mi alrededor es solo la superficie de un mundo mucho más rico e interesante en el que lo importante es lo que no ves.

Charles se queda callado.

—Teresa, ¿por qué no te dedicas a escribir? Soy bastante amigo de escritores y eres igual que ellos. Cuando os ponéis a hablar es como si, detrás de cada frase, es- condieseis una novela entera.

Ahora, soy yo la que lo mira fijamente. Y concluye:

–Eres una magnífica fabuladora.

–¿Es eso lo que más te gusta de mí?

–Humm. No sabría decirte solo una cosa que me gusta de ti, porque me vienen cientos a la mente. Me imagino que todos querrán estar contigo porque es- tás buenísima. –Me río ante la ocurrencia–. Pero a mí me gustas porque sé que dentro de ti hay un universo que está deseando salir, expresarse, hablar, y no sé por qué razón existe una conexión profunda entre tú y yo. He pensado en ti mil veces después de nuestro encuentro en Madrid.

–Es una verdadera declaración de amor. A ver si re- sulta que el fabulador vas a ser tú.

–Por supuesto, señorita, aquí, un conquistador fran- cés... –Y Charles me hace una reverencia.

Después saca las bandejas del desayuno de la cama y vuelve a meterse dentro, donde nos quedamos entre besos y abrazos, medio despiertos y medio en sueños, el resto de la mañana. Al cabo de un largo rato, le digo al oído:

–Conquistador, que me tengo que marchar...

–¿Cuándo te vuelvo a ver?

–Vas a ir a la fiesta del colegio...

–Uff, qué poco romántico... Mejor dime si puedes liberarte el fin de semana del 22 de abril.

–¡Pero si para eso faltan tres semanas!

–Me gustaría que conocieras a mis padres. Y antes nos vemos en esa fiesta del colegio, ¿no me acabas de invitar? Si quieres, podemos quedar todos juntos, con niños y demás...

—Eso me lo tengo que pensar.

—Bueno, no te lo pienses demasiado... Y ahora no te puedo llevar a tu casa, tengo seminario en menos de una hora.

Charles me acompaña hasta el autobús 63, el que circula a lo largo del río y une la *rive gauche* y la *rive droite*. Aquel que cogí tantas veces con mi madre. Aquel que a ella tanto le gustaba, porque en él viajaba siempre algún actor o artista conocido. Mirando cómo llueve por la ventana, me pongo a pensar en Charles y en lo que me acaba de decir... Escritora, fabuladora...

Al prosperar su fama de echadora de cartas, de vidente profesional, mi vida junto a La Maga siguió durante varios años escondida.

—Cuando llegues, entras por la puerta de servicio, te deslizas por el pasillo sigilosamente y te metes en tu cuarto. No te pueden oír. Sería mi ruina, ¿entiendes?

—Pero esta es mi casa.

—Sí y no. Mientras haya clientes aquí, nadie puede saber que existes.

«De todos modos, nadie sabe que existo», debí de contestarle. Pero en esos momentos aún no era consciente de lo que me esperaba. Tenía una mente infantil en un cuerpo de adulto y mi único gran compañero, con el que dormía como si tuviera cinco años, era ese tigre que ahora no suelta Lucía ni a sol ni a sombra, como si hubiera venido de otra galaxia especialmente para mí. «Existo», pensaba yo para mis adentros, por lo menos para ese desconocido que aquella Navidad, hacía ya tantos años, me había dejado un regalo en el rellano de la puerta...

Maite se hizo famosa. O eso era lo que a mí me parecía, porque empecé a pasar todas las tardes y fines de semana encerrada en mi cuarto. Los clientes desfilaban uno a uno hasta las diez de la noche. Pero no todo fue malo en ese tiempo. Recuerdo que con el dinero que ganó, nos pudimos comprar un coche con el que empezamos a planificar un viaje por España. Yo no conocía el país de origen de mi madre y, encerrada en mi cuarto, volví a soñar con hacer viajes y escapadas a su lado.

Fabular se convirtió en mi manera de existir. Me educaron contándome historias y yo seguí la misma estela. Un día, mientras meditaba sola en el patio del colegio, Astrid nació dentro de mi cabeza para convertirse en mi gran amiga imaginaria.

Cuando volví a casa por la tarde, le conté a mi madre que Astrid acababa de llegar a clase, a mitad de curso. Era extranjera. Había vivido siete años en China y sus padres eran millonarios. La familia de Astrid viajaba en un avión privado, tenía mucha gente a su servicio y ella hablaba varios idiomas. Astrid era maravillosa, guapa, rubia, con un pelo tan largo que le llegaba hasta las rodillas. El hecho de que existiera únicamente en mi imaginación me proporcionaba la seguridad de que La Maga no pudiera adivinar nada sobre ella. No podía tener visiones sobre ella, puesto que Astrid era solo una invención.

A fuerza de mentir, uno acaba creyéndose las historias que cuenta a los demás. Al cabo de unas semanas de inventar cuentos y aventuras, mi forma de hablar había cambiado. Me convertí en una niña más vital y sonriente. Me pasaba el día imaginando las historias que compartía con Astrid para luego volver a casa y contárselas a mi madre, que se mostraba receptiva a lo que le decía, aunque hoy sé que su mirada escondía la sombra de la duda.

Astrid era perfecta, la amiga que yo siempre había querido tener. Todo lo que yo deseaba lo proyectaba en la vida de mi amiga. No podía parar. Como si me estuviera precipitando por un acantilado de mentiras, hablaba desenfrenadamente, creando una telaraña de ficción.

−¿Sabes lo que su padre le ha regalado?

−¿También ha sido su cumpleaños?

−¡Le ha organizado un viaje para dar la vuelta al mundo!

−¿En Semana Santa? ¡Pues como no se den prisa no salen de Europa!

A veces, cuando volvía tarde, le decía a mi madre que Astrid me había invitado a su casa. Mi amiga tenía una habitación inmensa que daba a la plaza del Alma, con una cama con dosel y un armario lleno de ropa. «¡Por su casa, los padres van en patinete de lo grande que es!».

−La verdad es que me gustaría conocer a esos padres tan extravagantes. ¡Me han superado! −me contestaba con cierto humor−. Si quieres, te voy a buscar un día de estos y así los conozco.

−Pero ¿qué dices, madre? −la cortaba yo−. Tú tienes a tus clientes en casa.

Desde que Astrid existía en mi vida, La Maga había dejado de contarme sus historias. Tampoco me hacía partícipe de sus sueños premonitorios ni me comentaba nada sobre sus sesiones de tarot. ¡Era yo la que hablaba, era yo a la que se escuchaba! No me di cuenta de que cuantas más mentiras se dicen, más se aleja uno de los seres queridos. La mirada de mi madre ya no mostraba angustia sino tristeza. En realidad, a veces creo que me inventé que tenía una amiga perfecta para hacerle daño.

Ahora pienso en esos años con verdadera amargura y me gustaría que jamás hubieran existido.

—Invita a tu amiga y así la conozco.

—No quiero que vea el piso en el que vivimos, me da vergüenza. Y tampoco quiero que sepa que mi madre es una bruja...

—Yo no soy bruja, Teresa.

—A mí me lo pareces.

—No hay que avergonzarse de la familia.

—¿Qué familia? ¿A esto lo llamas familia?

Al cabo de unos meses, una tarde volví del colegio sobrecogida. La Maga sintió que algo grave había pasado. Entró en mi cuarto y se sentó en el borde de la cama, como solía hacer cuando quería hablar de cosas serias. Esa tarde dudé en confesárselo todo: que mi amiga del liceo no existía, que, como ella, yo también era capaz de fabular. Hasta que alcé la mirada y, en ese momento, al encontrarme con la suya, supe que había perdido a mi madre. Me callé, y aún con todo... tuve que seguir mintiendo.

De la mochila de Lucía, extraigo un sobrecito de color rosa. Lo abro delante de ella y veo que es una invitación al Jardin d'Acclimatation, un hermoso parque en el Bois de Boulogne. Lucía está emocionada. Es la primera vez que la invitan a una fiesta y ya quiere que empecemos a pensar qué es lo que se va a poner.

—Puedes ir con el vestido que trajimos de Madrid para el funeral de la abuela.

Lucía me mira con mala cara.

—Martina va a ir con un traje de princesa.

—Pero da igual cómo vayan las demás —le contesto algo indignada, y recuerdo que Martina era esa niña del cuento que había perdido a su madre.

—¿Por qué no me compras uno?

Qué difícil me resulta decirle que no. Aunque reconozco que ir de tiendas con Lucía me divierte. La ayudo a ponerse su abrigo azul marino, se lo cierro hasta arriba sabiendo que en el ascensor se lo quitará alegando que tiene calor, un calor sofocante, y le intentaré colocar el gorro que esquivará para no despeinarse y salir entusiasmada a comprarse lo que quiere.

La llevo a las tiendas de la Rue de Passy. Se prueba todo lo que elijo para ella, pero nada le gusta. Tiene unas ideas tan precisas que no consigue encontrar lo que busca. De vuelta a casa, algo decepcionada, tomamos la Rue Nicolo. Es una callecita en la que impera la tranquilidad en comparación con el bullicio de la Rue de Passy. Sus tiendas son más personalizadas y menos comerciales. Al pasar delante de una zapatería, Lucía se detiene ante un escaparate en el que hay expuestas unas botas azul marino con unas alas de ángel pintadas en los lados. Me mira entusiasmada y me pide con una sonrisa que se las compre. Por fin ha encontrado lo que buscaba.

—¿No pensarás ponerte esas botas con tu vestido de princesa?

—¡Son las botas de Martina!

La observo mientras se las prueba, tan coqueta como su abuela, y también cuando se mira en el espejo de la tienda. Esta divertidísima y es cierto que le sientan bien, con esas alas brillantes a punto de elevarla hasta el cielo.

—Háblame de esa Martina —le pido durante la cena.

—Martina es mi amiga.

—Ya, la amiga que te invita a su cumpleaños. ¿Va a tu clase o va a otra? ¿Cómo es...?

—Martina no es amiga de nadie, solo es amiga mía. Y está en el colegio y fuera del colegio. Viene a clase conmigo, sale al recreo y está aquí con nosotras. Es una princesa de verdad.

—¿Martina no existe?

Lucía me mira como si me hubiera vuelto loca.

—Pues claro que existe, mamá. Si no, pregúntaselo a la abuela.

—¿La abuela también la conoce?

—¡Pues claro! Y Tigre y Carlotta. Aunque no se lleve muy bien con Carlotta. Es que ¿cómo puede una Monster High hacerse amiga de una princesa?

Al día siguiente, me acerco, algo preocupada, a la salida del colegio para hablar con su profesora. Le pregunto cómo se comporta Lucía en clase, si parece más adaptada, si juega con alguna otra niña. «Está mejor», me contesta. Y después precisa:

—Durante los recreos la observo cuando juega en el patio, gesticula y se mueve como si hubiera más gente a su alrededor, aunque esté sola, pero nada preocupante.

«Me imagino que debe jugar con esa Martina», me digo a mí misma. Al darse cuenta de mi gesto, la profesora continúa:

—Durante toda mi trayectoria profesional, he visto niños solitarios y niños que necesitan compañía. Que Lucía se invente personajes es incluso bueno para su crecimiento. Lo importante es que se muestre alegre y que en clase participe en las actividades que realizamos en grupo. En eso Lucía es muy elocuente y muy querida por sus compañeros. Ella nos cuenta historias sobre su amiga Martina y los demás alumnos la escuchan fascinados.

Cuando salimos del colegio, Lucía se sube rápidamente al patinete que está atado a las barandillas que hay en la acera y rueda a toda velocidad por la Rue de Lübeck, transportada por sus botas con alas de ángel. Yo corro detrás y le pido que no vaya tan deprisa.

Por la noche, en mi cama, pienso en el comentario tranquilizador de la profesora de Lucía y ya no me convence tanto. No creo que una amiga de ficción pueda reemplazar a la realidad y así se lo explico a Lucía. «Es importante que, además de con Martina, juegues con alguna niña de tu clase».

–¿Por qué?

–Pues porque Martina siempre hará lo que tú quieras, será tal y como tú desees y no tendrá la capacidad de sorprenderte. Es como si cada día te levantaras sabiendo lo que te va a ocurrir.

–¿Como la abuela cuando miraba su bola de cristal?

–Un poco, sí.

Lucía cierra los ojos y se coloca en la cama, abrazada a su tigre y a Carlotta para dormirse.

–Cuéntame otra historia de las cajitas, mamá –me pide.

a vida de Astrid, mis aventuras junto a ella, las mentiras que le contaba a La Maga sobre nuestra relación duraron todo un año. Para entonces, parecía que la vida de mi madre y la mía se deslizaban como dos líneas paralelas que no se volverían a juntar jamás. Cuando me preguntaba por el colegio, solo Astrid me venía a la cabeza, podía contarle todo lo que hacíamos en clase, lo que estudiábamos, lo que comíamos en el comedor. Empecé a ver a través de los ojos de mi amiga ficticia y a separarme aún más de mi propio ser. Perdí mis marcas, mis límites, por muy difusos que hubieran sido hasta entonces.

De La Maga recuerdo su silencio. Me escuchaba con tristeza o con resignación. No entendía a su hija o no tenía nada que ver con ella, pero ya poco podía hacer. Desde hacía meses se había reservado los domingos para que hiciéramos algo juntas. Me proponía que fuésemos al teatro, acompañarme a una exposición temporal o que diésemos un paseo por el Bois de Boulogne, que teníamos tan cerca, pero mis respuestas eran siempre negativas. A partir de ese momento, empezó a bajar la guardia y no me controlaba tanto. Algunos domingos le dije que Astrid me había invitado a su casa a pasar el día, cuando lo que hacía era vagar por París en solitario. Me encantaba coger el metro y desembarcar como una náufraga en un barrio que no conocía. A veces me sentaba en un café a observar a la gente, y otras me llevaba un libro de casa y me tumbaba a leer en cualquier parque. Al anochecer volvía y notaba la desesperanza por la que había pasado mi madre. Su niña se le escapaba y ninguno de sus poderes podía retenerla...

Hasta el día en el que mi dolor interior se volvió tan grande que ya no pude soportarlo más.

Recuerdo ese día con precisión. Estaba en el colegio, como cada mañana, cuando el director irrumpió en nuestra clase con la mirada apesadumbrada. Como de costumbre, no tardamos en guardar silencio y en colocarnos de pie tras nuestros pupitres. Entonces nos dijo que, ese día, nuestra jornada en el colegio iba a ser diferente. «Anoche murió Julie». Todas nos quedamos atónitas. ¿Julie? Apenas había aparecido por clase ese año. Pero yo la recordaba; era el tercer año que a Julie y a mí nos había tocado juntas en clase.

Con una emoción contenida, el director nos explicó que, en primer lugar, haríamos una misa por ella en la capilla y después vendría su padre a hablar con nosotras para transmitirnos las últimas palabras de su hija. No tendríamos clase en toda la mañana.

Descendimos en fila hacia la capilla para escuchar la misa del padre Benoît, a la que asistió todo el colegio. Fue una misa muy emotiva. En la última fila se habían instalado los padres de Julie. Después el director reunió a todo el curso en lo que en el colegio se llamaba el Grand Parloir, la única sala del edificio capaz de albergar a más de doscientas estudiantes. Sentadas en el suelo, todas vestidas de azul marino, nos preparamos para escuchar al padre de Julie, a quien no conocíamos de nada.

A diferencia de las demás niñas, Julie había vivido un destino irreversible. Desde hacía años padecía un cáncer muy agresivo y la enfermedad se la había llevado por delante. Iba a nuestro colegio desde sexto de primaria, aunque lo cierto es que nunca habíamos sido amigas; venía poco al colegio. A veces asistía durante unos días y después tenía que ausentarse para probar un nuevo tratamiento. Una mañana apareció con una peluca. Su cuerpo se transformaba poco a poco, pero no de la misma manera que lo hacían los nuestros. Se volvió chato, de piel cetrina, y sus ojos mostraban hondas ojeras, semejantes a las de un anciano. Al principio, nos chocó ese cambio físico, pero enseguida nos habituamos y dejamos de pensar en ello.

Julie siempre parecía feliz. Despreocupada. Antes de la enfermedad, la recuerdo muy morena, con una piel lechosa y unos inmensos ojos negros de mirada penetrante.

Su padre nos contó que Julie había luchado contra la enfermedad durante cinco años, pero que sus fuerzas la habían abandonado. Antes de morir, le había dicho que su mejor día del año había sido el único que Julie había estado con nosotras en clase. La emoción del padre apenas le permitía hablar. Nos dijo que uno no elige su destino y que, aunque fuera difícil, Julie nos había dado

284

a todos los que estuvimos a su lado una lección de aceptación y de sabiduría.

Lo cierto es que, treinta años más tarde, yo sigo recordando su rostro, y tengo grabada en mi memoria una sonrisa que me lanzó durante un recreo en el que estaba sentada en el suelo de ese mismo Grand Parloir. Jamás olvidaré la desesperanza y, a la vez, la resignación de su padre ante un destino tan injusto.

Porque las conexiones neuronales también viajan de historia en historia sin que tengan en apariencia nada en común, esa tarde me sentí responsable. Julie fue un espejo de mi propia situación. Por mi egoísmo. Por mis mentiras. Por no haber pensado en ella jamás.

Esa compañera había estado todos estos años a mi lado y yo no había sabido verla. Cuánta gente, cuántas historias, cuántos momentos frente a los cuales somos ciegos. No era amiga mía, pero ese día, se convirtió en mi Astrid.

En realidad, esa amiga invisible que busqué tantos años había estado siempre a mi lado.

Cuando esa tarde llegué desolada a casa, le conté a mi madre que Astrid tenía cáncer y que ya no iba a volver a clase. Mi madre se quedó petrificada, pero supo entenderlo todo en un instante. Mi amiga se había vuelto omnipresente en mi existencia.

Había transformado las historias de mi madre en las mías. ¡Cómo no iba a transformar a Julie en Astrid!

Y así, como un fuego que salía de mi interior, acabé de un plumazo con todo el engranaje de mentiras en el que había convertido mi vida. Pedí perdón a mi madre. La abracé con toda mi alma. Y esa tarde, por primera vez en mucho tiempo, lloré todo lo que no había llorado en años.

No deberían llamarse mentiras, sino ficciones que nacen de una interpretación de la realidad. Lo que yo le había contado a mi madre tenía su parte de verdad y había ocurrido en el colegio.

La lluvia que cae sobre París con una fuerza inaudita parece tropical. Intensa y constante, cala hasta los huesos, y por culpa del viento, los paraguas no se pueden ni abrir. Después de recoger a Lucía en el colegio, nos hemos tenido que refugiar en un portal de la Avenue Kléber a esperar que la lluvia amainase. Pero nada, ha seguido lloviendo tanto rato que la niña, harta de esperar o con ganas de llegar a casa, me ha cogido de la mano y me ha dicho que prefería mojarse y andar de charco en charco, con la sensación del agua resbalándonos por la cara. Entonces hemos salido a la calle desierta, y, como deseaba Lucía, hemos extendido los brazos para sentir esa intensa lluvia por todo nuestro cuerpo.

Ver así a Lucía, jugando como la niña que es, oyendo su risa confundirse con el sonido de la lluvia, me ha hecho olvidar ese sinfín de pensamientos que acechan mi memoria a cada instante. A veces siento como si el tiempo no hubiera pasado y yo siguiera siendo esa joven que vuelve a casa después de las clases.

¿Qué son los pensamientos sino gruesas gotas de lluvia que resbalan por la cara y se deslizan por el cuerpo? Ahora estoy aquí, con Lucía, y eso me basta. Yo no dejaré que se separe de mí, que me mienta, que me abandone. ¿Qué más puedo pedir? La lluvia me limpia de un pasado en el que llevo anclada, semanas, meses, años. ¡Toda la vida! Y por un instante tengo la impresión de haber hallado lo que busco, esa conexión con esas dos Teresas, la del pasado y la actual, la que se inventaron y la real, la que observaba su vida y la que la vive. Vamos por la calle, Lucía y yo, corriendo y dejando que el agua nos inunde, como dos locas cogidas de la mano. La escucho reírse y bajamos a toda velocidad la Avenue Paul Doumer hasta nuestra casa. Ella delante y yo, siguiéndola como puedo. Le grito inútilmente que tenga cuidado. Al llegar, nos refugiamos, y mientras estoy marcando el código para abrir el portal, me sorprende oír mi nombre:

–¡Teresa!

Me doy la vuelta al instante. Me cuesta ver entre la tormenta y, sin embargo, he reconocido su voz… Mi corazón se detiene en seco. ¿Cómo es posible? Escuchar su voz, después de tantos años… Cojo a Lucía de la mano como si me la fueran a robar. Después le digo a la niña que suba a casa y me espere en el rellano. «Es un amigo, luego te cuento».

Le veo cruzar la calle bajo la tromba de agua. Lleva un abrigo largo y oscuro, el cuello subido le tapa la cara, pero es él. Con sus toscos andares de campesino, ha engordado y me parece más bajo de como lo recordaba. Al llegar cerca de mí, Juan se coloca a un metro de distancia, se refugia de la lluvia en el portal y se quita el sombrero. Mi corazón late a toda velocidad, de sorpresa, de miedo. Me quedo sin aliento.

–¿Juan?

–¡Teresa! ¿Eres tú? ¡No me lo puedo creer!

¡Viene a quitarme a Lucía! ¡Estoy segura! ¡Alguien se lo ha dicho! Pero Juan me mira con una mirada lánguida y oscura que lo hace parecer mayor de lo que es. Empiezo a ponerme nerviosa.

–Tranquilízate –me dice–. Te he visto corriendo desde el autobús con una niña. ¿Es tu hija? Teresa, cuánto tiempo. No sé qué decir... pero me alegro mucho de volver a verte. Yo...

–No hace falta que digas nada.

–Yo te busqué. Te busqué tanto. Te mandé correos, a través de tu madre, de tus amigos, me volví loco.

Estoy conmocionada.

–No sé qué decirte –logro balbucear.

–Lo entiendo. Me costó mucho tiempo, pero al final creo que entendí tu huida. Lo he pensado tantas veces. Tu decisión. Lo siento de verdad. Estás casada, ¿verdad?

–No, no.

Coge un papel y escribe su teléfono.

–Por favor, llámame. Me gustaría que hablásemos un día. Trabajo por aquí cerca, quedamos cuando quieras. Veo que sigues viviendo en el mismo apartamento en que vivías con tu madre...

Y se va, como un fantasma huye a su pasado.

–¿Quién era? –me pregunta Lucía, cuando salgo del ascensor y me la encuentro en el rellano de la puerta de casa. Estoy tan alterada que no puedo ni contestar.

–Anda, quítate toda tu ropa mojada que me vas a coger un resfriado.

Nos quitamos la ropa, nos duchamos y nos ponemos el pijama. El agua caliente tranquiliza mis emociones. Por fin en la cocina, nos tomamos un vaso de chocolate caliente. Son ya las siete de la tarde, noche cerrada en París. Trato de parecer serena, pero tengo un nudo en el estómago desde mi encuentro con Juan.

–¿Estás bien, mamá?

–Claro, ¿por qué lo dices?

–¿Es por ese señor que te has encontrado en la calle?

–¡Qué va! Puro cansancio, mi niña preciosa…

Deseo olvidarme del incidente. Pero no lo consigo y Juan se me aparece continuamente en la cabeza. París no se guarda nada para sí misma y ya me ha devuelto a Juan para que yo me las arregle…

Al acostarse, Lucía viene a mi cama con un libro de Andrés Barba, *Arriba el cielo, abajo el suelo*. Es uno de sus cuentos favoritos, lo trajo entre sus tesoros de Madrid y, cuando me lo pone entre las manos, sé que quiere que se lo lea y le explique, una y otra vez, nuestro mundo de locos. Los personajes de la novela tienen el pelo de color verde y deben encontrar una solución para evitar que su planeta, suspendido en el espacio, caiga y se destruyacontra el suelo. «Pero ¿qué es el suelo?», se preguntan.

Al cerrar los ojos siento ese movimiento circular y yo tampoco sé dónde está el suelo.

En unos minutos Lucía se duerme a mi lado y la cojo entre mis brazos, le beso la cara de porcelana y la llevo a su cama. Su peso ligero se deja caer sin miedo sobre mí. Ella es el planeta que, sin rozar el suelo, aterriza sano y salvo. Porque estoy yo. No puedo volver a pensar nunca más que soy un error. Existo. Aunque solo sea por ella y para ella. Y la protejo.

En la soledad de la noche, me siento en el escritorio donde mi madre pasó tantas horas de su existencia. Allí donde mantenía los secretos con los que me hacía vivir. Ahora, sentada ante él, vuelvo a estar con ella y le pregunto por Juan. Dame una pista, ¿qué debo hacer?

Conocí a Juan a los dieciocho años. Acababa de aprobar el examen de acceso a la universidad y me había inscrito en Penninghen, una escuela que impartía clases preparatorias para entrar en la carrera de Bellas Artes, en pleno Barrio Latino. El verano anterior al comienzo de las clases, trabajé en la librería española de la Rue de Seine, cerca de la Rue du Dragon, junto a su dueño, Antonio Soriano, un hombre adorable y viejo amigo de mi madre. Allí atendíamos a los pocos clientes que entraban a hojear los libros y charlábamos sobre literatura. Antonio estaba siempre sonriente y se mostraba educadísimo con todo el mundo. Manejaba los libros con delicadeza entre sus dedos de pianista y se adentraba en ellos a través de unas gafas redondas de metal que apoyaba en la punta de la nariz. Republicano hasta la médula, era un hombre hecho a sí mismo, desde el preciso instante en que pisó territorio francés, en 1939.

Había llegado a Francia muy joven, tras la Guerra Civil, y lo había hecho a pie, atravesando la frontera de los Pirineos. Durante nuestras conversaciones en la librería, me contaba que cuando llegó a Francia, fue internado en un campo de refugiados cerca de Toulouse, donde pasó los cuatro años que duró la Segunda Guerra Mundial, junto a cientos de españoles. En cierto modo ya se lo esperaba, solía decirme con una fina sonrisa y un acento preciosista con un deje francés. Pero cualquier cosa era mejor que quedarse en España, bajo la dictadura de Franco. Además de literatura, Soriano hablaba mucho del éxodo español y de su llegada a Francia. De hecho, por esos años, estaba escribiendo sus recuerdos en un ensayo que luego publicaría y al que pondría por nombre *Éxodo*. Se mostraba complacido por su huida porque, con él, se habían fugado todos sus amigos o los que lo serían luego, al llegar a París... Bergamín, Guillén, Salinas, Machado... A mí me fascinaba que los españoles siempre hablasen de la huida de España y nunca del deseo de instalarse en otro país. Desde luego no se habían dejado influir por los eufemismos de la lengua francesa y seguían utilizando un lenguaje desgarrador.

Francia le había dado asilo, pero también educación y cultura. Después de la Guerra Civil, llegó a París ayudado por ese mismo Jean Cassou, amigo también de Pierrette, y al cabo de poco tiempo, «como la mayoría de mis amigos republicanos eran escritores —solía decirme—, monté esta pequeña librería, en el corazón del Barrio Latino». En ella se reunía la España intelectual. Soriano estaba detrás de la publicación en el extranjero de todos los libros que no se podían ni comprar ni publicar en España.

Profesores en los campus de París III y IV, de Hispánicas o de Literatura Comparada, como Gabriel Saad, Florence Delay, «la musa de Bergamín», como la llamaba Soriano; también aparecían por la librería pintores como Mercedes Gómez-Pablos, Javier Vilató o Xavier Valls. Escritores sudamericanos como Jorge Edwards y el mismísimo Julio Cortázar, «¡en los comienzos de la librería!», exclamaba Soriano en las tertulias. Todos ellos eran asiduos de las charlas del librero, muchas de las cuales se prolongaban en los cafés del Boulevard Saint Germain hasta altas horas de la madrugada. Yo no iba a esas tertulias, tampoco mi madre, pero sí que nos demostrábamos un cariño fraternal, de familia española.

Un buen día, mientras estaba la librería extrañamente silenciosa, entró un chico con cara de despistado y de no haber dormido en toda la noche. Apareció como quien vuelve de la guerra, despeinado, sin asear y con un oscuro pantalón desgastado. Era Juan. Venía a comprar los libros de «español» para su tercer año de Hispánicas en París III y traía una lista larguísima de autores españoles y sudamericanos. Como a cualquier otro jovencito que aparecía por la librería durante el mes de agosto agarrado a su lista de libros, a Juan lo atendí yo. De modales algo bruscos, en cuanto me acerqué, me miró con aire desafiante y me preguntó si hablaba español.

—Claro que hablo español, si no, ¿por qué iba a estar en esta librería? —le contesté con cierta insolencia, una actitud que se me daba muy bien.

Juan me miró sorprendido por mi contestación.

—Es que nunca te he visto por la universidad.

—Es que yo no estudio Hispánicas —le respondí.

—Una española que no estudia español, pues sí que están bien las cosas.

Clavó su mirada en la mía y al cabo de unos segundos, sentí como sus ojos negros me desnudaban, hasta que se hizo un silencio entre los dos que me resultó incómodo. Me agarré a la lista de libros para que dejara de mirarme y me puse tan nerviosa que ya no fui capaz de leer nada.

—No tengo ninguno de los libros de la lista —le dije para que se marchara.

—¿Estás de broma? Si aquí estoy viendo unos cuantos.

Y, en efecto, Soriano tenía ya algunas obras preparadas en las estanterías.

—Ah, sí, pues llévatelos.

—Bueno, aun así, veo que faltan muchos. ¿Cuándo quieres que me vuelva a pasar?

Había cambiado el tono de su voz. De inquisitivo y prepotente, se había convertido en amable.

—Ahora, en agosto, es difícil que lleguen ejemplares. Mejor pásate el mes que viene.

—Para eso falta mucho. Vendré el viernes y te invito a tomar algo.

Y, sin darme ni tiempo de contestar, Juan se dio la vuelta y salió por la puerta.

Desde ese primer día —como pensé mucho más tarde—, Juan se había mostrado dominante. «Si uno sabe ver los indicios, es capaz de adelantarse a los hechos», observé, haciendo alusión a los poderes de La Maga.

Tal y como me había amenazado, Juan volvió al cabo de unos días, esta vez un poco más arreglado. Me fije entonces en que no era alto o quizá tan alto como yo.

Tenía la piel más blanca que la mía y con algunas pecas en la cara. En cuanto me vio, se acercó con la lista en la mano.

–Hola, preciosa. ¿Has recibido ya alguno de los libros?

–Pues no. Seguimos estando en agosto.

–Entonces vámonos a tomar algo. Es lo mínimo que podéis hacer para compensar que no tengáis la mercancía que os piden los clientes.

La verdad es que me hacían gracia sus respuestas. Le dije que no podía salir así como así a las cinco de la tarde y me esperó hasta las siete, que era la hora en la que se cerraba la librería. Le volví a decir que tenía prisa, y me propuso acompañarme hasta el metro. Mi madre, alegando sus miedos, seguía exigiéndome hora de llegada a casa…

Desde el primer día, hubo algo en Juan que me gustaba y me asustaba a la vez. Intuía que esa mezcla de sentimientos conduciría a una extraña relación, pero no me podía contener: su físico, sus palabras y sus gestos me encandilaban como a una niña.

Juan hacía siempre lo que le daba la gana, sin escuchar jamás a los demás. Era claramente dominante y, quizás esa característica, parecida a la persona con la que yo vivía, me hacía sentir a gusto. Sin embargo, su energía podía conmigo. Sus deseos de conquistar el mundo, de prosperar y de convertirse en una persona con poder tenían muy poco que ver con la mentalidad francesa que yo había conocido hasta la fecha, más centrada en el derroche intelectual.

Cuando aparecía por la librería, al principio cada

semana, luego cada día, le decía a Soriano que quería que lo atendiera yo. A Antonio le hacía bastante gracia ese continuo ir y venir de Juan por su local, aunque le parecía un dictador y así lo calificaba. Se sabía mis horarios, también el día que libraba e incluso dónde iba a tomarme el bocadillo o la línea de metro que tomaba para regresar a casa, de manera que a veces me esperaba a la salida. Juan lo sabía todo de mí. «¿Qué haces durante tu día libre, preciosa?», «¿Por dónde sales a pasear?», «¿Qué vas a estudiar?». Yo supongo que estaba acostumbrada a experimentar cierto ahogo y su actitud me hacía sentirlo como algo familiar.

Una tarde en la que salimos a tomar algo para disfrutar del buen tiempo parisino, me preguntó por mi origen español. Al principio pensé que no lo había entendido. ¿Mi origen español? ¿Qué significaba eso? Para mí España era un único país, el de mi madre, pero yo me sentía francesa…

Mi madre y yo habíamos hecho un viaje por España en el Renault 25 que ella había comprado después de empezar a trabajar de tarotista, pero no fuimos a visitar a nadie. Durante ese viaje, en el que se negó a pararse en Barcelona, sí que hicimos un alto en Alella, un pueblo cercano, donde visitamos el «panteón familiar». Tras las piedras de mármol, como una verdadera conocedora de las artes de la nigromancia, me presentó a su padre, mi abuelo. «¡Ahora no me podrás reprochar que no lo conoces!».

No supe qué contestar. Pero aún recuerdo el panteón, con la escultura de un bello ángel caído en el centro.

Para mí, no había orígenes diferentes, eso sin tener

en cuenta que yo había ido a España solo esa vez con mi madre y, salvo la parada que hicimos en el cementerio, que visitamos como podíamos haber visitado unas catacumbas, no sabía nada más del país de mi madre. Pasamos unos días en Madrid donde vimos museos, el Jardín Botánico, El Retiro, y regresamos a Francia por el País Vasco.

A lo que se refería Juan, como pude comprobar al poco tiempo, era a los motivos por los que mi madre había abandonado España. Juan estaba obsesionado con la guerra civil española y estaba convencido de que todos los españoles que vivíamos en Francia éramos, de alguna manera, descendientes de exiliados republicanos.

Sin embargo, tengo que reconocer que esos primeros meses fueron los mejores de mi relación con él. Además de la Guerra Civil y de sus obsesiones por España, también le apasionaba la música y era muy buen guitarrista. Tocaba y cantaba canciones, que escribía él mismo, en bares mugrientos pero llenos de encanto, por la zona de Montmartre. Allí se ganaba unos cuantos francos con los que sobrevivía como estudiante en un cuartucho alquilado cerca de la parada del metro Censier. La mayoría de los presentes en esos bares eran «como tú», me explicaba, hijos de españoles inmigrantes llegados al país vecino para buscar fortuna o, simplemente, para sobrevivir. Al no haber sido esa mi realidad, yo lo miraba atónita y tardé unas cuantas semanas en entender realmente lo político de sus palabras.

En el bar de Montmartre también coincidían españoles nostálgicos que habían llegado más tarde a Francia.

En cierto modo, yo iba solo a verlo a él y la nostalgia española en la que se ahondaba en aquellas reuniones me aburría bastante. Como todos esos españoles venidos de otro tiempo con los que no me sentía, en absoluto, identificada. Mi madre había dejado España por otras razones que yo descubría en los cuentos que me contaba de pequeña, pero jamás habíamos sentido esa nostalgia por la patria perdida. Estábamos en París porque queríamos, no por falta de recursos económicos. Todo lo contrario.

Allí, entre los refugiados de la patria, conocí también a Julia, que unos años más tarde iba a ser mi gran ayuda en Madrid. Julia era, como Juan, estudiante de Hispánicas en el campus de Censier, pero venía del Liceo Francés de Madrid y era completamente española. Ella y Juan eran buenos amigos. La complicidad que notaba entre ellos me hizo preguntarle un día si habían tenido algún lío. Me miró sorprendida y me dijo que a ella le gustaban las mujeres. «Juan es solo un buen amigo. Pero a ti te digo que si algún día necesitas mi ayuda, no dudes en pedírmela. Por alguna razón, Teresa, despiertas en mí un espíritu protector».

Sus palabras sellaron una gran complicidad entre las dos, una complicidad que años más tarde se consolidó en Madrid.

Me fascinaba oír hablar a Juan de literatura, de música y de lo que quería hacer en un futuro. Después de hacer el amor, Juan se encendía un cigarrillo y empezaba a fantasear sobre la vida que le aguardaba como artista millonario: «Cuando empiece a vender mis canciones, saldré de mi barrio y me compraré un piso *haussmania-*

no en pleno Barrio Latino», me decía medio en sueños en la cama. Juan estaba lleno de deseos, de impaciencia por conquistar otra manera de vivir, y todos esos anhelos y resentimientos hacia su propia vida procedían de una insatisfacción por la precariedad en la que había subsistido.

También él me mecía con sus historias, igual que la había hecho La Maga a lo largo de mi infancia... En el fondo, se consideraba un desdichado. Mientras envidiaba en silencio mi suerte, llamándome «malcriada», yo trataba de creer que sus sueños se harían algún día realidad.

En la librería, Juan y Soriano solían discutir sobre la guerra, sobre las familias republicanas, como las suyas, que habían huido de España. Entre ellas no se conocían y era extraño, porque Soriano los conocía a «casi todos». Pero el origen de la familia de Juan no era ni tan culto ni tan intelectual como el de sus amigos. Antonio, en cambio, conocía bien a mi madre, de la que decía: «Una mujer tan elegante no se olvida jamás».

Juan estaba orgulloso de su origen republicano y español. Hablaba de ello como si fueran sus señas de identidad, como si lo llevase en la sangre. Hablaba español a la perfección, sin el menor rastro de acento francés, pronunciando despacio esas erres que casi ninguna de sus amistades, hijos de inmigrantes también, eran capaces de decir. Era un asiduo del Instituto Cervantes donde siempre había algún acto interesante al que asistir y que a menudo tenía que ver con el periodo republicano de la Guerra Civil o de los escritores exiliados. Decía que, nosotros, los españoles, teníamos una sensibilidad más aguda que la de los franceses. Su discurso podía llegar a durar horas, sin interrupción, y la mayoría de las veces, yo perdía el hilo hasta que simplemente dejaba de escucharlo.

Mientras él me explicaba los logros de la República, lo fundamental que era recuperar el país o el retraso intelectual que había supuesto el franquismo para España, yo dibujaba líneas sobre sus facciones, figuras geométricas, sombreados al carboncillo, y lo veía como un retrato del XIX, como uno de esos personajes arribistas, hechos a sí mismos, con mariposas de colorines volando a su alrededor.

Tenía la pose del poeta maldito que repetía historias ya contadas por otros y se las hacía suyas. Si uno escuchaba atentamente, se daba cuenta de sus invenciones, de sus incongruencias, y de la falta de veracidad. Aunque yo fui incapaz de descubrirlo hasta mucho tiempo después, cuando ya había caído bajo su hechizo, otros, como Julia que había vivido en España y no se creía ni una palabra de lo que decía, le tomaban abiertamente el pelo.

Al cabo de unos meses de salir con él, mi madre me preguntó que cuándo le iba a presentar a ese joven a quien yo veía a diario en la librería. Me quedé boquiabierta. Lo debía de haber visto o «adivinado» a través de su bola de cristal, porque yo no le había contado nada. Lo cierto es que asustaba que sus famosas predicciones afectasen a mi futuro, de manera que nunca le hablaba de mis novios. Los miedos de mi madre iban en aumento y cada vez que le hablaba de alguien me bombardeaba con posibles desdichas.

–¿Has hablado con Antonio? Está claro que no te puedo ocultar nada.

No, me contestó, nadie le había dicho nada, pero lo había «intuido» al ver lo feliz que parecía últimamente. Ella quería conocerlo. Por primera vez, mi madre nos invitó a cenar a su casa y, aunque tardé unos días en comentárselo a Juan, cuando se lo dije, noté enseguida en su mirada cierto orgullo por la invitación.

Fue Soriano el que le había hablado sobre Maite O'Pazo Montis, pero también alguno de los españoles más mayores que frecuentaban el bar en el que tocaba. Mi madre gozaba de cierta reputación: aristócrata liberal y tarotista, una mezcla peculiar que solo existía en París, y Juan se preparaba para asombrar a La Maga con sus discursos literarios.

Me di cuenta de aquel cambio de actitud nada más entrar por la puerta de casa, de lo poco que se parecía aquella persona al Juan del que me había despedido unas horas antes. Traía bajo el brazo una botella de vino blanco español, de Cataluña. Intuí que era un detalle hacia mi madre, a pesar de que ella, en cambio, lo miró al principio recelosa.

Empezaron a hablar los dos con gran entusiasmo. «Háblanos de tu infancia. ¿Tienes hermanos?», «¿De qué parte de Galicia dices que viene tu familia?», «¿Desde cuándo estáis en Francia?». Por alguna razón, mi madre sabía perfectamente lo que Juan esperaba de ella y también las preguntas que iban a sacar a relucir su verdadera esencia. Como en un partido de pimpón, yo, completamente al margen de la conversación, los observaba mientras llevaban a cabo aquel juego de preguntas y respuestas. Llegué a pensar que Juan quería conquistar mi posición social más que a mi persona. Y yo se lo estaba poniendo fácil. La Maga se sintió esa noche escuchada, admirada, observada como una heroína de teatro. Asimismo, a Juan le daban el espacio que merecía y los dos se adularon sin cesar a lo largo de la velada. Mi madre coqueteaba con sus miradas, se movía de forma zalamera, alabó el vino que trajo para la cena y encendió varias veces el cigarrillo de Juan, cosa que no le había visto hacer en la vida. No recuerdo que Juan me dedicara ni un solo gesto. Yo me levantaba, traía los platos, los cambiaba por otros limpios, servía agua, vino, como si la cena fuera para ellos. De nuevo, había dejado de existir. Hasta que por fin escuché que mi madre le preguntó:

—¿Te ha dicho Teresa que mi familia paterna es de Galicia? El abuelo Manolo, querida, era gallego. Se marchó a Barcelona al conocer a tu abuela Lucía, de quien se enamoró, para casarse con ella. Su madre, Allendesalazar, originaria de Guernica, en el País Vasco, se había casado con un O'Pazo y se había trasladado a vivir a Galicia.

—¿De Guernica? —A Juan se le iluminó la cara—. ¿Dónde ocurrió el bombardeo? Entonces, ¿eran republicanos?

—De allí mismo, sí. De Guernica. Pero no, querido, la familia de Teresa nunca fue republicana. Y lo que te cuento ocurrió mucho antes de la Guerra Civil, como bien sabes. A Teresa en cambio, no estaría mal enseñarle algo de historia de España...

—A Teresa no le interesa nada España.

—Soy francesa —contesté.

303

–Tú qué vas a ser francesa –cortó mi madre fulminándome con la mirada.

Me quedé callada. Los dos me miraron inquietos y hoy descubro tantos parecidos entre ellos. Para eso sirve la memoria. Mi madre me controlaba dulcemente, era como la caricia de una pantera. Juan lo hacía enfadándose, con egoísmo y violencia, pero en el fondo, ambos poseían el mismo carácter controlador.

–¿Qué piensas de Juan? –le pregunté en cuanto este se hubo marchado y me encontré con ella en la cocina.

Enseguida me arrepentí de mi pregunta. Ella se mostraba dominante, pero yo me dejaba dominar.

—Entiendo que te guste, Teresa. Es atractivo, elocuente, muy creído, pero tiene una visión de la situación española completamente desatinada. Como tú no sabes nada, pues no te das ni cuenta. Pero lo cierto es que ese chico no te conviene, no tenéis nada que ver, y como te enamores de él, estás perdida para el resto de tu vida.

–¿Y tú qué sabes, madre? Siempre prediciendo y criticando. Los dos parecíais tener muy buena sintonía.

–Era la única manera de verle el alma. Él tiene que aceptar que yo entre en su aura, para que me deje ver cómo es por dentro.

–Ya estás con tus brujerías...

–Teresa, aprende a «ver» el interior de las personas, que para algo eres hija mía. No está limpio por dentro. Su mirada esconde algo; es mentirosa y oscura.

–Pero ¡qué cosas más atroces dices! ¡Nunca te entiendo! Antes le mostrabas aprobación, ahora dices que es un monstruo.

–¿No te das cuenta de que lo he hecho para descubrir quién es realmente? ¡Todo lo hago por ti!

–¿Por mí? ¿Como cuando me separaste de mi padre? No hay nada que descubrir, madre. Es Juan, la persona de quien está enamorada tu hija, te guste o no. Es mi vida, no la tuya…

–Tú sabrás, Teresa. En el amor siempre se sufre, y Juan es un narciso que solo piensa en él. Si te fijas, habla de él y lo que cuenta son puras tonterías. No tiene ni idea de literatura y aún menos de la historia de España. Perdóname, pero no te ha hecho ni caso en toda la cena y su única preocupación era brillar delante de mí porque sintió que le escuchaba con la mirada y le aprobaba con mis palabras. He usado una táctica, querida, para descubrir qué personalidad esconde tras su máscara.

–¡No sabes lo que dices!

–Y se ha creado un personaje. ¡En realidad ni siquiera se llama Juan!

–Pero, tú qué sabrás…

–No tiene tu educación. Con eso basta.

–A eso quieres llegar, ¿verdad, madre? No existo para nadie pero luego nadie es suficientemente bueno para mí. No conozco a nadie de mi familia pero luego resulta que somos aristócratas. ¡No puedes pretender que me quede en una urna de cristal porque la pienso romper! –Estallé en llanto y me encerré en mi cuarto.

–Qué nerviosa estás, Teresa. –Su nueva táctica era llorar más que yo para hacerme sentir culpable–. Realmente, no me quieres nada… Cuando tengas mi edad…

Esa noche, sus palabras me hicieron más daño que nunca. Sus críticas calaban en mi interior hasta hacerme sospechar de mis propios sentimientos. Pero lo cierto es que, de nuevo, La Maga se había adelantado a los acontecimientos. No había necesitado de ninguna bola mágica. Lo había adivinado.

Más tarde, Juan y yo volvimos sobre la conversación de aquella noche. Lo recuerdo porque fue el motivo de nuestra primera discusión. Juan se había sentido contra las cuerdas y había arremetido su frustración contra mí.

—¿Cómo puedes ser tan ingenua sobre tu origen familiar? —me dijo.

—Pero ¿cómo quieres que yo sepa de dónde viene mi abuelo si ni siquiera sé nada de mi padre? Desconozco por completo cuáles son mis orígenes, Juan. No estoy segura ni de si existo…

—Claro que existes, Teresa, siempre tan humilde, abre los ojos. Lo que pasa es que no has aprendido a existir. O quizás es que tu madre ha ocupado tanto espacio en tu vida que no te ha dejado sitio. ¡Es ella la que no te deja existir! ¡Deberías alejarte de ella!

Las ideas de Juan tenían el poder de llegar a lo más recóndito de mi alma. Sus palabras resonaban en mi pecho y dejaban un eco difícil de obviar.

Cuando miro a Lucía, no veo nada en ella que me recuerde a Juan. Nada de su mirada oscura, ni de aquel carácter tan dado a la frustración. Pero sí que, a veces, detecto en ella la determinación de su padre, el deseo de alcanzar sus más altos objetivos. Ese natural dado a la ensoñación, la fragilidad de la mariposa que, libre e inquieta, vuela hasta el final.

Charles me ha mandado un mensaje al móvil esta mañana para saber si querríamos ir con ellos a la fiesta del colegio. François también quiere ver el espectáculo de la clase de Lucía y le digo a Charles que mejor nos encontramos allí, donde van a disponer los juegos y los puestos de venta para las familias. Lucía está tan emocionada que esta noche se ha despertado varias veces. Para la fiesta, se ha querido poner un traje largo que le compré hace unos días, con unas bailarinas. Se ha cambiado de peinado varias veces. Tiene ganas de lucirse, de que la acepten las niñas de su clase, de ser una más en este colegio al que ha llegado a mitad de curso. Le hago fotos con mi móvil, en las que sale feliz y entusiasmada. Me emociona verla tan bien.

–¿Has cogido mi disfraz, mamá? No se nos puede olvidar...

–Lo tengo en mi bolso.

François ha pasado a recogernos con el coche. Mientras esperamos a Lucía –aunque sea la más pequeña, siempre nos hace esperar–, le he preguntado a François si tiene algo que ver con mi encuentro con Juan.

–¿Te has encontrado con Juan?

–En la calle, sí. Pero no parecía saber nada de Lucía.

–La Maga te diría que si coincides con alguien es por algún asunto que tienes pendiente…

Y François utiliza la palabra «asunto», la misma que utilizó mi madre cuando me habló, por primera vez, de mi padre.

–¿Qué te pasa? –me pregunta, sin entender mi silencio.

Lucía ya está lista. Nos subimos al coche y nos dirigimos hacia el colegio. Cuando estamos llegando, a punto de aparcar, Lucía mira a los otros niños y nos dice con inquietud:

–¿Podemos volver a casa? –habla de forma entrecortada, como si hubiera entrado en pánico.

–¿Qué te pasa, Lucía?

–¡Nadie lleva vestido, mamá! Van todos con pantalones, se van a burlar de mí, por favor, ¡me tengo que cambiar!

François y yo nos miramos un segundo sin saber cómo reaccionar. Lucía está a punto de ponerse a llorar. La miro y me doy cuenta de que para ella es de vital importancia. Está desolada y si la obligamos a aparecer así, se puede hundir en un instante.

–Volvamos a casa entonces, pero que sepas, Lucía, que no debe importarte lo que piensen los demás.

La niña me mira como si no entendiese nada.

–Te doy las llaves y subes solita a casa. ¿Podrás hacerlo? Mientras, François y yo te esperaremos en el coche.

Una vez solos, François me comenta que ha averiguado algo sobre Dorothea.

—Esa residencia donde vivió tu madre cuando llegó a Francia, era una residencia de monjas, ¿verdad?

—Sí, ¿cómo lo sabes?

—Tu madre me dijo alguna vez que vivió en una residencia, en un cuarto fabuloso, y que todas ellas la trataron muy bien. Se quedó tres meses allí, el tiempo máximo para que una chica española se alojara en aquellas dependencias.

—¿Adónde quieres llegar?

—Fui a la residencia hace un par de días, a contrastar estos datos. Resulta que las jóvenes que llegaban a París se colocaban como chicas de la limpieza. Las habitaciones en las que vivían eran más bien cubículos de cinco metros cuadrados con apenas una cama y una mesa y tardaban una media de dos semanas en encontrar a alguna familia francesa de acogida.

—¿Y eso qué tiene que ver con La Maga?

—Si tu madre vivió tres meses allí, si se alojó en una habitación espaciosa con su propio cuarto de baño, si tu madre no acabó trabajando en el servicio doméstico, puede que sea porque, en esa residencia, había alguien que la conocía. Alguien cercano a ella o incluso un familiar.

De repente lo entiendo todo. ¡Claro! ¡Cómo he podido ser tan tonta!

Lucía baja corriendo y se mete en el coche, con unos vaqueros y una camiseta. Veo que se ha puesto sus botas de alas, aquellas que la hacen parecer una niña con superpoderes.

Cuando llegamos al colegio, Lucía se marcha corriendo con unas niñas que han venido a buscarla. Es la primera vez que la veo tan a gusto con otros niños y eso me llena de alegría. La Maga me decía que cuando las cosas fluyen es que estás en el lugar adecuado.

El jardín del colegio está plagado de un sinfín de familias que se pasean por los diferentes puestos. Hay juegos y tenderetes de venta de objetos hechos a mano, uniformes de colegio, vino, pasteles, pastas de todo tipo, bisutería y juguetes. Para que los padres encargados de las ventas no se líen con el dinero y que los niños no lo manejen, se paga por medio de unos papelitos que luego se canjean por juegos u objetos diversos. François está fascinado con los puestos de vino y champán. Los llevan familias que se dedican a ese sector de la industria y le dan a probar caldos exquisitos, que insiste en que yo también pruebe. «François, es mediodía, y si ahora me tomo un vaso de champán, no llego al espectáculo de Lucía». De repente, veo a Charles a lo lejos con un niño de la mano. Está en el puesto de los libros hablando con un escritor que ha venido a firmar ejemplares. Me ve de lejos y me hace gestos con el brazo para que me acerque. Dejo a François charlando con los productores de champán y voy hacia él. Me coge en sus brazos y me da un gran beso en la boca, sin complejos, sin nada que ocultar.

–Teresa, te presento a Thiéry. Thiéry, saluda a Teresa, por favor.

Y entonces me fijo en Thiéry, un niño que me mira tras unas gruesas gafas verdes y un pelo castaño, desordenado.

–Bonjour, Madame.

Hiperactivo o no, es igual que su padre.

–Bonjour, Thiéry. Ton père m'a beaucoup parlé de toi.

De repente, alguien se echa encima de mí. Es Lucía que está jugando al escondite con sus amigas.

–¡Escóndeme, mamá! ¡Escóndeme!

–Lucía, por favor, saluda a estas personas.

Mientras Charles la saluda a ella, Thiéry la mira con cara de sorpresa.

–¿Por qué no invitas a Thiéry a jugar con vosotras?

–Bueno –contesta Lucía, poco convencida.

Charles me conduce a ver el puesto de los libros. Hay unos diez escritores firmando sus ejemplares; me parece increíble que hayan venido a la fiesta de un colegio.

–Y en unos años, seguro que estarás firmando aquí tu primer libro sobre las aventuras de tu madre en París.

–Pero ¿qué te pasa a ti con que tengo que escribir? Te recuerdo que hice Bellas Artes.

–Tienes la mente de una escritora, Teresa. Estoy convencido.

Y nos reímos mientras le aprieto la mano. En ese instante, llaman a los padres por el micrófono para que nos vayamos acercando al teatro. El espectáculo de los niños va a empezar. Ninguno de los hijos de Charles va a la misma clase que Lucía, con lo que nos disponemos a pasar allí sentados un par de horas viendo las representaciones de todas las clases. La de Lucía canta un góspel en inglés, todos se mueven al unísono y nos maravillamos, hagan lo que hagan. Luego aparece la clase de Thiéry, que es un poco más pequeño; los pequeños son más difíciles de controlar. Nos hacen gracia. Charles hace fotos, al levantarse saluda a unos padres. La verdad es que el ambiente me parece bastante más relajado de lo que recordaba de París. Thiéry busca a su padre con la mirada, no se lo ve muy seguro en el escenario. Charles le hace señales para que se relaje.

–No creo que el futuro de Thiéry sea el mundo del espectáculo –le comento con humor.

En cambio, la clase de su hijo mayor, Jean, a quien no conozco todavía, representa unas escenas de una obra de Molière. Su actuación ha sido el éxito de la función del colegio y todos los padres se levantan para aplaudir.

Salimos de la fiesta tarde y cansados. François se ha marchado hace un rato y Lucía y yo volvemos a pie hasta casa.

Juan tardó meses en presentarme a su familia. Y eso que, al contrario que yo, él tenía padres y una hermana que vivían en Francia. Con todo lo que me hablaba de sus orígenes españoles, apenas lo hacía de su familia, como seres reales de carne y hueso. No me había contado nada sobre ellos y, muy sabiamente, eludía mis preguntas.

Al cabo de un tiempo, y después de la cena en casa de mi madre, se sintió obligado a hacer lo mismo. Aunque fue posponiendo el encuentro, al llegar el verano le dije que me gustaría conocer a su familia. No pareció hacerle mucha gracia pero, unos días más tarde, me preguntó qué día prefería ir a conocerlos. Me extrañó que tuviera yo que elegir la fecha, pero me hacía mucha ilusión y recuerdo que me pasé la tarde probándome ropa y cambiándome en mi cuarto para causarles una buena impresión.

Su familia vivía por la zona de République. Cuando llegamos, Juan sacó su llave y abrió una puertecita de cristal que había en la entrada del edificio. Era la entrada de la portería. Ese primer dato me sorprendió. Llevaba con Juan casi un año y no recordaba que me hubiera dicho que sus padres eran los porteros del edificio. Me puse entonces a rememorar los datos que me había ido dando sobre ellos.

Así es como descubrí que, a pesar de llevar bastante tiempo en París, su familia no era, ni mucho menos, la ilustre familia de republicanos que él me había estado contando, exilados de España debido a su lucha contra el régimen franquista. Lo que en realidad vi fue a una pareja entrada en carnes sentada alrededor de una mesa redonda, con un mantel que les cubría las piernas, y que no se dignaron ni a levantarse para saludarme. Le pidieron un beso a Juan y a mí no me miraron. Supe, tras ese extraño primer encuentro, que eran gallegos, trabajadores del campo y que se habían trasladado a Francia a principios de los sesenta, junto a una oleada de españoles que huía del mundo rural. En su casa se hablaba una mezcla tosca de francés y gallego, y vivían presos de su propia incultura.

Durante la cena, me sentí de otro mundo, como un ser invisible al que nadie dirigía ni una simple mirada. Juan tampoco habló a pesar de que él sí que me miraba de vez en cuando, intentando adivinar mis pensamientos. Se dedicó a comer y a repetirle a su abuela, en gallego, que estaba todo muy bueno. La vivienda debía tener unos treinta metros cuadrados y allí vivían sus padres, la abuela y la hermana, que fue, durante esa cena, la más amable. Su padre no dejó de mirar la pantalla del

314

televisor. Iba vestido con una camiseta blanca, sus brazos descubiertos eran fornidos como los de un obrero y se expresaba por medio de sonidos guturales desagradables cuando, por ejemplo, faltaba pan en la mesa o quería ponerse más sal en la comida. Su madre me dirigió alguna mirada, pero no me hizo la menor pregunta. Yo trataba de sonreír a unos y a otros, sin recibir respuesta. ¿Juan habría traído a tantas chicas que una más no iba a marcar la diferencia? Cuanto más los observaba, más me preguntaba yo cómo era posible que, de esas personas tan sencillas, hubiera podido nacer Juan. Sin embargo, se notaba que él era querido y admirado por ellos y que estaban impresionados por su seguridad, su físico y su cultura, como si Juan fuera un noble forastero que les honraba con sus atenciones. Se reían de sus gracias de forma sincera, se emocionaban con sus discursos, lo escuchaban en silencio, como si hablara el mismísimo oráculo. Y al verlo en su entorno me di cuenta de que Juan no había nacido de ellos, sino que se había creado a sí mismo. También sentí por primera vez la enorme distancia que nos separaba. Como ya me había pronosticado La Maga.

Me imagino que invitarme a conocer «su realidad» fue para él una verdadera prueba de amor. En varias ocasiones sentí sobre mí su mirada suplicante, como si me pidiese perdón. Él sabía que cuando entrara en su casa, en un instante se desintegrarían todas aquellas fabulaciones sobre su pasado heroico y distinguido. Lo extraño fue que, en ese momento, le quise más que nunca. Y me sentí también más alejada de él… Juan era una persona con una gran capacidad para soñar, ese era su

315

lado bueno. El malo, que se creía sus victorias. Así lo vi yo a partir de esa noche y también durante los años que duró nuestra relación: empezó siendo un idealista, para volverse fanático y obsesivo. Sus padres lo llamaban Andrés, pero en francés, sin la ese.

Como había predicho mi madre, Juan era el nombre con jota que él mismo se había inventado, para sonar más español, más valiente y poderoso, y del mismo modo que había creado aquellas fantasías sobre su vida, el detalle de su nuevo nombre también le permitía sobrevivir en su desgracia... La Maga tenía razón de nuevo, no solo respecto a su personaje, sino también sobre su educación, y aunque quizá no supe formularlo esa noche, a partir de ese día sentí que una grieta infranqueable se abría entre los dos... Eran demasiadas cosas las que nos separaban.

Un día, llena de dudas, le pregunté a mi madre:

    –Si no éramos republicanos, ¿a qué bando pertenecíamos?

    –Déjame que te cuente una historia, Teresa, de esas que te contaba cuando abrías una cajita de pequeña.

    –Madre, ya no soy una niña.

    Pero me acerqué a la estantería y abrí la primera que encontré.

    –Para que sepas algo de tus antepasados, el día que se produjo el golpe de Estado en España, unos militares republicanos vinieron a buscar a tu bisabuelo, Pere Montis Grau, para matarlo. Le había delatado un trabajador de la casa, un resentido a quien tu bisabuelo incluso había financiado los estudios de su hijo y a quien trataba con la misma delicadeza que a sus propios hijos, uno de los cuales era tu abuela, Lucía, que entonces debía de tener dieciséis años. Pues bien, antes de la llegada de los militares, tuvo tiempo de indicarle a su mujer que, con los niños, fuera a refugiarse al consulado de Argentina. En esa época, él tenía negocios con Argentina y el primer plan fue emigrar esa misma noche para allá. Al llegar al consulado, una cola inmensa de gente les mostró que muchos más habían tenido la misma idea. Tu bisabuela y sus hijos consiguieron entrar en la residencia, pero el cónsul le dijo más tarde a Pere que tenían que abandonar Barcelona en unas horas, que vendrían a por ellos y que el barco hacia Argentina no saldría hasta dentro de unos días. Decidieron poner rumbo a Italia. Irían por separado, pero en el mismo barco. Tu bisabuelo por un lado y tu bisabuela con los hijos de ambos, por otro. Al llegar a las puertas del barco, uno de los que había allí vigilando, anarquista, lo reconoció. Se miraron a los ojos y el joven anarquista no dijo nada. Se calló. Dejó que, en silencio, toda nuestra familia subiera a ese barco y se salvara. Pasaron la primera etapa de la Guerra Civil en Roma, y los dos últimos años, en Mallorca, que fue zona nacional. Lo importante de esta historia es que el silencio de ese chico anarquista nos salvó la vida y que, gracias a él, estamos tú y yo aquí...

En esos momentos, no escuchaba sus palabras...

–Entonces, ¿éramos franquistas?

–Eso no era lo importante en esta historia. Pero tampoco es que lo fuéramos. De hecho, tu abuelo Manolo, es decir, mi padre, detestaba a Franco. Éramos monárquicos. O, si prefieres, lo que no éramos era republicanos. Franco prometió restablecer la monarquía en cuanto ganase la guerra. Luego, se tomó unos años más el muy caradura, haciéndonos padecer un régimen de represiones y una dictadura que duró cuarenta años. Tu amiguito, que nació en Francia, no tiene ni idea de lo que era vivir en aquella España. Los que nos quedamos hicimos lo que pudimos...

–Entonces, ¿tú eres monárquica?

–En absoluto. ¡Menudas preguntas! Yo soy Maite, La Maga y, sobre todo, tu madre... No sé bien lo que soy...

–¡Quiero saberlo! ¡Todo el mundo me pregunta!

–Di más bien el mundo del que has decidido rodearte, porque a mí, desde que estoy en Francia, nadie me ha hecho la menor pregunta sobre mis afinidades políticas. Contéstale a ese joven de mi parte que menudo follón tiene montado en su cabecita de chico listo, y que deje de enredarte.

Juan y yo veníamos de dos Españas diferentes, pero las dos tenían algo en común: no existían. La suya era imaginaria; la mía, inexistente. Ahora entiendo que mi madre sintiese en Juan ese rencor acumulado desde el primer día que lo conoció.

–¿No te das cuenta de que te ve como la responsable de su pobreza?

–¿Pobreza? Pero ¿qué dices, madre? Estás, como siempre, exagerando. Ya sé que no te gusta Juan, nunca te gusta nadie para mí, solo tú.

Entre mi madre y yo ya solo hablábamos a gritos.

Fue una época tan confusa en mi vida que, mirando atrás, no me reconozco a mí misma. Me pasaba el día corriendo de un sitio a otro: clases, librería de Soriano, bares en los que tocaba Juan en los que recuerdo que siempre hacía un frío que se metía hasta en los huesos. Cada vez más delgada, me faltaban las horas para estudiar durante el día y muchas noches las pasaba despierta, tratando de no dormirme sobre los libros.

A mi madre la recuerdo en el rellano de la puerta, asistiendo a la desaparición de su hija, cada vez más entregada a Juan, cuyas conversaciones siempre desembocaban en la misma historia.

–Pero tu familia, la que se quedó en Cataluña, ¿no ayudó a los rojos? Estaban todos en Barcelona, que fue republicana hasta el final de la guerra...

Juan me machacaba con sus preguntas, y yo le contestaba con las mismas respuestas que me había dado mi madre, harta ya de su obsesión.

–No, te he dicho cien veces que mi familia huyó a Italia. No se quedó en Barcelona durante la guerra. Los hubieran matado. Se fueron a Roma. Creo que un tío de mi madre sí que fue republicano y él luchó y luego huyó a Venezuela. Pero ¿esta conversación no la tuvimos ya la semana pasada?

–Pero si regresaron después, es que eran franquistas.

–¡Y yo qué sé! ¡No me puedo creer que tanto tú como yo, que hemos nacido en Francia, estemos hablando sin parar de si nuestros antepasados eran republicanos o franquistas!

–¡No entiendes nada! ¡Eres como una niña malcriada!

Y en aquel momento, quizá por mi delgadez, porque tiraba de las fuerzas que ya no tenía o por simple desesperación, me desmayé. Caí al suelo sin conocimiento. Aun así, hubiera sido un hecho sin la menor importancia si Juan me hubiera llevado a un hospital, si hubiese llamado a mi madre para avisarla, si hubiese hecho algo por mí. Él siguió sumido en su propia obsesión unas horas más, hasta que se quedó dormido, al lado de mi cuerpo inerte.

El susto se lo llevó al día siguiente, cuando vio que yo seguía sin despertarme. Entonces se aterrorizó y llamó a una ambulancia, que me trasladó a un hospital. Mi madre acudió en cuanto supo dónde estaba ingresada. Esa noche se había quedado esperándome, sumida en la desesperación. Cuando me quedaba a dormir en casa de Juan, siempre se lo decía, pero esa noche no volví, ni pude llamarla para avisarla. Aunque llevábamos años juntos, mi madre no había vuelto a ver a Juan ni sabía dónde o cómo dar con él. Pero de alguna manera, por sus contactos en la policía o porque el hospital la localizó, pudo averiguar dónde me habían ingresado.

Ella y Juan no se dirigieron la palabra al verse y La Maga hizo como si él no existiese. Cuando el médico apareció para informar a la familia, se dirigió a los dos.

Había sido una grave imprudencia dejarme en ese estado toda la noche y me había salvado de milagro.

—Espero que no tenga secuelas y les adelanto que quiero verla cada tres meses. La falta de riego en el cerebro durante un largo periodo de tiempo puede causar la muerte en pocos minutos. Ha tenido mucha suerte, quizá porque la joven permaneció tumbada. Si la hubieran puesto de pie, las consecuencias hubieran sido irreversibles.

En cuanto oyó el diagnóstico, mi madre se acercó a Juan y le dio una sonora bofetada. Esta era la segunda vez que lo veía, pero iba a ser la última.

Estuve tres días ingresada en la unidad de cuidados intensivos del hospital, luego me pasaron a planta y permanecí allí dos noches más. Me hicieron todo tipo de pruebas y radiografías en el cerebro, y yo me sentía más cansada que nunca. Tenía la sensación de estar junto a alguien que ni siquiera me veía tal y como era ni yo le importaba lo más mínimo.

A partir de ese día, mi relación con él cambió, pero lo extraño es que solo yo lo sentí así. Juan siguió siendo el mismo de siempre, un egocéntrico con los mismos temas de conversación y las mismas obsesiones. Dejé de imaginármelo como un idealista, para ver en él un narcisista incapaz de pensar en nadie más que en sí mismo.

Después de ese desmayo, me costó recuperarme de la debilidad en la que había quedado postrada. Apenas pintaba, me cansaba con mucha facilidad y tenía la impresión de estar arrastrando siempre un sueño infinito. Cualquier gesto brusco, cualquier ruido, hacía que me sobresaltara.

Tuve que dejar mi trabajo en la librería de Antonio Soriano. Ya no podía con todo y lo único que hizo Juan fue reprochármelo.

–Uno no deja un sueldo por fatiga, Teresa. A menos que...

–¿A menos que qué, Juan?

–A menos que no lo necesites.

Mis éxitos, como él los llamaba, lo sacaban de quicio.

–¿Y ahora qué, Teresa? ¿Te dedicarás a hacer retratos de los turistas en Montmartre mientras tu maridito canta en el bar de enfrente?

No me apetecía contestar. Según él, yo había tenido mucha suerte en la vida, como el hecho de no tener que pagarme una casa, y ahora me podía permitir el lujo de dejar un salario. Le expliqué que la pérdida de conocimiento me había debilitado, pero no sirvió de nada, él siguió con sus críticas. Era cierto que cada vez pasábamos menos noches juntos, entre otros motivos, por mi miedo a su mal humor, a sus desagradables palabras y al tono violento que usaba conmigo. Eso sin contar que Juan trabajaba en el bar de Montmartre y muchas de las noches yo ya no podía acompañarlo.

Los enfados y los ataques de cólera con los que convivía me los guardaba para mí sin contárselos a nadie. Yo me limitaba a dejar mi tristeza reflejada en el papel, en los cuadros que pintaba en mi cuarto, sin apenas salir de la cama. Mi carácter se resentía, y también mis sentimientos, yo ya no tenía claro si le quería o no, enredada como estaba en sus discursos, manipulada por sus historias sobre política y España y con la sensación de que Juan nunca nunca me iba a dejar en paz...

El día que tenía que empezar tercero de Historia del Arte, no quise salir de mi habitación. Me había vuelto a quedar sin fuerzas y me sentía hundida en la tristeza. Entonces, La Maga llamó a la puerta.

–¿No empezabas hoy la universidad?

–¿Y tú cómo lo sabes? ¿Lo has visto en tu bola de cristal?

–No. Lo dijeron ayer en las noticias. Y me preguntaba qué hacías en casa en vez de ir a matricularte y elegir tus asignaturas.

—Es que no creo que vaya a seguir estudiando. Estoy demasiado cansada y harta de la vida. Juan me necesita.

—Es mejor que le des la vuelta: tu obligación es seguir estudiando, lo otro viene después. Si Juan no se alegra de tus éxitos, es mejor que te alejes de él.

—Siempre me pasa lo mismo contigo, le echas la culpa a él, porque crees que no está a la altura, porque te parece que no es suficientemente bueno para mí...

—¿Cuánto tiempo necesitas para darte cuenta de que Juan solo se quiere a sí mismo?

—Déjame vivir mi vida...

—Teresa, hay momentos en los que uno cree que no hay solución y que es mejor no seguir aquí. Si no estás bien, es que ese no es tu camino y el destino te está marcando uno diferente. Ponte el abrigo y ve a matricularte. Esta noche ya pensarás si vas a clase o no pero, por lo menos, apúntate para que tu nombre aparezca en los exámenes de junio. No dejes que nadie condicione tus decisiones.

Y, años más tarde, me pregunto si fuiste no tú, madre, quien me empujó a abandonar Francia para salvarme...

a Rue Saint-Didier, en pleno distrito XVI, acoge el Foyer de la Jeune Fille, fundado en Madrid, en 1876 por la congregación de las hermanas de la Inmaculada Concepción. Era una residencia para religiosas y chicas que iban a Francia a buscar trabajo en el servicio doméstico. Las monjas que las ayudaban estaban afincadas en París, pero mandaban a las muchachas españolas por todo el territorio francés. Hoy en día, se ha vuelto una residencia internacional, en uno de los mejores barrios de la ciudad, donde pueden alojarse las estudiantes más afortunadas.

Llego hasta la residencia, que linda con un edificio gris, bastante feo y moderno, donde se hospedan los estudiantes. La congregación está instalada en el antiguo monasterio, rodeado por un jardín imperial. Llamo a la puerta y pregunto si existe alguna hermana llamada Dorothea. Según mis cálculos, si esa hermana realmente existió, debe de tener en la actualidad más de noventa años. A los pocos minutos, aparece una monja bajita y con ojos achinados que me indica que espere en una sala, cerca de la entrada. Llega una segunda monja, esta vez española.

—¿Es usted un familiar?

No sé qué responder y, ante la duda, me invento cualquier cosa.

—Sí, es mi tía. —Y me presento.

—La hermana Doro no vive con nosotras desde el año 2000. Tenemos otra residencia en Toulouse donde se trasladan las hermanas mayores de sesenta y cinco años. Ahora no recuerdo si Doro volvió a España después, pero es fácil averiguarlo. Ella era de Galicia y durante los años que coincidimos, iba cada Navidad a visitar a sus madres.

—¿A sus madres?

—Sí, la hermana Doro era huérfana de padre. Murió murió en la guerra y entonces su madre acabó viviendo con una amiga suya a la que ella también llamaba «madre». —Y esa monja esboza una sonrisa divertida—. ¿Quiere que llame a la residencia de Toulouse y pregunte si su tía sigue allí?

—Sí, por favor. Es importante que la vea...

La monja se levanta y vuelve al cabo de unos minutos. Mientras, pienso en las coincidencias, en quién será esa Dorothea cuya existencia desconozco...

—¡Tenemos suerte! En efecto, sigue viviendo en Toulouse. Le he dicho que su sobrina quería ir a visitarla y me ha preguntado si era usted Teresa. Le he dicho que sí. Ha preferido no hablar con usted por teléfono, pero me ha dicho que vaya a visitarla cuando pueda. Que la estará esperando, en Toulouse. Aquí tiene sus señas. Es usted su sobrina, ¿verdad? De hecho, guardan cierto parecido.

–Ah, ¿sí? –le pregunto–. ¿A qué se refiere?

–Son las dos altas, de rostro alargado, y el pelo… En fin, no sé bien, pero usted me ha recordado a ella…

Me toco el pelo, sin entender a qué se refiere, pero con cierta alegría de pertenencia.

Al salir de la residencia me apresuro a llamar a François y le cuento que ¡ya tenemos la dirección de Dorothea! Le explico atolondradamente que es mi tía, por parte de mi abuelo gallego y que vive en Toulouse. ¡Por fin alguien de mi familia! No puedo contener la emoción, ¡la alegría! Pero no le digo que mi entusiasmo se siente ensombrecido por el secretismo de mi madre. Pensar que he crecido cerca de una tía mía gallega y que jamás la he conocido me hace sentir extraña. ¿De qué pretendía alejarme manteniéndome en la ignorancia de los míos?

De regreso a casa, empiezo a ver conexiones familiares. No solo parecidos físicos, sino extrañas coincidencias que se repiten como un patrón. Un padre inexistente, un exilio, mujeres solas. Esa Doro, como la han llamado en la residencia, resulta ser el vivo retrato de mi madre, mi vivo retrato. ¿El de Lucía? Hay que romper el patrón…

Aún me quedan unas horas hasta que Lucía salga del colegio. Doy vueltas por el apartamento, intentando adivinar, tratando de encontrar alguna pista más sobre Dorothea, buscando de nuevo la carta en la que mi abuelo la nombra. No me cabe la menor duda de que algo encontraré, algo que me transporte a mi madre, a sus secretos y, por ende, a los míos. Registro la biblioteca una y otra vez, saco los libros, de los que remuevo sus páginas para luego volverlos a colocar en su sitio. También hay cajas que levanto como si debajo de ellas pudieran salir a mi encuentro todos esos objetos inanimados que deseo localizar.

El silencio me envuelve. Abro la tapa de madera del escritorio, esperando encontrar la llave de mi pasado. En el interior, más cajoncitos pequeños que ya he investigado una y mil veces, llenos de objetos diminutos que han sobrevivido al paso del tiempo. Mis dedos se mueven solos, como insectos inseguros, revolotean. «¡Guíame!», me oigo decir en voz alta. Retiro los objetos de los cajones, buscando algo escondido hasta que, como por arte de magia, lo toco: un sobre pequeño y blanco que, por alguna razón, ha debido de pasarme desapercibido todos estos meses.

Reconozco la caligrafía en tinta roja de mi madre. Lo abro y leo:

Madrid, tarde del 30 de abril, 20...

Querida Teresa:

Te estoy escribiendo desde el bar que hay enfrente de tu casa, en Madrid.

Sé lo que me vas a decir, que tenía que dejarte «ser tú misma», que no debía meterme en tu vida. Y así lo haré, te lo prometo, pero no he podido resistirme a venir a verte, ni a conocer, aunque sea de lejos, a mi nieta. ¡Porque tengo una nieta! ¡Cuando lo he sabido he venido corriendo! ¡Estoy tan feliz! Tan orgullosa de ti, mi Teresa. He oído que se llama Lucía..., como mi madre, ¿te lo había dicho?

Hay tantas cosas que no te dije... Han sido un muro entre nosotras, ahora me doy cuenta. No se puede vivir la vida de otros ni dirigirla a tu antojo. Yo traté de guiarte hacia un futuro diferente del mío, mejor que el mío, pero eso no dependía de mí y ahora lo entiendo. Al verte aquí, en España, con una niña en un carrito, me doy cuenta de que me equivoqué. Tu imagen me ha recordado a la mía, la de hace veinte, treinta años... Te pido perdón. No he conseguido romper esa cadena...

Ahora entiendo tu disgusto, ese descontento acumulado durante años. Cuando eres madre, se hacen muchas cosas creyendo que las hacemos bien, y, en realidad, estamos transmitiendo nuestros propios temores a nuestros hijos.

Haciéndote partícipe de mis sueños premonitorios, de mis adivinaciones, protegiéndote de algo que aún no había ocurrido, te impedía existir por ti misma.

Sabes, ya no te veo en mis predicciones. En cambio, te sueño todas las noches. Me acuesto pensando en ti. Me levanto pensando en ti... No consulto jamás la bola de cristal porque en el fondo solo deseo verte. A eso he venido. A verte. Ayer te seguí hasta el Museo del Prado y fui de sala en sala, escuchando lo que decías a los turistas sobre las obras de arte. Qué interesante, Teresa, pero ¡cuántas cosas sabes! Al final, creo que tú también me viste, pero conseguí escabullirme entre la muchedumbre. Estuve a punto de delatarme, pero me contuve. Contuve mis ansias de abrazarte, de hablarte, mi Teresa querida.

Me iré en unas horas, tan cerca y tan lejos de ti, como cuando muera.

Te echo mucho de menos en París, no te voy a mentir. Lo que más añoro es escuchar esas historias que te inventabas. Camuflabas tu verdad con personajes imaginarios, igual que yo te contaba mis visiones. En el fondo, no éramos tan diferentes, ¿sabes? Las relaciones entre las personas son una serie de historias que se transmiten de manera inconsciente de generación en generación.

He pensado mucho en tu huida. Te fuiste sin decirle nada a nadie. No te voy a decir que me la esperaba, pero casi. Aunque no lo quiera reconocer, me hice a la idea de que un día te marcharías, como yo. Todas las veces que he intentado convencerte para que regresaras, me he ido recordando a mí misma que te fuiste siguiendo tus propios deseos.

Ahora solo consigo decirte que vuelvas pronto, mi niña.

Tu madre que te quiere

Como si sus palabras me llegaran desde del fondo de los tiempos, no puedo contener mi emoción. Y lo recuerdo bien… Fue uno de esos días en que llevé por enésima vez a unos turistas franceses a visitar el Prado. Ese día el museo estaba especialmente lleno, debía de ser una fecha cercana a la Navidad. Cuando entramos por fin en la Sala Velázquez y pudimos coger un buen sitio frente a *Las Meninas*, de repente sentí, por primera vez desde que había dejado Francia, la presencia de La Maga.

La estancia, desagradablemente calurosa por el exceso de calefacción, estaba llena de gente y yo, aunque un poco aturdida, vi a mi madre; sé que la vi en medio de toda esa gente. Me quedé helada, no solo porque la reconocí, sino porque era la única que no dirigía su mirada hacia el cuadro, sino hacia mí. Se me paró el corazón. Cerré los ojos un segundo y ella desapareció. Todo empezó a darme vueltas. Estuve a punto de desmayarme y desesperadamente empecé a buscarla entre la gente. Pero no. Había desaparecido. Mi mirada recorrió en un instante los cientos de caras que había esa tarde en la sala. No la vi por ningún lado. Estaba y ya no estaba. ¿Acaso lo había soñado?

¿Era ella realmente? Le di tantas vueltas que ya ni siquiera sé lo que pasó. Acabé por creer que lo había imaginado todo: por el calor, por el cansancio, qué sé yo. Recuerdo que esa visión estuvo dando vueltas en mi cabeza durante semanas. No me la podía quitar de encima. Ahora veía a mi madre por todas partes, por la calle, en el colegio, entrando conmigo en el portal. Me obsesioné con que estaba a mi lado y no podía verla. Por un lado, deseaba con todas mis fuerzas que hubiera venido a verme; por otro, no me veía capaz de reencontrarme con ella. Hasta que conseguí calmarme, meses más tarde, con la ayuda de un psicólogo que me convenció de que todo había sido una invención de mi mente y que tenía que resolver muchas cosas de mi pasado.

¿Estamos condenados a repetir la vida de nuestros padres? ¿Por qué, a pesar de no querer caer en sus errores, la vida nos conduce irremediablemente a emprender los mismos caminos, a compartir el mismo destino?

Me despierto con la idea de ir a conocer a Dorothea. No puedo demorarlo más. El hecho de saber que voy a ver a alguien de mi familia, guardiana de mis orígenes, que sabe quién soy, me empuja a hacer el viaje cuanto antes. Quiero ir sola. François se instalará estos días en mi casa para ocuparse de Lucía, con quien parece llevarse muy bien, y Charles, que trabaja hasta el viernes, se reunirá conmigo después y me llevará a conocer a sus padres, a Saint-Bertrand-de-Comminges, que no está lejos de Toulouse.

El tren sale el miércoles a las dos de la tarde de la Gare Montparnasse. La última vez que cogí un tren en esta estación fue de la mano de Juan, cuando nos fuimos a uno de sus conciertos en Burdeos. Me quedaban unos meses para irme definitivamente a España y no verle más... En esa época, ya habíamos acabado la carrera y yo seguía trabajando en la librería española. Quizá Charles tenga razón y lo que debo hacer es escribir, siempre he estado rodeada de libros...

En esta ocasión, viajo más lejos, y no tengo tiempo que perder. ¿Qué edad puede tener la hermana Dorothea? Cerca de ochenta, calculo. El tren va casi vacío. Mejor. Así puedo soñar con más facilidad mirando el paisaje que desfila ante mí a gran velocidad. Es un hecho que los viajes en tren inspiran y, por ahora, no soy capaz ni de leer, ni de mirar el móvil ni de entretenerme con nada, sino simplemente me dejo llevar y siento el movimiento acompasado de los vagones en marcha.

Charles me llama para darme indicaciones sobre el viaje, me aconseja qué monumentos debo visitar por la región, los restaurantes a los que puedo ir. Le digo que este no es el momento, pero que después ya iré con él, quizá.

En cuanto François recoge a Lucía del colegio me llaman los dos. Lucía ya me echa de menos. Le digo que es un viaje corto y por trabajo, como los que hacía en Madrid cuando ejercía de guía y llevaba a los turistas a visitar Ávila o Segovia.

Lo cierto es que ser guía de turismo fue un trabajo perfecto para mí. Y ahora que estoy en Francia, si mi intención es quedarme, algo tendré que hacer, me digo a mí misma, mientras observo el paisaje. En Madrid, el trabajo de guía de turismo apareció ante mí por casualidad. «El destino», me hubiera contestado La Maga.

Aunque mi huida a España pudo parecer repentina, llevaba años fraguándose en mi interior. Mentía a Juan cuando le decía que lo quería. Cerraba los ojos para no pensar y solo deseaba desaparecer. Morirme. Convertirme en una mariposa nocturna que sale volando sin hacer el menor ruido, que se deshace en polvo negro cuando la rozas, de lo frágil que es.

Llevaba un tiempo sin tener la regla, pero estaba tan delgada, tan demacrada, que no se me ocurrió pensar que ese cuerpo destrozado en el que habitaba pudiera ser capaz de engendrar vida. Hasta que, de repente, un día me di cuenta de que los pantalones me apretaban en las caderas. Seguía igual de delgada, pero algo se estaba transformando: los huesos se me habían ensanchado. Cuando me hice la prueba de la farmacia y dio positivo, pensé que debía de llevar varios meses embarazada. Después de días y noches de angustia en los que pensé en abortar, acabé por darme cuenta de que no quería quitarme de encima a ese bebé.

Metí mis ahorros y todo lo que pude en una maleta,

saqué un billete de tren y me marché. No podía despedirme. No me hubieran dejado escapar. Ni mi madre ni Juan. ¿Abandoné también a la Teresa anterior? Pensé que Madrid era la mejor opción: allí tenía a Julia, la amiga de Juan que se había ofrecido, años antes, a ayudarme. La llamé cuando estaba a punto de subir al tren y, sin contarle que en realidad estaba huyendo, le dije si podía quedarme unos días en su casa. Ella accedió encantada.

Así empezó mi nueva vida. Fue en Madrid donde pude volver a vivir, como un capullo que muere y renace convertido en otro ser. Ahora sé que Lucía fue mi salvación.

Durante los primeros meses que estuve viviendo en España, me dediqué a caminar sin descanso por la ciudad. Como hizo La Maga en París, quizás aquel deambular sin rumbo era mi forma de acercarme a ella, de estar con ella. Caminaba por los barrios y las calles de Madrid para dar sentido al caos que habitaba en mi cabeza. Sin rumbo, iba buscando mi destino. Lejos de mi madre. Me encantaba perderme para poder ir haciéndome mi propio mapa de la ciudad, un mapa azaroso y singular de aquel Madrid que se convertiría pronto en mi hogar. Me sorprendían algunos detalles, como el tono de voz de la gente, más elevado que en París. Ya no estaba en París, me decía a mí misma, donde la gente conversaba con susurros silenciosos.

Volvía a casa de Julia por la noche, exhausta de tanto caminar. «No deberías darte esas palizas en tu estado», me decía ella, aunque yo me encontraba bien y apenas había engordado. «Andar es bueno cuando estás embarazada». Apenas hablábamos de temas personales, yo solía evitarlos, pero un día no me quedó más remedio que responder finalmente a la temida pregunta: «¿No le vas a decir nada a Juan?». Con tan solo escuchar su nombre, se me nubló la mirada y el corazón empezó a latirme desenfrenadamente, no de amor, naturalmente, sino de ira contenida.

Un día de aquellos en los que me paseaba sin rumbo por Madrid, vi salir de un hotel a un grupo de franceses que me preguntaron si sabía dónde estaba el Museo del Prado. Al ver que entendía perfectamente su idioma, me propusieron que les acompañase al museo. Estuvimos hablando un buen rato y al final acabé entrando con ellos al Prado y guiándolos durante la visita. Pasé el día entero con ellos. Les hice un recorrido por los pintores españoles. Les expliqué la pintura de Goya, El Greco, Velázquez, Zurbarán y, por primera vez en mucho tiempo, tuve la impresión de que aún podía hacer algo con mi vida, que el destino, como me había dicho tantas veces mi madre, se había pronunciado, y me indicaba el camino que debía seguir.

Mi hija llegó a finales de la primavera del año 2000. La llamé Lucía porque fue la luz que me hizo salir del infierno y porque era el nombre con el que podía hacerle un homenaje a esa familia que no conocía. Los primeros meses seguimos viviendo en casa de Julia, entre otras cosas porque, como ella decía, nos necesitábamos la una a la otra. Julia fue mi gran apoyo y ayuda. Sin ella, quién sabe si hubiera podido hacer todo lo que hice. Cuando la niña cumplió seis meses, nos fuimos a otro apartamento, pero Julia siguió ayudándome como una segunda madre, quedándose con Lucía para que yo pudiese trabajar de guía.

Al cabo de un tiempo, empecé a ganar lo suficiente como para trabajar solo en días puntuales, sin estar atada a horarios estrictos. Eso me permitía compatibilizar mi trabajo con mi función de madre. Poco a poco, me fui haciendo con los hoteles buenos de Madrid. Me desplazaba hasta allí y recogía yo misma a los turistas, mientras Lucía estaba en la guardería. Permanecía atenta a los gustos de los turistas, les planificaba las visitas y trazaba paseos a medida. Los recorridos variaban: podían ser museos, visitas a galerías o tardes de compras por barrios específicos de la ciudad. Conocía a gente interesante y veía lugares maravillosos, exposiciones, monumentos, barrios distintos, elegidos por mí. No nos quedábamos solo por Madrid, a veces también llevaba a los turistas a otros pueblos o ciudades cercanos, como Toledo, Cuenca o Pedraza. En una ocasión, unos arqueólogos de Lyon me pidieron que les acompañara a Mérida y, como el viaje requería de varios días, me llevé a Lucía conmigo. Entonces tenía cinco años.

Entre visita y visita, íbamos en autocares de un lado para otro y, en esos recorridos, yo les contaba la historia de la ciudad o las anécdotas que conocía sobre ella. Lo importante, siguiendo las instrucciones que había recibido, era no dejar de hablar por el micrófono, que las historias fueran reales o no era lo de menos. Los turistas buscaban entretenimiento y anécdotas fáciles de retener mientras admiraban los edificios y se dejaban llevar, como yo ahora, por el movimiento y el desfilar del paisaje.

En esos momentos, mi voz era como la de La Maga:

337

un monólogo ininterrumpido que mecía a los que me escuchaban, a los que se dejaban llevar, embelesados, por mis palabras. Si el recorrido me llevaba por El Retiro, repetía las historias que ella me había contado, aquellas que me recitó durante el viaje que hicimos juntas por España en su Renault 25. Pasamos una semana entera en la capital. ¿Fue por eso que luego elegí Madrid como refugio de mi huida?

Su imagen no me abandonaba. En mi mente solía mantener largas conversaciones con La Maga. Recuerdo en especial una visita que hicimos al Jardín Botánico en la que me explicó «que había sido creado por Carlos III, un monarca que reinó en España a su pesar, durante el Siglo de las Luces». Como buena francesa que era, a esa edad yo identificaba perfectamente el periodo de la Ilustración. Y recordaba que mi madre comparó el Botánico con el jardín de su casa familiar de Barcelona:

—Nuestro jardín era inmenso, Teresa, muy cuidado por tu abuela Lucía y varios jardineros. La recuerdo buscando tal planta, la otra, hablando sobre un árbol... A tu abuela le encantaban los árboles extraños, tropicales, que crecían fabulosos en Cataluña gracias a su clima mediterráneo. También había animales en ese jardín, varios perros mastines a los que adoraba y una fuente con peces y tortugas. El jardín era su vía de escape a esa vida española de los años cincuenta en la que lo único que hacían las mujeres era servir a sus maridos, acompañarlos a cenas de negocios y arreglarse para estar guapas. Una vida vacía, querida. Todas las mujeres tenían que encontrar vías de escape para no morirse de tedio. Tu abuela se pasaba horas cuidando ese jardín.

Encargaba árboles que traía de otros lugares del mundo. En esa época, más que tráfico de animales, existía el tráfico de plantas. Hubo una vez en que uno de esos árboles que había venido de vete tú a saber dónde trajo en su tronco una plaga de insectos voladores. Unos mosquitos gigantes que no se habían visto jamás en España. Los intentamos matar de mil maneras, pero sin éxito. ¡Casi no nos atrevíamos a salir al jardín! Aquello se convirtió en un drama familiar. Vinieron expertos, probamos todo tipo de insecticidas, pero nada. Hasta que mi padre recordó una conversación que había tenido hacía muchísimo tiempo en un puerto de Galicia con un pescador, sobre Ibiza. ¿Tú sabes que a Ibiza también se la conoce como «la isla mágica»?

–¿Mágica? –había preguntado yo de nuevo subyugada por sus palabras.

–Sí, Teresa, mágica. No sé si el marino utilizó realmente esa palabra pero parece ser que la tierra de Ibiza, como la de Irlanda, no permite que sobrevivan en ella animales venenosos ni nocivos para el ser humano. ¿No conoces la historia de san Patricio y de cómo echó a las serpientes de Irlanda?

–¿San Patricio llegó hasta Ibiza?

–No creo. Pero Atila sí que estuvo en la isla. ¿Sabes quién era Atila?

–¿Y qué pasó con los insectos?

–Ah, sí, los insectos… Pues un día, tu abuelo mandó a un empleado hasta Ibiza y le pidió que cogiera una bolsa entera de tierra ibicenca. No de arena de la playa, sino de la tierra del interior, de los montes y las montañas. La tierra del centro de Ibiza, donde se plantan los olivos y los algarrobos, donde crecen las higueras, es de color rojo, muy distinta a la de las demás islas de las Baleares. El jardinero de tu abuelo debía subir una colina, excavar con una pala y llenar un saco de unos cinco kilos de esa tierra rojiza.

–¿Y lo hizo?

–¡Por supuesto que lo hizo! Cuando volvió a Barcelona colocamos esa tierra que era suave y de color azafrán alrededor de la planta y, por la noche, ya habían desaparecido los insectos. Nunca más volvieron a verse. El resto de la tierra de Atila la esparcimos por el jardín. Según tu abuela, las plantas y los árboles crecieron más fuertes.

–Entonces, el abuelo era un poco como tú...

–¿A qué te refieres?

–A que también era brujo.

Toulouse es una ciudad renacentista. Es lo que pienso adentrándome en su casco antiguo donde Charles me ha buscado un precioso hotel rural en el que alojarme las dos noches anteriores a su llegada. En cuanto entro en el hotel, un noble edificio en la calle principal del centro histórico, dejo mis cosas y salgo a caminar. Mi cita con Doro no es hasta el día siguiente y me siento a tomar un vaso de vino en la terraza de un café, cerca de la plaza del Capitolio. Esta vez soy yo la turista, y siento que tengo la mentalidad abierta a todo tipo de enseñanzas, a todo tipo de conocimientos que puedan llegarme acerca de mí misma. En pleno barrio renacentista, me siento renacer.

Al día siguiente, me despierto temprano. Entra la luz del sol por las persianas de la ventana, la misma luz que en Madrid. Aunque no esté sino en el centro de una ciudad bulliciosa, huelo a mar, a calor, a España, y por primera vez desde que estoy en Francia, siento nostalgia del país de mis antepasados. Aunque yo sea parisina, mi país es España y de hilo en hilo, me pongo a pensar en Lucía y en sus propias raíces.

Mientras me acerco caminando a la residencia de la hermana Dorothea, veo el despertar de la ciudad. Como está un poco a las afueras, resulta ser un paseo largo que me recuerda a los de La Maga y a los que yo misma daba por Madrid. No hay nada como sentirse extranjero, y sigo las indicaciones del mapa que me han dado en el hostal para no perderme. Me lleva por calles concurridas, y al pasar delante de la basílica de Saint-Sernin, entro y me siento unos minutos en uno de los bancos, para descansar. Estoy como en otro tiempo.

Al cabo de una hora caminando, me encuentro por fin ante el portón de una hermosa y antigua casona, rodeada por una gruesa muralla blanca. Llamo dando golpes con una aldaba; la casa no dispone de timbre. Me abre una monja de avanzada edad, y pregunto por la hermana Dorothea. La monja me hace pasar y me indica que la siga con un gesto de la mano. El edificio es un palacio también renacentista venido a menos, en el que se respira tranquilidad y bienestar. El jardín tiene altos abetos que ofrecen sombra fresca al resto de la casa. Por alguna razón, me recuerda a las casas que vimos en Alella, cerca del panteón familiar, durante ese viaje que hice con La Maga por España. ¿Será que no dejo de pensar en ella o que me está acompañando en este encuentro?

Al cabo de unos minutos, oigo como se acercan unos pasos decididos y veo aparecer a una anciana enérgica y flaca como mi madre.

–¡Por fin has venido! Llevo meses esperándote. Tu madre. Tú. Cómo os parecéis. Deja que te abrace.

De repente, su voz jovial la hace rejuvenecer muchos años. –¿Es usted la hermana Dorothea?

–Yo misma, querida, y ahora, déjame que te vea. Cómo sentí lo de La Maga. Tantos años… y, aun así, era tan joven. Mucho más joven que yo. Vamos a sentarnos en el porche y que nos traigan el desayuno. ¿Te apetece un café?

–En realidad, sé tan poco sobre usted… –me atrevo a decirle.

–Tutéame, por favor. Pobrecita mía… La voluntad de tu madre fue inquebrantable, ese deseo suyo de mantenerte en la sombra… Lo hablamos mucho las veces que venía a verme a la residencia de la Rue Saint-Didier. Yo creo que eligió ese piso en el que vivisteis para estar cerca de mí. Yo era su única familia en Francia.

–¿Qué pasó con nuestra familia? –le pregunto–. ¿Por qué se fue de Barcelona?

–Como siempre, todo en la vida es un cúmulo de circunstancias y ojalá mi propia madre estuviera aquí para explicárnoslo mejor.

–¿Quién era tu madre?

–La tía Brígida.

Me quedo sin palabras. Y después le digo:

–¡No sabía que La Brígida había tenido una hija!

–Muy poca gente lo sabía. Me mantuvo en secreto y al margen de las malas lenguas hasta que, al cumplir dieciocho años, decidí marcharme de un país en el que me habían educado en un total secretismo mis dos madres, La Brígida y Heilette, mi otra madre alemana. Pero dejemos de hablar de mí. La Maga se llevaba mal con su propia madre, que le imponía unas normas que ella no estaba dispuesta a seguir. Con un matrimonio anulado en los años sesenta, habiendo causado algún que otro escándalo y luego, en París, con una hija que no tenía padre, La Maga lo tuvo difícil. Quizá nuestra familia gallega lo hubiera aceptado, pero el resto...

–¿Y yo?

–Llevo esperándote muchos años... Cerca de la frontera, he pensado mucho en ti. Tú puedes cerrar el círculo, la maldición, como decía La Brígida, desvelando los secretos. Tienes una hija, ¿verdad? Es el destino familiar. Dale un padre. No le niegues sus raíces. Y que ella acepte su mundo, aunque no sea perfecto. El conocimiento de uno mismo te libera.

–A eso he venido.

–Entonces espérame aquí, que tengo algo para ti.

Doro se marcha, con el mismo paso ligero con el que apareció hace un rato y vuelve a adentrarse en la residencia mientras yo la espero en el porche. La luz solar es intensa, pero el inmenso abetal del jardín nos protege de sus rayos. Veo a unas monjas que pasean. Doro llega al cabo de unos minutos con dos cajas en la mano.

–Mientras vivía en París, tu madre venía a verme casi a diario... Luego, cuando te fuiste, yo ya me había trasladado a Toulouse y aun así vino varias veces. Cada vez que me visitaba, era como si se reencontrase con su pasado. Hablaba conmigo como si yo encarnase todos sus antiguos fantasmas. A veces yo era su padre, otras Jacinta, otras La Brígida, a quien adoraba. Cuando murió se llevó un disgusto tan grande como el mío. Tu madre y yo acabamos siendo como hermanas. A quien nunca perdonó fue a su madre, a Lucía. Por eso es importante que tú lo hagas.

—Mi abuela Lucía falleció cuando yo era una niña. No me acuerdo ni de haberme enterado...

—¡Te toca perdonar a La Maga, porque tú y ella sois lo mismo, Teresa! —me dice sonriendo—. Si tú perdonas a tu madre, ella perdonará a la suya y harás que el ciclo evolucione.

—Yo no tengo nada que perdonar —le contesto.

—Claro que sí, las tres teníamos algo que perdonar, y tú, ahora, eres la clave. Intenté explicárselo a tu madre, que debía viajar a Madrid y romper esa cadena de extrañas y similares circunstancias, pero estaba convencida de que era demasiado tarde. Se sentía cansada y estaba débil de salud. La Maga siempre venía sola a verme y sospecho que sin decírselo a nadie.

—¿A quién se lo iba a decir si mi madre se bastaba ella sola?

—Sin decírselo a tu padre, me refiero. Hacía unos meses que estaba muy débil, se lo noté la última vez que estuvo por aquí y eso que tu padre la ayudaba mucho, menos mal. Es un buen hombre, siempre se lo he dicho.

Sus palabras me dejan helada y Doro se calla, como si hubiera hecho penetrar dentro de mí el efecto de su discurso.

—Doro, vas demasiado rápido y me está costando seguirte. Mi padre murió cuando yo era niña. No creo que estemos hablando de la misma persona...

—François es tu padre. Ese hombre sí que respetó a

345

tu madre hasta el final, a La Maga, sí, respetó todas las decisiones que ella tomó. Él nunca la abandonó.

Se me nubla la vista, me mareo y tengo la impresión de que me voy a desmayar. Como si el suelo dejase de existir y el jardín empezara a dar vueltas a mi alrededor. El círculo en el que estoy ahora me lleva a aquella vez en que me desmayé estando con Juan, y sigo dando vueltas hasta el momento en el que me pareció ver a mi madre en el Prado. Doy vueltas y vueltas, como tantas otras veces en las que he sentido que me caía por un precipicio. Estoy a punto de desfallecer, y al verme tan mareada, Dorothea me coge de la mano y me la aprieta con fuerza mientras clava su mirada en la mía.

–Tu madre te ha traído hasta aquí, Teresa, como La Brígida mandó a La Maga a París por mí. Cierra el círculo e inicia uno nuevo.

Al despedirnos, me entrega unas cajas grises, diciéndome:

–Ten. Esto es para ti. Como verás, son cartas. Ella sabía que volverías, querida. Aunque te duela leerlas, duele más el no saber.

Salgo de la residencia aturdida, prometiéndole a mi tía que volveré a verla con Lucía y dándole la fecha de la cita que tenemos con el notario. En la calle, me ciega la vista un sol abrasador. Es ya mediodía y el cielo despejado aumenta la sensación térmica de esta luz del sur. No veo ni taxis ni autobuses y me vuelvo caminando hacia el hotel. Nada más entrar en la habitación, me llama Charles para saber cómo ha ido mi entrevista, pero estoy tan sobrecogida que apenas puedo hablar de forma coherente.

–Mi padre. François. Ahora tengo unas cartas –logro decirle, sin saber por dónde empezar.

–No te olvides, Teresa. Cuando uno encuentra un manuscrito es como si se abriese la biblioteca de Alejandría.

Charles siempre tiene una visión positiva y es capaz de quitarle hierro hasta a una guerra nuclear.

Pero también sé quién es mi padre. Pienso, sin decir una palabra. Tan cerca y tan lejos, me decía mi madre. Estoy aún sobrecogida. François, ¿por qué no me confesó nada durante estos meses?

–Solo dime si tienes las dos partes de esas cartas –me comenta Charles, al otro lado del teléfono.

–¿Cómo que las dos partes? Ahora me hablas como un historiador y no te entiendo.

–Abre las cajas y dime si tienes las dos partes de la correspondencia. Siempre hay dos caras en un descubrimiento, Teresa.

Las abro, como me ha indicado Charles, y solo aparecen las cartas de François Dauvignac.

–Pues tienes razón.

–Hazme un favor, Teresa, por ahora, no leas ni una línea. Calma tus emociones. Intenta serenarte hasta mañana que estaré contigo. Ya las leerás. Ahora me voy a tu casa.

–¿A mi casa?

–Sí. Desde que me hablaste del escritorio de tu madre tengo un presentimiento…

–Si piensas ir a registrarlo, que sepas que yo ya lo he hecho varias veces.

–Si es una de las piezas del siglo XVIII que me estoy imaginando, quizá no hayas descubierto todos los escondites que tiene ese mueble. ¿Hay alguien en tu casa?

–A partir de las cinco de la tarde ya deberían haber llegado François y Lucía. Los llamo para decirles que pasarás, y tú, cuando llegues, llámame para contarme qué es lo que encuentras.

A las cinco, Charles vuelve a llamarme.

–Acabo de saludar a tu hija y a François, ya estoy en tu apartamento. Y tú, ¿estás mejor? –me pregunta.

Y de repente exclama:

348

–¡Qué maravilla! ¡Pero si es una joya, Teresa! Está en mejor estado de lo que me imaginaba. El escritorio se llama Malouine, es del xviii, y fue fabricado en Saint-Malo. Es un ejemplar bien conservado. ¡Impresionante, mi amor! Este mueble vale una fortuna. ¿Dónde lo compró tu madre?

–En una galería que se llamaba Le Village Suisse.

–Está hecho de acacia. Las tablas de madera son de una pieza exquisita. Además, está en perfecto estado, ¡una preciosidad!

Me imagino a Charles maravillado, pasando los dedos por el mueble. Lucía le coge el teléfono.

–¡Mamá! ¡He sacado la mejor nota en lectura! Y François me ha comprado un cuaderno que necesitaba…

–Qué bien, Lucía. Qué ganas tengo de verte. Cuéntame qué está haciendo Charles.

–Pues se ha puesto unas gafas y está mirando los hierros del escritorio de la abuela.

–Dile a tu madre que los hierros son de la misma época y llevan la firma del artesano. La fecha está en el lateral izquierdo. Mira, Lucía, «1752».

–Charles, ¿has venido a ayudarme o a admirar los muebles? –le digo cuando consigue recuperar el teléfono de las manos de Lucía.

–A ayudarte, pero es que esto es mi mundo, deja que me impresione. Bueno, a lo que vamos.

–¿Por qué no le preguntas a François dónde ha puesto las cartas de mi madre?

François, que está siguiendo la conversación y que hasta ahora se ha mantenido en silencio, consigue decir estas palabras:

–¿Ya lo sabe? ¿Puedo hablar con Teresa?

Charles le pasa el teléfono a François. Solo oigo su respiración. No puede hablar, pero yo siento su pesar. «Teresa, no sabía cómo decírtelo».

–Aquí están. –Escucho que Charles habla con Lucía–. En la gaveta escondida debajo del cajón de arriba. En el siglo XVIII, y anteriormente también, estos muebles se utilizaban como cajas fuertes. Tenían compartimentos velados, una especie de pasadizos interiores, algunos incluso tenían varios.

Charles recupera el teléfono y me cuenta que está sacando el cajón y metiendo la mano dentro del hueco vacío. Palpa de nuevo hasta que nota una ranura.

–Aquí lo tenemos. Vamos a colgar un momento, necesito la linterna del móvil para ver el interior del mueble –me dice Charles.

Me quedo esperando, inquieta, hasta que un minuto más tarde vuelve a sonar el teléfono.

–Ya tengo las cartas que nos faltan. Escondidas, como se hacía cientos de años atrás, en el corazón del escritorio. Teresa, adelanto mi viaje, llegaré en tren esta misma noche.

Soy incapaz de moverme de la habitación del hotel en lo que queda de tarde. Apartando de mí los mil pensamientos que me acechan, me paso el resto del día tumbada en la cama, abrazada a las cajas, a mi tesoro. Ya solo puedo esperar.

CARTAS

Querida Maite:

Me he pasado meses buscándote. No sabes lo arrepentido que estoy de haberte hablado de esa manera. De haberte dicho que te fueras. Estaba tan asustado. ¿Por qué no has vuelto, Maite? ¿Por qué no has vuelto a tu casa? Yo pensé que nos queríamos, que estábamos juntos, que nuestro amor era algo serio. Perdóname, fue un arrebato momentáneo. Te juro que no volverá a ocurrir. Mi vida sin ti no tiene el menor sentido.

Sé lo que me vas a decir, que debí ser claro contigo desde el principio. Impedirte la entrada fue el primer error de una serie de errores que he ido cometiendo con la idea de proteger a Josianne, una mujer que está paralítica por mi culpa. No digo mi mujer, porque mi mujer eres y serás siempre tú... Es complicado hacer frente al hecho de que, desde hace diez años, estoy casado con un fantasma. La bala iba dirigida a mí, no a ella. Josianne venía a buscarme a la comisaría. Yo no la esperaba ese día, ella vino a darme una sorpresa. Me quería anunciar que estaba embarazada...

Un drama por el que me siento completamente responsable. Por eso no te dije nada... Tampoco quería que pensases que, si estaba contigo, era porque me quería aprovechar de ti.

Me gustaste desde el instante en que te vi salir de esa residencia de la Rue Saint-Didier. Desde que entraste en mi coche con ese aire entre asustada y decidida, buscando aventuras. Desde que empezaste a adentrarme en tu mundo de visiones de maga.

Este tiempo en que he trabajado a tu lado ha sido la mejor época de mi vida. Saber que por las noches dormías a unos pasos de mi habitación me llenaba de felicidad. Tu acento, tus gestos, tu energía, tu elegancia me producían una sensación que no sé ni siquiera definir.

Hasta que desapareciste. Sé que una vecina te contó la tragedia de mi mujer y que te lo tendría que haber contado yo... Pues ya está, ya lo sabes. Que no debí gritarte. Que no debí prohibirte entrar en el cuarto. Que no debí prohibirte nada.

La vida en la policía es dura, lo viste con tus propios ojos. El contacto cotidiano con la delincuencia, con la violencia, con la muerte... Nadie está preparado para una vida así. Tú me decías que la presencia constante de la muerte no te daba miedo, que tenía mucho que ver contigo. Yo he llegado a odiarla, a sentir que me seguía los pasos y que no se me llevaba por delante porque corría más rápido que ella.

El otro día te vi paseando un bebé. Maite, lo único que te pido es que me digas si esa criatura es mía. Te lo ruego, respóndeme, te dejaré tranquila si no me quieres como padre, pero dime la verdad. La sola idea de saber que hay un niño mío en este mundo daría sentido a mi vida. No me hagas perder a un hijo una segunda vez.

François

París, 14 de junio de 1976

François:

Debió de sorprenderte que no volviera, después de cómo me trataste. Que pueda valerme por mí misma, que pueda vivir sin ti, debió ser duro de aceptar. No pude seguir a tu lado ni un segundo más. Nunca te pedí que me entendieses, solo que me respetases. Yo lo hice con tu mujer, aunque luego te contaran una versión diferente.

No venimos del mismo mundo, ni de la misma cultura, ni tenemos la misma educación. Abrí los ojos esa tarde en la que recibí tu desprecio tan injustamente como la bala que recibió tu mujer. La nuestra fue una aventura que no estaba destinada a sobrevivir. Mis palabras te chocarán, detestabas que te hablase del destino, pero es la realidad. Cuando uno se desvía de su camino, todo va mal.

Tú estás casado y yo tengo una hija de un hombre casado, un hecho que, lo quiera o no, es dramático para mí.

No sabes lo que es vivir bajo la autoridad de una familia como la mía y aunque huyera de esa educación al trasladarme a Francia, de alguna manera, sigo arrastrando sus enseñanzas, su tradición. La reputación. Incluso de cara a mí misma… ¿Cómo pude dejarme llevar? No dejé la autoridad paterna para acabar bajo la tuya. Si alguna vez pensé en volver a España, esa idea ya no tiene sentido. Mataría a mi madre de un disgusto si supiera que su hija ha caído tan bajo.

Desde que nací, debí respetar la tradición. La mía era una familia que pertenecía a «la tribu», como ellos decían. Yo, que además tenía sueños premonitorios, que veía cosas que los demás no veían, ¡no podía hacerlo «mal»! Y ahora, con una hija, ¿cómo podría volver a esa España, François? Mi familia no querrá saber nada más de mí, ¿no lo entiendes? Una hija de un francés casado. «¡Bravo, Maite!», diría mi padre. Mi pobre padre...

Sí, mi hija es también la tuya, François. Cometimos una locura y mi familia jamás debe enterarse. Si me amas, te pediría que desaparecieses, que la niña no te vea nunca y que nunca sepa de ti. Yo estaré siempre a su lado, la cuidaré mejor que nadie, y crecerá sana y salva, te doy mi palabra de honor.

Y tú, olvídanos. Te lo ruego.

Maite

París, 1 de julio de 1976

La frialdad de tu carta me deja sin palabras. ¿Eres la misma persona que conocí hace unos años, comprensiva con todo el mundo, vital e inteligente? ¿Eres la misma persona con la que he compartido noches de pasión? Porque tengo la impresión de que la que me habla ahora es una mujer fría, calculadora, sin la menor piedad, la que ha escrito la carta y le pide a un hombre que se olvide de su hija.

No te reconozco, Maite.

¡Ahora me sueltas tu absurda verborrea sobre la alta sociedad! Si es una venganza por Josianne, vale. A Josianne no la puedo abandonar, no tiene a nadie y ya bastante daño le causé. Lo único que te puedo decir, hablando de mi hija, es que, lo quieras o no, siempre será mi hija y yo estaré aquí, en este mundo, pase lo que pase, para ella.

Cualquier cosa que necesite, aquí me tendrá. ¿Qué nombre le has puesto?

Y piensa mejor lo que dices.

François

París, 30 de marzo de 1980

François:

¡Cuánto tiempo sin escribirnos! Gracias por haber mantenido tu promesa y haber permanecido alejado de nosotras durante todo este tiempo. Sabía que, al final, comprenderías mi decisión y la aprobarías. He creído ver tu coche merodeando por mi barrio varias veces estos últimos años, pero ha debido ser una alucinación mía. Porque no me gustaría que nos espiaras, claro…

Cuando Teresa nació, nos propusiste ayuda. Yo no te contesté en su momento por ese orgullo mío que ya conoces y por la tristeza que sentía cuando recordaba tus horrendas palabras de aquel día en el que entré en el cuarto de Josianne, en realidad para ayudarla, aunque eso nadie te lo dijese. Ahora esas explicaciones ya no tienen la menor importancia. Y esta vez te escribo porque necesito tu ayuda. Me veo en las últimas y necesitamos dinero. No puedo yo sola con todos los gastos que conlleva un hijo.

Teresa es adorable, pero exige mucho. Colegio, médico, comida, ropa. La casa tiene muchos gastos. Mis clases de canto no me dan para casi nada. Si quieres, podríamos quedar los dos para arreglar esto de la ayuda financiera para Teresita. Te enseñaría fotos de la pequeña, verías lo sana y feliz que está creciendo.

Ya ni duermo por las noches de la preocupación.

Maite

París, 18 de abril de 1980

Gracias, François, nos salvas la vida. Tu cheque es muy generoso. Aunque no me has escrito ni una palabra. Lo entiendo y veo que tú también me has comprendido a mí. A lo mejor he sido demasiado dura contigo, pero todo lo hago por el bien de Teresita, créeme.

Maite

París, 10 de septiembre de 1980

François:

Teresa empezó un nuevo colegio hace unos días. La he inscrito en el de la Asunción, las mismas monjas con las que yo estudiaba en Barcelona. Los primeros días le ha costado separarse de mí y entraba en clase llorando. Pero su maestra me asegura que se calma sola al cabo de unos minutos. No es sociable y el hecho de estar en contacto con nuevos niños la pone nerviosa. Es posible que yo la haya protegido en exceso, pero Teresa es lo único que tengo y no dejaría que le pasase nada.

Te agradezco infinitamente el dinero.

Maite

Querido François:

Siempre tan atento y tan silencioso. Gracias por el cheque que nos mandas cada mes y que me es de grandísima ayuda, como ya imaginas.

Hace un año que no te escribo.

A veces tengo la impresión de que te debo noticias de Teresa. Otras, que soy yo la que necesito hablar de ella... Es una niña que tiene mucho de ti. Es atenta y silenciosa, por ejemplo. Seria, como tú. Físicamente, heredó tus ojos azules, pero tiene el color de piel castaño de mi familia, lleva sangre española. Le encanta dibujar, pero es aún muy pequeña. Dicen que hasta que cumplen los siete años, los niños se pasan horas dibujando, pero que luego lo abandonan. Teresa cumple ocho el día 30... ¡Espero que se le pase! ¿Te imaginas que sale pintora? Algo más práctico, por favor, si no, ¿de qué vivirá?

Cuando vienen amigos a casa es tan poco sociable que le pido que se quede en su dormitorio. Creo que lo prefiere. No parece necesitar de nadie. A veces, hasta he pensado si podría ser autista. Ya lo sé, ¡soy una exagerada y me inquieto demasiado! Pero es que, muchas veces, se queda ensimismada, como pensando en el cuento que le acabo de contar. De hecho, lo que más le gusta además de dibujar es escuchar historias. Nuestras historias. Nos escondemos las dos debajo de las mantas de mi cama y le cuento algunas de las aventuras que vivimos juntos, tú y yo, en la policía. ¿Te acuerdas? Me paso el día rememorando nuestros casos. Le encanta, por ejemplo, la historia del joven del pelo blanco. Tú eras el que les dabas nombre a todos esos chalados. Me pide las mismas historias una y otra vez... Su rostro se ilumina y me escucha con la boca abierta. Luego, encuentro el fruto de las historias en sus dibujos y, alguna vez, la he oído conversar con ellos. Entonces me pregunto si hago bien en contarle todo esto...

Maite

París, 14 de octubre de 1982

Maite:

Gracias por las noticias. ¿Puedo ir a buscar a la niña al colegio alguna tarde?

François

París, 30 de octubre de 1982

François:

Teníamos un acuerdo. Te ruego que lo respetes. No insistas. No arruinemos los primeros años de la vida de Teresita con las visitas de un padre que está casado, al que no conoce, que vive lejos y que se cansará, al cabo de un tiempo, de ir a buscar a su hija al colegio. Todo menos eso. ¡Estábamos de acuerdo!

Maite

París, 24 de diciembre de 1982

François:

¿Eres tú el que ha dejado un regalo para Teresita en la puerta de casa? Esta mañana cuando hemos salido a hacer las últimas compras de Navidad, la niña ha encontrado un paquete en el rellano del piso con su nombre. Era un tigre de peluche. Supe enseguida que eras tú.

¿Cómo has podido entrar en casa?

Te pediría que no lo vuelvas a hacer. ¿Te imaginas si Teresa te descubre? Le he dicho que, seguramente, era el regalo de un vecino… No sé si se lo ha creído. De todos modos, gracias. Le ha encantado y ya no se separa del tigre, aunque venga de un desconocido. Para mi sorpresa, no lo deja ni un segundo y hasta duerme con él.

A veces pienso que tiene un sexto sentido para percibir todo lo que pasa a su alrededor, para darse cuenta de la realidad, a pesar de que no le lleguen las palabras…

Como siempre, gracias por tu generosidad. ¡A Teresa ya no le falta de nada!

Maite

París, 12 de enero de 1984

François:

¡Feliz año, François! Te escribo no solo para darte las gracias, siempre, por tu puntualidad en el cheque mensual que le mandas a Teresa. Gracias a mí, la niña vive protegida, gracias a ti vive con los gastos cubiertos. Te quería anunciar que voy a dejar de dedicarme por completo a mis clases de canto. Cada vez tengo menos alumnos, los tiempos están cambiando y ya no hay tanta afición. He pensado volver a mis predicciones, que no debí abandonar nunca. Es mi destino. Hace unos meses, durante una cena en casa de Pierrette, me di cuenta de que aún podía explotar ese lado genético familiar que me viene de mi padre gallego. No sé qué resultado me dará, pero si funciona, dejaremos de necesitar tu ayuda financiera. Teresa sigue tan seria como siempre. Tiene buenas notas en el colegio y le sigue apasionando el dibujo. No sé qué más decirte sobre ella. A veces la encuentro desarraigada, pero ¿no era lo que yo quería? Va abrazada a su tigre a pesar de que ya tiene casi diez años y me está pareciendo un poco ridículo. El peluche forma parte de su familia imaginaria…

París, 8 de marzo de 1984

Maite:

Enhorabuena por tu nuevo trabajo, pero eso no significa que yo deje de colaborar económicamente en todo lo que pueda en la crianza de mi hija Teresa. No tienes suficiente con habérmela arrebatado desde su nacimiento, y ahora pretendes que tampoco contribuya a su formación. Eres muy intransigente con tus ideas, que tratas de imponernos a todos. ¿Desarraigada, dices? ¿Y eso te sorprende? Que sepas que la estás educando como a una persona aislada y sin raíces familiares. No basta con tener un nombre para hacerse una identidad. Mientras trabajamos juntos en la policía, ¿no recuerdas el caso de Margaux Vassal, esa niña que no tenía más que a su padre? Piensa en lo que fue de ella, que creció como un animalillo, apartada de la sociedad... ¿Y recuerdas al chico del pelo blanco? Estás repitiendo la historia de esos personajes, y fíjate cómo acabaron.

Adjunto el cheque.

François

París, 26 de marzo de 1984

François:

No entiendes a lo que me refiero ¿verdad? ¡Cómo voy a querer aislar a Teresa del mundo! Lo que hago es protegerla de una sociedad que hace daño, que destruye y mete ideas falsas en la cabeza.

363

¿Tú no recuerdas lo que significó para mí dejar mi pasado? Lo duro que resultó olvidarme de España, de mi familia, de mi canto y de esa vida ociosa a la que estaba destinada, a la que destinan a todas las jovencitas de la alta sociedad. Yo quería vivir libre. Y la libertad no la regalan, la adquieres. Si rompí con esa sociedad arcaica, llena de ideas preconcebidas, de obligaciones femeninas, fue por una razón y no estoy dispuesta ahora a tirarlo por la borda. Teresa no necesita ese tipo de familia que se pasa la vida metiendo miedo a las jovencitas. Me tiene a mí que soy su madre y velo por ella. Así será capaz de construirse su propio destino sin arrastrar el lastre de las generaciones anteriores, de un matriarcado que la precede, de un destino marcado por su nacimiento.

Maite

París, 29 de mayo de 1987

Querido François:

Hace tiempo que no sabemos el uno del otro, que no tengo noticias tuyas, aunque sé que estás siempre ahí, a nuestro alrededor, observando nuestros pasos, vigilando adónde vamos. Ya me conoces, te siento y te veo cerca de nosotras a cada instante. Gracias por tus cheques. Para que veas que tus palabras no caen en saco roto, he decidido que este verano Teresa y yo haremos un viaje en coche hasta España. Compré un Renault 25 de segunda mano y parece mentira la inmensa libertad que nos ha dado. Iremos unos días a Cataluña, nos quedaremos en un hotel en la Costa Brava, veremos el mar, mi mar Mediterráneo, y también he reservado una semana para ir a Madrid. Creo que el viaje dará respuesta a las preguntas de Teresa. He pensado llevarla hasta Alella, donde está nuestro panteón familiar y así comprobará, como tú dices, que tiene raíces.

Pasaremos por Barcelona, pero no creo que sea capaz de detenerme. Mis padres ya no están... La casa la habrá heredado una de las hermanas de mi madre o uno de sus hijos, vete a saber. Intenté averiguarlo, pero en la distancia, me fue imposible. Luego pensé que era mejor dejar las cosas como estaban y no liar a la niña más de la cuenta, ¿no te parece? Cuanta más familia, más problemas.

Reconozco que me produce muchos sentimientos encontrados el saber que voy a volver, después de tantos años. Pero creo que Teresa se muere por conocer, por saber de dónde viene, por hacerme mil preguntas más sobre su familia. Por eso, la llevaré a España e intentaré contestar a lo que pueda...

Gracias por tus consejos, un abrazo,
Maite

París, 1 de julio de 1987

Querida Maite:

Me parece buena idea que vayas a pasar el verano a España. ¿Cuándo tenéis previsto marcharos? Yo también me iré a ver a mis padres a Normandía, con Josianne. El médico nos ha dicho que su corazón no puede resistir mucho y he pensado llevarla a ver a la familia. Reacciona con movimientos casi imperceptibles en cuanto entro por las noches en la habitación, cuando recibe alguna visita o cuando le cuento algo que le hace ilusión, pero poco más.

¿Vas a visitar a algún familiar tuyo en Barcelona? ¿O solo vas a ir a ver a los muertos en tu panteón? Menudas ideas tienes, Maite, aunque me he reído ante tal ocurrencia. No te enfades, pero solo a ti se te puede ocurrir llevar a la niña a un cementerio. ¡En fin! Tú sabrás. Hace tiempo que dejé de entenderte.

Qué paséis un buen verano. Un abrazo a las dos,
François

París, noche del 22 de marzo de 1989

Querido François:

¿Qué he hecho? La razón por la cual te escribo esta noche es porque Teresita me pidió ayer que le hablara de su padre. A lo largo de los años, le he ido hablando de mi etapa en la policía y de cómo te conocí. Ya sabes que me encanta contar historias y para mí eran una fuente inagotable esas aventuras que vivimos durante los años en los que trabajé contigo.

A Teresa le encantan esas historias, pero hoy quería saber más y sobre todo, más de su padre. Cuando me preguntaba, sentía en su voz un tono de reproche. Es una niña muy seria y cuando hace una pregunta, no la olvida hasta que le contestas. Le tuve que hablar de ti. Insistió tanto, no te puedes ni imaginar. Sus palabras eran: «Tengo

366

derecho a saber. Vuestra historia es mi historia». Estaba
fuera de sí. Tenía tal ansia de saber de ti, de conocerte, que
tuve que decirle que te habías muerto. La frase me vino
sola. No fue algo premeditado, te lo prometo. Y, una vez
dicha, ¿cómo podía rectificar?

Negarlo hubiera sido confesar que le había mentido.
Que quizá, todo lo que le había contado de ti era falso.
François, te prometo que no me quedó más remedio. Se
puso a llorar desconsoladamente. Tengo el corazón roto.

Si le hubiera dicho la verdad, me hubiera dicho que
quería verte. He visto escenas de vosotros dos en mi cabeza. Me han hablado las cartas y os he visto juntos en
la bola de cristal. Sé que pasará. Que os conoceréis algún
día... Pero no sé cuándo. Yo no estoy en esos encuentros.
Es muy extraño. Quizás ahora deje de soñarlos.

Maite

París, 30 de marzo de 1989

Maite:

Eres de una inconsciencia absoluta. No entiendo tus actos, ni tus palabras ni por qué actúas así. Estás cometiendo un grave error con Teresa, un error irreparable. Es ob-
vio que no te das cuenta, pero algún día lo verás cuando
ya no tenga remedio. Uno no puede dominar la vida de
otra persona como si fuera Dios. Hundes tanto mi realidad que me va a ser imposible salir a la superficie. Me has
matado ante sus ojos, llevas años haciéndolo. ¿Venganza?
¿Buscas protegerla? Pero ¿de qué? ¿De su padre? ¿De su

propia vida? ¿Piensas que puedes tener el dominio de su destino? No te entiendo. A lo largo de mi vida he aprendido que lo que tiene que suceder, sucede, aunque quieras impedirlo. Nadie puede cambiar el destino y menos el de otra persona.

Algunas tardes me acerco en coche a la salida del colegio. La veo, con su mochila azul, dirigirse a la parada de autobús que la lleva a vuestra casa. Sale siempre sola. Camina con la mirada alta, sin arrastrarla por el suelo como tanta gente en París. Vive como apartada de los demás, como si no existiera, como si no habitara plenamente este mundo.

Al protegerla de la gente que la rodea quizá la estés haciendo inexistente, ¿lo has pensado? Teresa tiene que aprender a caminar, a vivir con más gente para aprender a compartir, a luchar, a protegerse y a volver a empezar. ¡Tiene que aprender por sí misma! Ese aprendizaje se hace desde pequeño, luego es imposible... ¡No se lo impidas!

François

París, 15 de mayo de 1989

François:

He empezado ya varias cartas para poder contestar tus duras palabras. Por eso mi silencio.

Al final he llegado a la conclusión de que algo de razón tienes. ¿Qué te parece si quedamos el viernes para que conozcas a tu hija? Hoy Teresa ha ganado el concurso de dibujo del colegio y está tan contenta que podrías venir a cenar con nosotras el viernes, después de la entrega de premios. Le diremos que eres un amigo mío, nada más. Así podrás verla y conocerla. ¿Qué te parece?

Un abrazo,
Maite

París, 17 de mayo de 1989

Te agradezco tu intención, pero nunca mentiré a Teresa. Si voy a cenar con vosotras es en calidad de padre y no de amigo. Me llenas de tristeza. Con esta carta adjunto el cheque del mes.

Un abrazo a las dos,
François

París, 12 de febrero de 1992

François:

Teresita quiere entrar en la facultad de Bellas Artes. Ya sabes cómo funcionan los estudios en Francia, yo creo que tendrá que prepararse en una de esas escuelas privadas. ¿Qué te parece? Le he dicho que también se inscriba en la Sorbona para estudiar Historia del Arte. Por lo menos tendrá algo más que un título de artista. Espero que esta niña no sueñe con encerrarse en un cuarto viviendo en plan bohemio.

¿Piensas que podrás ayudarnos con esas clases? Las mejores tienen un precio exorbitado. A ella le gusta una escuela que se llama Penninghen o algo así. Está en el Barrio Latino, cerca de la iglesia de Saint Germain, donde fui a cantar una vez contigo hace tantos y tantos años, ¿lo recuerdas? Después cenamos en el restaurante Bonaparte... Qué lejos me parece todo aquello, es como si te hablase de otra vida.

Espero que estés bien. Un abrazo,
Maite

París, 8 de abril de 1992

¿Me estas pidiendo mi parecer? Le puedes decir a Teresa que su padre siempre apoyará su vocación de artista y que naturalmente pagaré la escuela de dibujo. Que elija la mejor. Si puede entrar en Penninghen es que tiene talento, me he informado sobre la institución y es de las mejores academias para preparar la oposición de entrada a Bellas Artes. Es mi regalo de fin de bachillerato.

¿Le has hablado alguna vez de su padre?
Un abrazo a las dos,
François

París, 21 de septiembre de 1992

François:

Vuelvo a necesitar tu ayuda de «detective». Creo que Teresa acaba de conocer a un chico, porque desde hace unas semanas llega tarde por la noche, se va pronto por la mañana, me contesta con evasivas. En fin, que a mí no, me engaña...

¿Podrías enterarte de quién es?

Gracias de nuevo por tu inmensa ayuda.

Un fuerte abrazo,

Maite

París, 15 de octubre de 1992

Maite:

Tranquilízate. El chico se llama Andrés Villalba, y es miembro de una familia que vive en el distrito 1 de París, son los conserjes del edificio y tienen origen español. Sus abuelos llegaron a París por los años cincuenta, su primer registro en Francia es de agosto de 1951. Andrés Villalba es un alumno excelente. Estudia Letras Hispánicas en París III y toca la guitarra los miércoles y viernes en el bar Tiroteo de Montmartre. Teresa ha ido a escucharle seis veces. Vive en una buhardilla en Père Lachaise donde nuestra hija se ha quedado a dormir algunas noches. Como ves, nada de qué preocuparte. ¡La vida misma!

Un abrazo a las dos,

François

París, 13 de abril de 1994

François:

La academia de arte de Teresa hace una exposición de los dibujos de sus alumnos. ¿Has ido a verla? Conociéndote, seguro que sí. ¿Te has fijado con qué delicadeza capta el universo de la gente? La verdad es que es muy buena pintando...

Hay muchos personajes que proceden de las historias que le contaba de pequeña. Increíble, ¿verdad?

Uno de ellos es justamente el chico del pelo blanco que mataba a las viejecitas, ¿te acuerdas? Todos sus cuadros son de personajes ficticios, ladrones, asesinos, que aparecían en mis Historias. Es extraño, ¿no te parece? ¡Han pasado veinte años! Pero lo que más me ha llamado la atención (no sé si te habrás dado cuenta) es que en todos ellos hay una sombra negra. Parece la de un ser humano, pero no estoy segura. Además, a veces esa mancha negra se confunde con otras del cuadro. Como si lo hubiera hecho de forma inconsciente... No sé qué pensar...

Es imposible que seas tú, ¿verdad?

Maite

París, 15 de abril de 1994

Fui a la exposición de Teresa. ¡Cuánto talento tiene! Imagina verdaderas escenas, como dices. Añadiré otra cosa a tus comentarios, los personajes de sus cuadros no se comunican. Como si fueran extraños entre ellos. Da que

372

pensar, Maite. Quizá deberías soltar esas cuerdas con las que la retienes.

Y me ha dibujado tal y como soy… una sombra, su sombra.

Un abrazo a las dos,
François

París, 4 de julio de 1994

François:

¡Teresa ha ingresado en Bellas Artes! ¡Estoy tan orgullosa de ella! Por lo menos no la veré marcharse a estudiar a otra región francesa, parece ser que de sus compañeros de Penninghen solo dos han logrado entrar en la universidad de París. Lo íbamos a celebrar juntas, pero al final se va a ver a ese tal Juan que toca no sé dónde. Hoy era la noche de Teresa y de nuevo ese chico siempre antepone sus planes a los de ella. Es una niña muy buena, que no se da la menor importancia. ¿Por qué? Se lo he dicho, pero se ha enfadado. Siempre se enfada conmigo cuando le digo algo…

Un fuerte abrazo,
Maite

París, 4 de julio de 1994

Qué buena noticia, Maite, dale un beso enorme a la gran artista. ¡Cómo me alegro! Respecto a lo de su pareja, estoy de acuerdo con que parece bastante seguro de sí mis-

373

mo. No te enfades, pero tal y como lo interpreto yo es que la actitud de Teresa quizá responda a la educación que ha recibido, siempre en silencio, escondida y en la sombra de alguien tan brillante como su madre. Tendrá que aprender a celebrar sus triunfos también.

Dale un fuerte abrazo de mi parte,
François

París, 20 de diciembre de 1995

François:

Teresa me inquieta. Me desobedece constantemente. Vuelve tardísimo cada noche o sencillamente no vuelve. Me miente. ¿Por qué actúa así conmigo, yo que me he entregado en cuerpo y alma a esta niña? Algo me hace estar angustiada, me temo lo peor. Se cree muy mayor cuando no lo es. La espero después de sus clases de Bellas Artes y no viene. El otro día llamé a la universidad y me dijeron que Teresa falta muchos días a clase. Cuando intento hablar con ella pone cara de que la molesto, de que me meto en asuntos que no son los míos. ¡Me dice que le deje vivir su vida! Me grita. ¡Pero si yo le di la vida! ¡Su vida!

Parece enferma de lo delgada que está. Con una cara demacrada que da pena, no lleva una vida saludable, siempre junto a ese impresentable hijo de portero que la está volviendo loca. Qué vergüenza para mí, François, que después de todo el esfuerzo que he puesto en preservar a la niña del mal social, del mal destino, sea ella la que lo elija.

Síguela, François, por favor, y dime si está bien, si todo va bien y no comete locuras. Gracias.

Maite

François:

Te escribo en un grito de dolor porque Teresa perdió el conocimiento hace dos días. Lleva desde entonces en el hospital, yo me enteré al día siguiente. Juan tardó horas en avisar a una ambulancia y ese descuido puso en peligro su vida. Si no te he escrito antes es porque no he salido del hospital en donde ando a la greña con ese novio que no me deja ejercer de madre. Tampoco la veo con ganas de que la cuide o me quede a su lado, sino todo lo contrario. Me dice sin parar que quiere estar sola, que la deje en paz, que la deje vivir o morir tranquila y no la controle más. Todo eso porque le insistí en que algo grave iba a ocurrir desde hace dos semanas. Es verdad que prefería que no saliera de casa y así se lo prohibí, pero ¡todo fue para salvarla!

¿Recuerdas que mi labor en la policía era para ayudar a que las desgracias no ocurriesen? ¡Pues cómo no voy a querer salvar a mi propia hija!

El médico ha sido categórico, el desmayo ha venido por un cansancio acumulado entre las dos carreras que está cursando y por las noches en que va con ese impresentable de bar en bar para escucharle cantar; no tiene ni un segundo para ella misma. Lo más indignante es que ante el desmayo de la niña, él no haya llamado a un médico enseguida y que la haya dejado semiinconsciente toda la noche. Está viva de milagro y Juan casi la ha matado.

Teresa termina Historia del Arte este año, pero aún le quedan dos para finalizar Bellas Artes. Yo le insisto en que lo deje y se quede en casa descansando meses, años, o el tiempo que ella quiera. ¡No necesita trabajar tanto! También intento que deje a ese chico que no la merece para nada.

Me imagino que estarás de acuerdo conmigo.

Un abrazo,

Maite

París, 8 de enero de 1999

Maite:

He pensado mucho desde que me dijiste lo que le había pasado a nuestra hija y creo que Teresa necesita espacio. Hace años que necesita espacio para relacionarse, para enfrentarse al mundo que la rodea. Está en último año de carrera y yo, a su edad, ya vivía solo. Hace años que te lo digo, Teresa ya es mayor y debe vivir su vida. Sus amores los debe elegir ella, no tú, y te aseguro que sin ti, ella se las apaña muy bien.

A la salida de sus clases en la Sorbona, se va algunas tardes con sus amigos a tomar algo. ¡Por primera vez tiene amigos, Maite! Eso lo sé no porque me hayas pedido que la espíe, sino porque muchas tardes la veo desde lejos, observo cómo se divierte y se ríe con gente de su edad, y eso me llena de alegría.

Verla vivir, Maite, ¡es mi mayor felicidad!

A Juan lo quiere a su manera. Llevan años juntos y está deseando irse a vivir con él. A veces los veo discutir y yo creo que es por eso. ¿Cuánto tiempo llevan juntos? En Francia no es normal lo que estás haciendo con Teresa y a sus veintitantos años pueden compartir vivienda sin necesidad de que estés protegiéndola como si se tratase de una cría. Yo creo que no se va por miedo a dejarte sola. Por sentido de la responsabilidad. No la presiones tanto, que viva su juventud y se sienta libre. Si no, acabará por marcharse…

No vas a estar siempre ahí para controlar sus pasos y es bueno que aprenda a vivir sin ti. Que se enfrente a lo que le traiga ese destino en el que confías tanto. Un día volará y se irá y más vale que ese día tenga tanta confianza en ti que no desaparezca como hiciste tú con tus padres, sino que te lo diga.

Pero eso solo lo hará si, previamente, le has demostrado que eres capaz de aceptar sus decisiones y darle el espacio que le pertenece, que se merece, por haber nacido en una sociedad libre como la nuestra.

¿Cómo van tus consultas tarotistas? ¿Se dice así? Ya me he enterado de que tienes una reputación fabulosa y de que te van a ver personas de la farándula. Ándate con cuidado y no te metas en líos… Ya sabes que si me necesitas para lo que sea, aquí estoy. Desde que murió Josianne, hace unos años, no tengo muchos gastos. Vosotras sois mi familia…

Por otro lado, recuperé la casa que tenía mi madre cerca de Reims y paso allí muchos fines de semana. Si te apetece venir algún día, te sentaría bien salir de París y verlo todo con un poco de perspectiva.

François

¡Cómo se nota que no vives con ella! Hago lo que puedo para educarla, protegerla y, al mismo tiempo «dejarla vivir», como me decís los dos.

Gracias, François, pero con mis consultas con el tarot me las apaño bastante bien. Además, ahora, Teresa ya no me pide casi nada, gana su propio dinero haciendo horas en la librería española del Barrio Latino. Eres tan generoso, nunca pides nada a cambio, no sabes cuánto te lo agradezco.

Teresa me pregunta constantemente sobre España y su historia. Creo que tiene ideas contradictorias sobre nuestro origen, sobre la Guerra Civil. Seguro que son las que le mete en la cabeza ese impresentable.

Me doy cuenta de que nos separan silencios que no he sabido colmar... Mi pasado, mi país, mi familia, mi educación, todas las limitaciones a las cuales fui sometida y que hicieron que deseara marcharme para siempre. Olvidar. Pero de alguna extraña manera, todo esto le ha pasado a Teresa sin que yo fuera consciente.

Gracias por la invitación a tu casa de Reims. No es el momento, pero, quién sabe, quizás algún día.

Maite

París, 28 de enero de 1999

Maite, querida:

Me preguntas mi parecer y creo que no es tarde para que abras tu corazón a Teresa, o mejor, el baúl de tus secretos. No le escondas más su pasado. ¡No la escondas más a ella! Aún estás a tiempo de que retome contacto con su historia familiar, si a eso te refieres, ¡hazlo! Si no, un día lo hará por sus propios medios y sin ti.

No te olvides de que tampoco sabe nada de su lado paterno, ¿te imaginas lo difícil que debe de ser no saber de quiénes procedes? Estoy deseando conocerla y hablarle de mi familia, de su familia...

François

París, 9 de junio de 1999

François:

Sé que las flores eran para Teresa pero, por delicadeza, las has enviado a mi nombre...

¿Qué te puedo decir? Que tu silenciosa presencia hace mi vida más agradable en Francia y menos solitaria.

Un fuerte abrazo,
Maite

París, medianoche, 1 de enero de 2000

François:

¡Feliz año 2000! ¡Feliz milenio! ¿Por qué en días como hoy uno desea empezar de nuevo, no cometer los errores del pasado y emprender un nuevo destino? Si pudieses volver a empezar, ¿qué cambiarías de tu vida? Yo quizá lo cambiase todo...

Pero ya te he contado alguna vez que estaba predestinada a hacer las cosas que hice. Nunca te hablé del legado familiar que traía con mis poderes de clarividente, ¿verdad? Quizá fue de ese destino del que quise preservar a Teresa…

Te escribo porque estoy sola por primera vez en la noche de fin de año. Teresa y yo teníamos la costumbre de pasar la velada juntas, de cenar en nuestro salón un buen fuagrás con una botella de champán rosado, pero me llamó a eso de las ocho, cuando yo ya lo había puesto todo en la mesa, para decirme que no podría venir. No sé qué excusa me dio, imagínate, estará con ese Juan o Andrés, o como Dios quiera que se llame. En estos momentos, llevo ya unas cuantas copas de champán que, por cierto, está riquísimo.

¡No sabes cómo era la Navidad en casa de mis padres, en Barcelona, cuando era joven! Me acuerdo tanto de ellos esta noche…

También me pregunto dónde estarás tú. ¿Lo has celebrado con amigos en esa casa que has heredado cerca de Reims? Quizá con tu amor, claro, debes de tener un amor…

Esa mañana de hace veinticinco años, cuando me contaron lo que le había pasado a tu mujer y nos despedimos para siempre, nunca imaginé que seguiríamos escribiéndonos todos estos años.

Mi propósito era desaparecer de tu vida, que nunca supieras de la existencia de tu hija. No estábamos hechos el uno para el otro, o quizás era yo la que no estaba hecha para compartir mi vida con nadie. Y míranos ahora. Esto demuestra que soy una pésima futuróloga. Eres como el ángel de Teresa y un poco también el mío. Si pudiera rectificar, esa decisión sería la que cambiaría…

François, quizá podríamos volver a vernos este año que empieza, ¿qué te parece? Un nuevo comienzo. Como amigos, sin compromisos.

Maite

París, 21 de enero de 2000

Querida Maite:

He pensado mucho en tu propuesta de volver a vernos y me he dado cuenta, de repente, de que dudaba. Me destrozaste una vez cuando te fuiste y poco a poco durante todos estos años, al no dejarme conocer a Teresa. Pero no has dejado de darme noticias suyas. En el fondo, he estado a su lado y la quiero tanto como si hubiera vivido con ella. Reconozco su voz, su piel, su mirada, sus gestos, veo su alegría y su tristeza apenas aparece. Teresa es y ha sido mi razón para levantarme cada mañana y eso te lo debo a ti. La has querido proteger y es cierto que yo estaba casado. Que no hubiera sido fácil para nadie.

Te contesto que sí, de acuerdo, pero siempre y cuando me dejes conocer a mi hija. Esta vez soy yo el que te pide que no le digamos que soy su padre porque ahora sí que no lo entendería. Pero, por favor, lo necesito. Quiero hablar con ella.

Un abrazo,
François

París, 10 de febrero de 2000

Está bien, François. Pero en la cena habrá más gente. Podría venir mi amiga Pierrette, por ejemplo. Le puedo pedir
a Teresa que venga con Juan aunque me dirá que no. No
lo ha vuelto a traer a casa desde que lo invitó a una cena
hace un montón de años. Ya me dirás qué día de marzo
te va mejor.
　　Un beso,
　　Maite

Las cartas entre mis padres se acaban en el año 2000.

Luego, vuelve a haber silencio. Estoy sobrecogida por sus palabras, como si los estuviese escuchando hablar a medida que las leo. Me imagino que se volvieron a ver, o sus escritos fueron sustituidos por correos electrónicos y, desde entonces, borrados. Es extraño descubrir el pasado, con la sensación de que lo estaba viviendo en el presente, aunque fuera al margen de la realidad. Todos estos años hemos estado tan cerca y tan lejos.

Sin poder recuperar el tiempo perdido, le explico a Charles que me hubiera gustado conocer a François de pequeña, haber sentido su presencia real, física, humana, con lo bueno y con lo malo, en vez de irlo sustituyendo en mi cabeza por fantasmas o seres inexistentes. La sensación de abandono también se transmite genéticamente.

Charles me explica que uno tiene que estar preparado y si a mí, desde pequeña, me han estado diciendo que no tenía padre, hubiera sido imposible pensar que lo tenía. «Las palabras son constructoras de realidades, Teresa –me dice–, y a ti, te decían otra cosa».

En Saint-Bertrand-de-Comminges, donde hemos venido a pasar el fin de semana, conozco a los padres de Charles. Su madre es una persona encantadora que habla poco pero me mira sonriendo constantemente. Rodeada de hombres, vela por ellos, como una leona. De hecho, tiene el pelo rubio, rizado y alborotado como esos animales salvajes y protectores. Charles es cariñoso con ella. Me cuenta que tiene un hermano más joven, que no se ha casado y que se ocupa de las viñas familiares situadas cerca de Saint-Bertrand. «Él ve a mis padres mucho más que yo, pero en cuanto puedo traigo a los niños con sus abuelos y pasamos juntos unos días».

Al verme tan pensativa después de conocer la verdad, Charles me acaricia la espalda, me coge la mano, me mira tras sus gafas y me besa en cuanto puede, diez, cien, mil veces al día.

Por la noche, en el cuarto que da al jardín de su casa decorado con vigas de madera antiguas, me dice que debería escribir. «Todo esto que te está pasando, Teresa, ya verás cómo te ayudará a entender».

Y lo primero que hago es escribirte, François, porque es cierto que, antes, debo entender yo misma.

Saint-Bertrand-de-Comminges, 26 de abril de 2010

Querido François:

Te escribo desde la casa familiar de Charles, al día siguiente de saber que tú, que Dauvignac, que mi padre, sois esa persona que llevo toda la vida esperando.

Que eras mi padre, lo he debido de saber siempre. Desde el día en que mi madre empezó a contarme las aventuras de ese Dauvignac. ¿Fue la primera vez que oí tu voz el día que me llamaste a Madrid? ¿Fue la primera vez que te vi cuando nos conocimos oficialmente en el entierro de La Maga? Lo dudo. Lo he dudado desde que tu rostro se me aparece en los diferentes recuerdos que tengo de mi vida.

Te veo cuando era niña, un día que bajaste de tu coche patrulla y te fumaste un cigarrillo en la verja del colegio. Te sorprendí mirándome varias veces…

También eras tú ese día que volví del colegio en autobús porque llovía a cántaros sobre París y no tenía billete. El conductor me echó enfadadísimo, pero tú me hiciste volver a subir y pagaste por mí.

Creo verte de nuevo cuando salí de Penninghen el último día de junio y se me cayó la carpeta con todos mis dibujos del año justo al cruzar el Boulevard Saint-Germain, con los coches circulando en las dos direcciones. Me puse muy nerviosa, por supuesto, ningún coche estaba dispuesto a parar. Entonces, en ese preciso momento, pasaste por ahí y paraste el tráfico para ayudarme: «*Sans vous presser, mademoiselle, on est là pour ça*», recuerdo que me dijiste.

Y eras tú de nuevo esa noche en que, recién acabada la carrera, me fui a escuchar a Juan, que tocaba en un bar de Montmartre acompañado de su guitarra. Por su canción, o porque estaba cansada de luchar por una relación que, a esas alturas, era evidente que no funcionaba, o quizá porque acababa de saber que estaba embarazada de un hombre al que ya no quería, al que ya no admiraba, que no me dejaba tranquila más que esos momentos en los que cantaba en la oscuridad de un bar mugriento de Montmartre, me puse a llorar en la penumbra. Pensaba que nadie me veía, que estaba sola, pero tú, como tantas y tantas veces, estabas ahí, algo camuflado, vestido de paisano. Me di cuenta de que me estabas mirando mientras lloraba y, quizá porque yo también te miré, te atreviste a acercarte con tu taburete alto y tu cerveza, sin que Juan te viera; se hubiera puesto furioso y tú lo sabías. Y así, sin decirme una sola palabra, en la oscuridad casi completa del local, sin que nadie nos viera, me cogiste de la mano. Hay momentos que son constructivos, fundamentales en la vida de las personas y ese, François, fue uno de ellos. Me transmitiste seguridad. A través de tu mano supe que no todo estaba perdido. Me diste fuerza para seguir adelante, para luchar, para tener el coraje de marcharme y empezar de nuevo.

Gracias, François. Creo que te debo, desde hace siglos, todo el agradecimiento del mundo, de mi parte y de parte de mi madre. Yo no te supe reconocer. Hace falta creer para eso y yo no quería ver. Es como si muchas veces la vida hubiese pasado a mi lado y yo no la hubiera reconocido. Porque lo que es evidente es que Lucía, ella, sí que sabe quién eres. Lo ha sabido siempre, ¿verdad?

No solo encuentras a gente, François, siempre has estado ahí cuando te he necesitado. Naciste como un ser de ficción a través de las historias de mi madre, pero ahora eres una persona real y quiero que te quedes a mi lado, a nuestro lado.

Ahora que conozco a mi padre, mis recuerdos se unen, forman esa línea continua que yo necesitaba para saber que existo y que todo tiene sentido...

No pienso renunciar a mi familia por muy pequeña y extraña que parezca. Estoy aquí, rodeada de la familia de Charles, y pienso que nunca es tarde para empezar de nuevo.

Tu hija,
Teresa

Desde entonces, algo ha cambiado. Ya no soy la misma o soy yo la que veo las cosas de forma diferente. Lucía se muestra con François en total confianza. Lo abraza y lo llama abuelo. Este fin de semana François nos ha invitado a todos a Reims. Cuando digo a todos, es que también vienen Charles y sus dos hijos, en otro coche. En el nuestro, François no para de hablar, sobre Reims, sobre la casa a la que pertenecía su familia, sus padres, su hermano, y que es también nuestra familia. Habla de su infancia, como si necesitara contarme su pasado y se lo hubieran negado durante tantos años. Lucía escucha, pero, al cabo de un rato, se queda medio dormida en el asiento de atrás. Mira la luna por la ventanilla y exclama: «Mamá, es como si la abuela nos siguiese desde el cielo».

–¿Podré hablarle de su abuela? –me pregunta François.

–Claro, quiero que le hables de ella, que Lucía lo sepa todo.

Abandonar el silencio. Contar las historias. Romper

con los secretos familiares. Solo ahora puedo darme cuenta de que lo que no se transmite se pudre en cajas hasta que alguien las destapa y le vuelve a dar vida... Entonces, como mariposas, las historias vuelan, se comunican con otras personas y germinan a su manera.

Desde que vivimos en París, Lucía ya sabe quién es su abuela y su abuelo. Saber de dónde procede, en qué lugar puede arraigarse, la ayuda a crecer. Conoce a sus ancestros. Existe, existía a través de ellos antes de ser concebida y existirá cuando todo esto desaparezca.

–¿Y su padre? –me pregunta François.

–¿Es tan importante que conozca a su padre?

–Tú sabrás... ¿O quieres que Lucía reviva tu misma historia?

Las historias cobran sentido años más tarde, me decía La Maga, y tal vez así haya sido en nuestro caso. Ante cualquier construcción de lo que me contaban, y que yo transmito, cabe la deconstrucción de todo ello. Yo empecé ese proceso, ahora te toca a ti, Lucía. Ahora te toca a ti.

AGRADECIMIENTOS

Quisiera agradecer a mi padre, cuya constancia incesante siempre ha sido mi pilar. A mi adorada abuela Lucía. A su hija Katia, que me ha ido contando algunas de las vivencias familiares que aparecen entre las líneas de esta novela, y a mi prima, también Lucía, capaz de entender nuestro universo familiar como nadie. A mis hijas Maya y Carolina, que vivieron esta aventura a mi lado.

Y, una vez emprendida *Regreso a París*, por orden agradezco a mi amiga Florence Delay, escritora y académica, cuyo apoyo y primera lectura de esbozo de novela y en francés fue fundamental para que esta viera la luz. A mis amigas de la infancia, Karine Favrot, Capucine Juncker y Ana Larriu, que me leyeron, me motivaron y me dieron ideas valiosas. A mi profesor Gabriel Saad, cuyas correcciones valen oro para mí. A Nicolás Daskiliani, a Eric Dolent, a Silvain Fort.

A Pierrette Gargallo y Antonio Soriano vuela mi agradecimiento por esos años parisinos en los que nos veíamos tanto.

Y, por último, a Laia Salvat, Àngels Balaguer y Aurora Cuito, mis editoras, sin cuya confianza y ayuda *Regreso a París* no existiría.

ÍNDICE

Esta primera edición de *Regreso a París,*
de Jacinta Cremades, se terminó de imprimir
en *Grafica Veneta S.p.A. di Trebaseleghe* (PD) de
Italia en mayo de 2021. Para la composición del
texto se ha utilizado la tipografía Sabon diseñada
por Jan Tschichold en 1964.

Duomo ediciones es una empresa comprometida
con el medio ambiente. El papel utilizado para
la impresión de este libro procede de bosques
gestionados sosteniblemente.

PEFC/18-31-226

Este libro está impreso con el sol. La energía
que ha hecho posible su impresión procede
exclusivamente de paneles solares.
Grafica Veneta es la primera imprenta
en el mundo que no utiliza carbón.